本心诗话

中国百年新诗的原理与实践微观察

王 瑛 著

中国华侨出版社

·北京·

图书在版编目（CIP）数据

本心诗话：中国百年新诗的原理与实践微观察 / 王瑛著.
北京：中国华侨出版社, 2025. 5. -- ISBN 978-7
-5113-9255-8

Ⅰ. I207.25

中国国家版本馆 CIP 数据核字第2024DE6019号

本心诗话：中国百年新诗的原理与实践微观察

著　　者：	王　瑛
策划编辑：	高文喆
责任编辑：	桑梦娟　张　玉
封面设计：	胡椒书衣
书名题字：	蒋述卓
经　　销：	新华书店
开　　本：	710毫米×1000毫米　　1/16　　印张：17.5　　字数：277千字
印　　刷：	北京鑫益晖印刷有限公司
版　　次：	2025 年 5 月第 1 版
印　　次：	2025 年 5 月第 1 次印刷
书　　号：	ISBN 978-7-5113-9255-8
定　　价：	79.80元

中国华侨出版社　　北京市朝阳区西坝河东里77号楼底商5号　　邮编：100028
编辑部：（010）64443056-8013　　发行部：（010）64443051

如发现印装质量问题，影响阅读，请与印刷厂联系调换。

序
朴素诗话显本心　厄言曼衍亦成文

李艳丰　华南师范大学

收到学者、诗人王瑛女士的诗歌评论集《本心诗话：中国百年新诗的原理与实践微观察》的书稿时，我颇有些意外。记得曾在微信里看到她写的一些比较随性的诗歌评论，以为她只是闲暇时的玩味而已，没想到她居然认真起来，对百年中国新诗的发展做了一个微观察，并将厄言曼衍结集成册。喜欢王瑛诗歌的读者有福了，不仅可以读她的诗，还可以看她如何鉴诗、味诗、评诗。看来，诗与思之合，这才是王瑛的真我与本色。

王瑛的新诗写得真，写得美。她的诗集《昨夜，誓言一样的青铜器》出版前，我有幸先睹为快，印象特别深的是她写"父亲"的几首，如《爸爸，新年快乐》《谁陪我喝了这杯清茶》《梦里花不开》《别人的爸爸》等。我曾为其撰写诗评《人伦之爱的诗性昭示——读王瑛的组诗〈父亲祭〉》，"诗人因情成梦，因梦成诗，以诗为马，在梦中的草原追随父亲"。古人云：诗者，天地之心。读王瑛的诗，自然、本心和真情是诗之内核。谢榛言：情乃诗之胚。读王瑛的诗歌评论集《本心诗话：中国百年新诗的原理与实践微观察》，我们同样可以感受到她以天地之本心、人情之至真介入百年新诗现场的诗学态度。

"诗话"作为一种批评文体源自传统，看到"诗话"二字，让人想起欧阳修的《六一诗话》，严羽的《沧浪诗话》，以及诸多清代诗话。诗话以资闲谈，随笔成章，卮言曼衍，摘句评诗。这种诗评方式同西方重逻辑分析和理性论证的诗学不同，它不受体例限制，不受逻辑规约，显得更为随性自由。王瑛以"诗话"的方式原诗、味诗、评诗，以"古人之规矩，开自己之生面"，让人于刻板拘谨的诗论之外，看到了新诗的别趣。

　　《本心诗话：中国百年新诗的原理与实践微观察》集诗学理论、新诗微评与学理性论述于一体，分"原诗""味诗""综论"三部分。刘勰《文心雕龙》写"为文之用心"，先写"原道"篇。韩愈有《原道》，叶燮则有《原诗》，所谓"原"有追本溯源的意思。王瑛所谓的"原诗"，意在追问新诗的本源，新诗何以是新诗的质素。"味诗"重在品味新诗的审美意蕴，所谓的"味"，似乎更偏向传统诗学的涵泳与意会。诗人从主观的心、情与境出发，以身之现量体察新诗之美。"综论"部分既有学理性的评述，如评"世宾"的诗等，亦有颇多对广东诗人诗歌的散论。总之，不管是"原诗""味诗"，还是不拘一格的"综论"，王瑛都有缀虑裁篇的理路。换句话说，王瑛有自己的诗学。

　　在"谈谈新诗的基本素质"一文中，王瑛指出，真实是诗歌的生命，语言和意境可谓是诗歌的两翼。新诗的语言虽不同于传统格律诗，但也不能失了韵味。口语诗也好，微诗也罢，情感的真实、语言的韵味和意境的深远，乃是新诗的基本质素。"新诗的质与文"谈的是新诗要遵从文质兼美的标准，要想有隽永之意境，就得在情感、语言和意象上打磨。王瑛承袭了中国诗歌的抒情传统，认为"一首好诗，情字当首，情不在，诗不在"。让人想起"诗缘情"，抑或龚自珍的"尊情"说。正是从抒情传统出发，王瑛推崇杜甫《春望》与闻一多《七子之歌》。诗人的真实情感凝练在诗的语言和意象里，生发出了美。王瑛也强调情感宣泄与节制的辩证法，滥情非真诗人。此外，诗品即人品，知人论世也是王瑛品读新诗的重要原则。阅读"味诗"和"综论"篇，可以看出，王瑛正是从这些诗学思想出发，去品鉴、涵泳新诗的真与美。

百年新诗的发展其实是很壮阔浩荡的，从胡适的《两只蝴蝶》到当代诗坛，新诗有了一个世纪的生命历程，产生了许多伟大的诗人和优秀的诗歌。王瑛并没有为新诗写史，或为诗人立传的野心，她只是喜欢，对哪些新诗感兴趣就去阅读，然后说出自己的审美感受。现代诗人中，王瑛选了李金发、刘半农、徐志摩、戴望舒、废名、卞之琳、郑愁予、郑敏、木心等。当代诗人则多一些，有北岛、海子、芒克、顾城、食指、于坚、韩东、余秀华、黄礼孩、世宾、海上、木耳、李南、谭畅等。这些诗人的诗歌，我也曾读过一些，现在跟着王瑛再读一遍，产生出许多从前没有的诗意。也有好些诗人，曾经并不熟悉，如李南、木耳等，但经过王瑛本书的介绍，也渐渐喜欢上了他们。

李金发的诗，王瑛选了《温柔（四）》。"在你的爱情里丢盔弃甲"，这个标题本身就是一句诗，形象而又余味曲包。王瑛用极细腻的解读，把李金发诗歌意象中的情愫抽丝剥茧般赏析了出来，"小鹿在林里失路／仅有死叶之声息"，王瑛说："爱情到了极处，便是昏厥，如同死去一般的昏厥。所以落叶真不是无情物，一个'死'字，写活了第一次相拥的恋人之间的甜蜜，至少是'我'的甜蜜。"除了李金发，王瑛对刘半农、徐志摩、卞之琳等诗人的赏析，都给人留下深刻印象。刘半农的《教我如何不想她》，王瑛用了"浑然天成"一词，真是很精妙的评价。戴望舒的《雨巷》，王瑛说他写的还是青年人的苦情意象，也许年纪大了，就不喜欢了。徐志摩的《再别康桥》，在王瑛看来，也并非完满，语言和意象，也许缺了一点点陌生化的感觉吧！其实，王瑛的诗学眼光也很挑剔，但挑剔得有理。历史在变化，社会在发展，审美也在变，与时俱进，这是新诗本该有的义理。

关于当代诗人的评述，尤其喜欢她对张枣《镜中》的解读："望着窗外，只要想起一生中后悔的事／梅花便落满了南山。"南山的梅花还在飘落，窗前的人还沉陷在对往事的追忆中。起句是设问，是开启回忆的钥匙，是走向过去的接引，随着起句的引导，我们明白了诗人为什么会后悔，为什么会有梅花飘落。结句是对起句的回应，也是对内容的加深，是陷入懊悔中不能自拔的痛苦。这一起一结，营造了一个回忆的情境，也指向了南山开阔的梅花林。时间延展了，从此刻返回到过去，无数的美好时光和一个美丽的身影，一个灿烂的笑容，一声"皇帝"的温柔呼唤。空间也扩展了，从窗口望去，是远处的河流，是松木梯子，是策马奔驰的野地，是南山的梅花林。在过去与现在、窗口与窗外的时空交错中，一个人的懊悔氤氲其中。诗人评诗，总是那么富有诗意。看王瑛的诗话，你不觉得也像是在读诗吗？

读王瑛的《本心诗话：中国百年新诗的原理与实践微观察》，喜欢上了木耳的诗歌《大湾》："父亲追着契河／我追着父亲／我追不上了，就扯心地喊了一声'大'／于是，河水停了下来／我看见父亲，缓缓地回过头来／眼神浑浊，湾道纵横。"王瑛自己也曾写过关于父亲的组诗，所以，她对木耳的这首写父亲的诗特别有感触。在王瑛看来，木耳的这首诗写的是一个关于父亲的梦境。"眼神浑浊，湾道纵横"让人想起罗中立的油画《父亲》，想起许飞的《父亲写的散文诗》，诗、歌与画的蒙太奇融合，是一种奇妙的审美体验。确实，读木耳的《大湾》，你会情不自禁地想起父亲，永恒的父亲就在时间的契河那端。你只需要呼唤父亲，河水就停下来，父亲就显现。哪怕只是在梦中，父亲也一直在等待着那声神圣的呼唤。除《大湾》外，木耳的《大寺沟》也写得很有意境，我、岩羊与石头，融于大寺沟禅一般的空寂。这种禅意的书写，让我想起另一个诗人杨键。只不过杨键的诗多了些无法看透事物本质的悲伤，"无垠静卧在这里／像一根鞭子／抽打着我的心脏"（《在黄昏》），而木耳则更通透些，即便是写悲伤，也化入诗的意象和直觉。王瑛认为，木耳懂得安静与隐忍的辩证。

也许，读完王瑛的《本心诗话：中国百年新诗的原理与实践微观察》，你会产生意犹未尽之感。毕竟，对百年诗歌理论与实践的微观察，王瑛也只是以点带面、挂一漏万。还有好多优秀的诗人诗歌，王瑛未来得及在本书中一一品读。如穆旦、艾青、余光中、洛夫、舒婷、欧阳江河、杨炼、西川等。有些诗人的诗歌，王瑛也只是撷取了较为经典的一首或几首进行赏析。读到王瑛对废名的《星》的解读，最后那句"子非鱼安知鱼"对庄子典故的化用，突然就想起洛夫的《爱的辩证》对庄子"尾生抱柱而亡"典故的重写，那句"水来，我在水中等你／火来，我在灰烬中等你"的旷世情话，心想如能展开一些互文性阐释也挺好。读到王瑛对于坚《一枚穿过天空的钉子》的解读时，就又想起于坚的《只有大海苍茫如幕》，"云向北去""只有大海满面黄昏苍茫如幕"。天空与大海相映成诗，或许才是完整的于坚。

不过也不必着急，相信王瑛还有很多新的计划。许多新诗、诗人还在向王瑛发出审美的召唤，新诗的创作也还在继续。也许王瑛会一边写诗、一边评诗，这种将写作和评论融而为一的方式，可以让王瑛更深入地体味新诗的本色与魅力。跟着王瑛一起品读新诗，你的生活也诗意盎然。那就让我们翘首以盼，继续等待王瑛的新诗与诗话吧！

（作者系华南师范大学文学院教授、博士生导师）

目 录

上篇 原诗

中篇 味诗

下篇 综论

上篇　原诗

谈谈新诗的基本素质

20世纪初，西风炽烈，开了眼界的国人似乎发现了一个新世界，开始各种革故鼎新——国之危矣，革命迫在眉睫，其中新诗的诞生更带有几分决绝的气质，从语言到形式，遗古风而去，另创一新形式，白话诗似乎拔地而起，迄今已遥遥百年矣。但新诗是不是真正的"不肖子孙"，是否与中国蔚为大观的古典诗歌彻底分道扬镳？答案显而易见。善于怀古的国人对自己的过去永远有一份乡愁在。以儒、道、释为主体的中华文化传统构成了国人深层的心理文化基因，而中国古典诗歌最动人的部分，大多体现了中华传统文化精神。且不论蓬蓬勃勃的国学热有多少盲从成分，至少其间充满了对中国古典文化的向往——所以我说中国古典文化传统是当代国人的乡愁——我们的骨子里，其实是传统的、古典的。当然新诗，尽管来处汹汹，行进处莽莽撞撞，却脱不了其精气神的底子：中国古典诗学奠定的血脉传统，是怎么也革不去的。

那么，新诗到底革去了中国古典诗歌哪些成分呢？

最显而易见的是形式。古典诗歌，无论绝句、律诗、乐府诗及词曲，皆形成了严格的整饬的形式，新诗显然最不耐烦这些形式的约束，热烈的奔放的意气风发的新诗，需要与之相符的更为自由的表达方式，古典诗歌的种种形式约束首先遭到遗弃。但新诗真如我们以为的那样义无反顾吗？否！无论是古典诗还是新诗，其核心总是诗而不是散文或者其他，既然是诗，那就得有诗的特性。也就是说，并不是所有分行的句子，都叫诗；并不是所有的说了一点道理的句子，都是诗；并不是所有号叫或呻吟的句子，都是诗。

什么是诗？

其实，几乎所有人都知道，诗是一种语言凝练、结构跳跃、表达情感的文学体裁。只是人们在具体的写作和阅读中，一是很难把握什么是凝练的语言、跳跃的结构和真实的情感；二是不愿意自己的写作被语言、结构和情感约束，只是因为有话要说、想说，或者拙劣的先行者那么说了，也就依葫芦画瓢那么说了，就如萧红《呼兰河传》中的村民，明知是瘟猪却自欺说是水坑里摔死的猪，但吃无妨，谎言说得多了，自己也就信了。相对前者而言，后者更恶劣，前者最多是能力上有所不逮，后者却自欺欺人，影响恶劣，是为新诗百年，诗人无数，诗集无数，诗歌无数，新诗却依旧不举之重要原因。不知者不罪，问学可补拙；知却有意为之，先行者带坏诗风，效仿者止步不前，新诗何以向前？

不淬炼语言，不讲究逻辑，情感浮夸，何以诗？

真实是诗歌的生命，这个真，不是事实的真，现象的真，而是情感的真。所以要问心，情之所动，发言为诗，心中无情，无情伪以情，强发以声，无爱强说爱，无愁硬造愁，夸张虚饰，造作牵强，非诗。由之诗之逻辑，也为情感之逻辑，情感逻辑合理，杜丽娘游园惊梦，死而复生，可也。何故？事赝情真理真也。

再说语言。既然认定了诗歌之事业，多费点心思锤炼语言乃为当行。

如何锤炼语言？

那些分行的大白话就算了，诗歌不会降格到路人吐个唾沫就是诗。锤炼语言一要精准，以准确表达为要；二要陈言废话务去；三要表达风格一致。当然这是写文章最基本的要求（就这点要求，大量的所谓诗人甚至所谓名诗人也不能为之），既然以诗为名立诗，总要有诗之风姿、诗之风骨，当代新诗，不能做到如古典经典名篇那么字字珠玑，句句隽永，但中国两千多年诗歌传统的精髓，支撑诗之为诗的底子，却是从古到今一以贯之的。换句话说，新诗也是要节奏的，其节奏的表现不是平仄的语音要求，而是情感的抑扬顿挫，把握好情感的节奏，一首诗的味道也就基本出来了；再则新诗也是要讲究声音的，声音本身就有表达情感的作用，开口呼响亮，情感表达热烈张扬；闭口呼低沉，情感表达多抑郁。既然可以有两条腿走路，何苦去独脚跳？古今多少名篇，咏来缠绵悱恻，诵来朗朗上口，不要求新诗一韵到底，押韵却也不是难事。普通话已经普及，努力为自己的诗歌寻找合适的韵脚，也不枉您写的是一首诗。写一首有韵有味的诗，总比说一堆废话来得强。

最后说意境。意境是我国古典诗歌最高的美学形态。当然意境也并不仅仅用于论诗，音乐、绘画、书法、舞蹈、摄影、园林等，有意境者上。何为有意境？简言之是具有情景交融、虚实相生、韵味无穷的艺术空间。情是真情，是诗之核心情，景却可幻化，只是为情找一寄托。陈子昂《登幽州台歌》，无一景句，却造出天地大景，说尽人间孤独；杜甫《江畔独步寻花》"黄四娘家花满蹊，千朵万朵压枝低。留连戏蝶时时舞，自在娇莺恰恰啼"，句句写景，景外诗人对春天的欣喜，跃然纸上，这一幅春天小景图，是为那满心喜悦准备着的。虚实相生更好理解，"虚"是真"实"，是核心，"实"却是要为"虚"服务的，当然"实"扎实硬朗了，"虚"方能尽心尽意。比如，若要说春天之美，可以若杜甫造一小景图，便是实，内心喜悦部分，便是虚；当然也可说"一枝红杏出墙来"，红杏是实，春天是虚，红杏之实是为表征春天的。"实"的门面不漂亮，

"虚"的里子就出不来。言无言，无言处却可道尽人间百味。写诗也如作画，事无巨细罗列，不如突出一特征性事物来得更为有力量。林黛玉以竹为铭，史湘云醉卧芍药花，薛宝钗却是一"雪洞"，说，却是为不说服务的。不用担心读者不懂，谁比谁笨呢？有心的读者自然可以在"实"中看出"虚"的端倪。诗的余味、韵味可从此间出焉。反之，话说得太尽便索然无味。当然，有意境不容易，可是，您不是在写诗吗？长了诗心，也为读者考虑一下吧。有着两千多年古典诗歌传统滋养的读者，真不是您以为的那么好糊弄。

只是谈谈诗歌的基本素质罢了。如今诗歌的门槛低，人人都可诗，这是好事。说明人们对内在精神的要求高了，这是社会的进步，文明的进步，是诗歌的喜事。但是，诗是有脾性的，对质量是有要求的，并不是只要是分行的句子，有了诗歌的形式表象就是诗；无论是空洞地浮夸地喊叫，还是说说遇见的某件小事，又或者谈谈某个道理，是很难抵达诗歌的境界的。简言之，诗的基本要求，是感情要绝对真实，语言要尽量洗练，争取做到有意境。对于真正的诗人，这本是应有之义。为何如今却变得非常之难呢？我们的古典诗歌传统，早就给予我们"诗"的要义，到了新诗，却被太多人有意盲视了。

悲哉！

2017 年 2 月 16 日

新诗的质与文

新诗越来越热闹了。

比较吊诡的是，一方面，人们几乎不能容忍当代新诗，说起当代新诗，每每带着轻视和失望；另一方面，又各美其美，极度夸耀和互相夸耀，二者形成极大的反差，这就形成一种闹哄哄的诗歌现场：每个人都在说自己的话，但谁也听不见谁在说话，说了等于没说。结果是似乎谁也不能把诗歌现场怎么样，谁也拿不出解决问题的办法。我们习以为常的是，诗人和作家往往不太愿意听批评家的话，也是，倘若批评家不能拿出足够令人信服的作品，诗人和作家们往往是懒得听的。不过有个常识人们是知道的，吃鸡蛋的人，未必要自己生出一个鸡蛋来。

我对当代新诗有很强烈的好奇心，新诗一百年了，一百年总得有一百年的样子。老实说，新诗的发展，是对得起这一百年的。这乱哄哄的当代新诗现场，说起来也未必是坏事，说明新诗在探索不同的发展路径，在寻求自身的生存之道。只是这个过程会有阵痛，也许阵痛的时间还会相当长。会不停地新人成长，旧人老去；有时候头破血流也不可避免。但无论如何，新诗总要突破总要成长总要找到自己最合适的路径，在不停的试探和否定中，生出新诗独有的风貌和气象。在新诗理论尚未成熟，可以一言九鼎的大能尚未横空出世之前，走在新诗路上的人们，不管是诗人还是批评家，都应该有做垫脚石的自觉。

哪怕是垫脚石呢，也要做一块认真坚硬的垫脚石，不然一脚下去成齑粉，连垫脚石的功能都不能够，只好被另外的垫脚石代替。

这就是本文要谈的话题了，新诗是有尊严的，是有品格的。不能因为其"新"，就遑顾其"诗"吧。"诗"是关键词，"新"代表时间和阶段。

新诗的第一个要求，便是真。

当然，有人会说，什么是真，什么是假？假作真时假亦真，真作假时真亦假。

这就可恶了。虽一个人有一个人的视角，一个人有一个人的真实，但真假还是可辨的。事实可假，事理不能假，情感更不能造假。倘若理假了情假了，作诗作甚！心不动情如何动？情不动作诗何为？这一个理字，很大程度是情的根由。理说不过去，情难自平，此乃人之常情。弃常情而不顾，沾沾自喜自以为高，自欺也，难欺人也，欺一时也，难欺一世也。这么简单的道理，许多人偏偏假装不懂。要么以陌生化为幌子，搬弄文字玩语言游戏，自以为高明，有的甚至要睥睨众生了——这是有水平作假。这种假较难辨认，初出简直会获得一片喝彩，但假就假了，诗还真不是一场游戏，即使核心媒介语言也不行，诗真不能到语言为止；要么干脆为赋新词强说愁，无爱强以为爱，无悲硬作伤悲，无怒强以为怒——这是低水平作假。这种假较难辨认，但它的认知前提是对的，悲伤是有力量的，以悲伤装点诗，说对了前情说不对后果，悲也好愁也好，人的七情是诗之本体，装点而言，是本末倒置了，故假情假意的诗，面目可憎。

那么，是否一个"真"字，就涵纳了诗的一切呢？真乃诗之骨，无真不成诗。前文说过，此真非事实的真，乃情理的真，本质的真，所谓艺术的真是也。许多人奉行了一个"真"字，以为扛着"真"的大旗就可以所向披靡，常识告诉我们，那也是大错特错的。

　　"真"是一切艺术的根基，岂诗一家独有？"真"不过是谈诗的前提，倘若不真，那就没有往下谈的必要了。写诗写到一定程度，诗变成一种熟练的技巧，恰巧又有不错的想象力和语言能力，平日里又多听了叫好声，于是拼命追求语言的机巧，忘却一片真心，这几乎是诗歌的灾难了。

　　"真"之外，诗还得隽永。诗若无味，无论是"打油"还是"口水"，都不堪卒读。隽永在中国美学传统里，有很多词汇，如滋味、韵味、余味等，总之与味有关。诗总得能在人心里停留，可延异，有回响，方能得到共鸣。诗若不求共鸣，便不需拿出来，锁在抽屉里好了。诗的隽永，当然得靠语言来体现。"诗到语言为止"，在这里就是绝对真理了。新诗以白话为诗，白话不比文言精练，隽永方面先天不足。但白话显然不是不够隽永的理由，事实证明，白话入诗，也可余味深长，逗人情思。新诗探索的一脉，以口语入诗，带给新诗很多新气象。只是口语作为最贴近日常生活的话语，入诗更考验诗人的语言能力。因为一不小心，可能就"口水"了，可能就肤浅了，意浅白甚至无意义；或者有那么一点生活的道理，表达却绵密过剩，无视诗作为诗的本体，连大白话都不如，一分行就大言不惭说这是诗了。诗走到这里，该明白是走岔路了。走岔路的价值，就在于告诉众人此路不通，矫正新诗歧途，这也是有意义的。遗憾的是，众多在岔路上行走的人，并不自知，面对批评，愤愤不平，甚至发展到人身攻击，这就是我前文所说的阵痛了。努力了半辈子，突然被全盘否定，换了谁也是不舒服的，不平则鸣，不鸣就奇怪了。多少年后，如果我们可以活到那个时间，我们会感恩今天的各种"鸣"，这是新诗发展的必经之路，岔路是有价值的，我们应该感谢每一条岔路，它们让我们领略了不同的风景，也更坚定地走要走的路。

能真，能隽永，作为一首诗应该初步可读了。倘若能发明新诗的新形式，简直大妙。但我还想说说价值观。

发乎情止乎人性。欲望是人的本能，不是本能表达，而是要明白底线在哪里。人之所以是人，是人类在漫长的发展过程中生成了羞耻心，便有了衣服，现在服装也成了艺术用来审美了；发现行为需要规范，就有了伦理和法规。诗是人类内心最柔软最深情的发明，没有理由把人类穿上的衣服脱下，把血泪和无数生命凝铸的伦理和法则丢掉。隐私的东西不是不能表达，而是如何表达。雅红楼俗西厢，写好了是经典，没有写好，就下作了。

引一段话吧，作为警醒："读《金瓶梅》而生怜悯心者，菩萨也；生畏惧心者，君子也；生欢喜心者，小人也；生效法心者，乃禽兽耳。"这是从读者的角度说，从作者的角度观之，亦成。

新诗总是要接地气的。接地气不等于粗俗。子曰："质胜文则野，文胜质则史，文质彬彬，然后君子。"（《论语·雍也》）。又要接地气又要有文采，做人不容易，作诗也不容易的。

圣诞前夜最疯狂，也适合祝福。期望看到更多文质兼美的真诗。

圣诞快乐！

2018 年 12 月 24 日

不隔方为诗

几个文学系大三学生做了一个关于校园诗歌的研究项目，找到我聊新诗的问题。

显然他们对新诗是有疑虑的，对新诗的质量很有几分迟疑。

是啊，中国古典诗歌的盛况，似乎一去不复返了。

海子之后，能走到老百姓心里去的诗也是难得了。

我们要承认的是，我们中国人是爱诗的。对于古典诗，是一种珍爱和崇拜的心理，古人把诗歌做到了极处，不仅仅是指艺术造诣，更重要的是入了大家共通的心。

谁的成长过程，没有背过几首唐诗宋词呢？古典诗歌已经成了我们血液里的基因，成了我们判断一首诗好坏高下的标准。哪怕学理不够，中国人的本能，就已经可以辨别出好诗了。

于是对新诗，出心底就有几分抵触，与古典诗的造诣相比，新诗还需要太多的成长啊。新诗百年，于诗而言是短暂的，几乎还在青少年时期呢。而人是等不起百年的，于是在我们这个时代，一面背着精彩绝伦的古典诗，一面看着总在叛逆和茫然期的新诗，未免就生出许多失望和疑虑来。新诗到底应该长成什么样子？新诗如何才能走进人们心里去？新诗是否能重现古典诗的盛景？

一

新诗要好，诗格得高。诗格要高，首先得诗人人格要高。

18世纪的博物学家布封说风格即人，我们今天对此已经烂熟于心。"臣奸为忧国语，热中人作冰雪文"也是有，长久了终归要露出狐狸尾巴。而人们的心里——对真善美是本能的渴望和认同，阴暗的东西是不讨喜的。真善美的诗，得有一颗真善美的心。

歌德跟青年诗人艾克曼谈话（艾克曼是个聪明的人，懂得去陪老年歌德聊天散步；他是个善学的人，愿意在歌德那里学得很多真知；他又是个勤快的人，记得把他们闲聊的内容记下来，成就一部经世的《歌德谈话录》），告诫年轻人要加强自身的修养："一些个别的研究者和作者们人格上的欠缺，是最近我们文学界一切弊病的根源。"①这话今天仍然有效，我想应该永世有效。诗歌不是饭碗，不是名利，诗是我们最真实的内心，是我们的血肉人生，是我们的时代，我们的生活，是我们心灵深处不愿意被污染的部分，诗心必须纯净美好。

为诗而纯粹的人总是有的，可是不容易找。只是若诗人都已经不呵护诗作为诗的高洁了，诗如何善如何美，读者如何能把新诗当一回事？

所以修养身心，乃诗人第一要务。倘若内心里真对诗不舍，便得以己心养诗。你是何样的人，便作何样的诗。你若自身堕落，养出的诗自然也堕落；你若勇猛，诗中便有豪气；你若慈和，诗便温暖；你若阳光，

---

① ［德］歌德著，艾克曼辑录，朱光潜译：《歌德谈话录》//《西方文论经典（第三卷）》，高建平、丁国旗主编，安徽文艺出版社2014年，第56页。

诗便亮堂；你若狂狷，诗便虚妄；你若猥琐，诗便低俗。你的诗，便如一面面镜子，把一个真真实实的你从外到内照得透亮了，无所遁形。大众或许并不都有作诗的技巧，但他们有识人的本事，好坏心中有数。诗人身不正，何以养诗之正？

罢了。人们可以选择懒得读诗的。

二

我相信大部分写诗的人，天生心里有一朵诗的异火。

它燃烧在内心秘密花园的深处，有时候可能会暗淡，但无论人生经历什么，这朵火从未熄灭过。只要条件许可，它便要以自己的生活做燃料烧起一把大火，火光明亮、透彻，是它全部的思想、情感和灵魂的体现。

诗人是天生的。

只是有的人自知，有的人不自知。

不管是自知还是不自知，诗人的作品，不管格调大小质量优劣，写的总是他们自己。也就是说，诗的最好状态，是不隔。

何为不隔？

隔与不隔，是王国维《人间词话》谈诗歌境界时提出来的观念。他说：

> "池塘生春草""空梁落燕泥"等二句，妙处唯在不隔，词亦如是。……如欧阳公《少年游》咏春草上半阕云："阑干十二独凭春，晴碧远连云。千里万里，二月三月，行色苦愁人。"语语都在目前，便是不隔。至云："谢家池上，江淹浦畔。"则隔矣。

王国维所谓不隔，是指就诗词意境而言，应该直观且从自然。创作角度，他颇欣赏直寻的方式。钟嵘《诗品·序》里提出作诗需直寻，即景会心，诗句诗意皆出自然，天机自现。佛雏解释王国维的隔与不隔云："直观，成了一切艺术（也许音乐除外）的命脉所在，而它的对立物就是'隔'。"[①]

我对不隔的理解，主要从诗歌的真实性和语言观的角度来进行。

真实首先是对内容的要求。包括事件的真实和情感的真实。有一种误解，认为诗歌只要表达了事件的真实，便是好诗。这实在是一个懒惰的想法。生活中的事件如恒河沙数，看见什么写什么，表面看来似乎很尊重生活，实际上恰恰相反，生活会有诸多面孔，给我们看的一面有可能事实上发生了，但只是一个偶然事件，这个事件有时候在某种程度上触动我们的心怀，但它仅仅是个偶发事件而已，不能表现生活的本质。这就是眼见的也未必是实的意思。我经常给学生打的比方，是我们要描述一个人，他每天早晨起床时头发乱糟糟的，眼角有分泌物，口气也不清新，衣冠不整，别的时间他显然不是这样。但若我们只说他起床的模样，简直要毁了他。起床的模样是他的事实，不是他的本质。所以选材就很重要。都是事实，但有些是现象，不能说明任何问题，有些是本质，那才是我们要找的题材。所以，以事实作为诗歌创作的目标，显然是不肯动脑子的结果。只要发生了什么，我就记录什么，做生活的记录员，创作也变得容易。殊不知已经误入歧途，那些琐碎的偶发事件会淹没你诗歌作品的深度和魅力。

第二是情感的真实。诗最能打动人的地方，便是情感。可是这忸怩的造作的为赋新词强说愁的所谓诗太多了，明明不恨，偏偏做出一副咬牙切齿的样子；明明没有爱，偏偏做出一副深情款款的样子；明明没有慈悲，偏偏做出一副大恸天下的样子来。这些虚假的文字，是第一要务去的。

为着情感的真实，是可以牺牲事实的真实的。为了爱情死去活来，

---

① 佛雏:《王国维诗学研究》，北京：北京大学出版社，2000年，第295页。

这话在理。可是死去活来就过分了，死了如何能活过来呢？《牡丹亭》死去活来了，是不朽的经典;《罗密欧与朱丽叶》死去活来了，也是不朽的经典。我们都知道死去活来是个比喻，不同时代的读者也都接受这个比喻。也就是说，情真理真就行，事实不真是允许的。我们在诗歌里上天入地，有何不可？想象力是上天赋予我们的能力，为何不用？超绝的想象力正是创作的翅膀，可以带给我们新鲜的感受。

能感动自己的文字，才能感动别人。若被一堆假文字感动了，还试图以假文字忽悠别人，如果不是处在人生的稚嫩期，那就是人品不好了。

人品不好，写什么诗呢。

再说了，本质的真的事件，内心里真的情感，才不隔啊。

三

说到语言呢，我还是很羡慕语言天赋超绝的人。他们不可思议的语言方式经常会震惊到我，他们怎么就可以把这些词如此妥帖地凑在一起呢？看起来南北不搭的事物啊。这就要感谢想象力了，它能把不同的感觉联结在一起，通感是他们经常使用的武器，而且使用得很好。

我不是语言至上者，我推崇的是情感，无情无以诗。但诗歌对语言的要求甚过任何一种文类。我们必须在语言上锤炼诗。至于口语还是雅语，实在不是一件很重要的事。我们传统的古体诗，还经常口语入诗呢。回去读读晏殊的词，雅俗共赏，每个字都用得精当妥帖，宛若天造地设一般，换不得他字。李白、苏轼也是，李清照也是，哎，叫得上名字的基本都是。所以，口语雅语真不是那么重要，重要的是合适，合适就好了。

只要合适，什么样的语言风格就不重要了。合适了，才能不隔。

比如，有人就不那么愿意直接表露心迹，用了很多隐语。一般人可能觉得奇崛拗口，读懂有难度。这不要紧，人总有自己的知音，我们不是，站在旁边看热闹好了，自然有人会懂的。只要他写得真诚，情感也是真的，语言上幽深艰涩一点，也是一道好风景。不过为了让人看不懂故作艰深就不好了，心里没两把刷子偏要刷那么两下，以艰涩为目标的写作就不对了。语言成了诗的中心，玩语言游戏，这态度就不端正，过于轻佻了——不合适。

明白易懂的口语也是合适的，只要出自真心，出自自然，不琐碎，有深度（能表现生活的本质），那就是一首好诗。新诗的口语方向是值得重视的，正是口语带来了诗歌的大众化。但是口语有个危险的倾向叫"口水"。口水诗就惨不忍睹了，走向了诗歌的反面。毕竟还是得把诗当作一首诗来写，语言口水化会取消诗这个品类，危害很大。

当然什么样的语言风格，也是跟个人的气质性格有关。古奥、清新、自然、明白、晓畅，各有各的姿态。少年时候，一个情字推着走，写下什么是不太考虑的，就很有些少年任侠气，最是不隔。倘若为诗而诗，有了那么几分强迫的味道，又隔了。等文学修养深了，文字自心性出，平添几分浑厚的力量，是为不隔；若一心为着文字的考量，精雕细琢，又隔了。

作诗时我们得明白我们是在作诗，那就有诗的规矩。古体诗、近体诗、新诗，不同的是前缀，后面的"诗"字才是中心词。说到底诗对于语言的要求是最为严厉的，古典诗有平仄音韵在那规矩着，逼得人不得不斟字酌句。新诗表面上没有平仄音韵的要求了，似乎随意很多。这显然又是一个绝大的误会。新诗也是要有平仄音韵的，只不过新诗的平仄体现在诗歌的节奏感，这种节奏感与情感的节奏是一致的；新诗的音韵也许体现出情感的韵味，所以炼字炼句也是新诗的要求。

我是个简单的人，所以语言往往晓畅，我希望读者能够畅通无阻地进入我的诗歌世界。即便如此，我也常常要洗洗我的语言，怕多余东西影响了我的表达。

至于诗歌的深度，那不是一蹴而就的，需要生活的积累和体悟。不同的年龄，对生活的看法总是不同，这不同是人世间最为珍贵的东西。年长的不必因着有沉淀的岁月而小觑少年的简单；少年也用不着因着有锐气而嘲笑年长者的陈腐。都是自己的生活，又是自己情感浸润过的，写来往往都情真意切，自有动人的成分。这就容易不隔了。

　　那几个大三的学生请教我对于校园诗歌的看法，我是比较乐见校园诗歌的。虽然生活经验未必有很多，但这恰恰是校园诗人的长处，这社会的许多灰尘还没有遮蔽他们透亮干净的心灵，又是最富有激情和想象力的年龄，而且他们还有资格对未来有无数的设想，这些简直是诗歌的温床，校园就应该生长诗歌的。很记得2018年香港诗人秀实和招小波看到我们华农校园诗人的诗之后的赞赏的表情，并且立马就在他们主编的《中国流派诗刊》里专门拿出一整个版面来推介我们的学生诗人王舒婷。这就可以说明校园诗歌很是有生命力的，校园诗人，他们的诗没有这么多利害的计较，容易做到不隔。

2018 年 6 月 20 日

新诗依然需要革命精神

2017 年 12 月 24 日，广州市第二届青年文学界作家新书签售现场，有个青年问我："有人说古典诗实际上已亡，今人格律诗已经不能达到古人水平了。老师如何看呢？"

这是一个很好的问题。今人及后人写的古体形式的诗歌，如何能够达到唐诗宋词的水平呢？想想就觉得气馁。可是完全放弃又不舍得，这是我们民族的瑰宝，是我们文化传统文学传统最为瑰丽的部分，是我们文化的骄傲与荣光，可以毫不夸张地说，中国古典诗歌几乎在每一个中国人的血液和基因里，因此我们也无法割舍；而且任何时代，都会有用心之人去学习并精通格律，大学文学专业的课堂里，也总会开设诗词格律相关课程，所以古典诗是不会亡的。至于能否重返古典诗歌巅峰时期的质量，谁能说一定不能呢？正好的时候、正好的情绪、正好的思想遇到正好的诗人，也许一切就水到渠成了。

这个问题的另一面，隐藏着对现代新诗的不满。身处诗歌现场的人，有许多人在炮制诗，顺口而出的许多分行文字，在古典诗的巍巍高山面前，几乎不可卒读。当然也有相当多对诗歌态度恭谨的人，写出了许多好文字，有时也令人拍案叫绝，但这种时候太稀有，更多的时候，我们读到的是一些稀松平常的文字，有着古典诗歌的对照，有时候我们甚至不愿意把这些文字称为诗。

其实诗之不像诗其来有自。中国新诗第一人胡适，便以"作诗如作文"石破天惊，当年就引起许多大不满。今人以胡适斯言为自己辩护者，显然只学了其皮毛——胡适当年原话是"诗国革命何自始？要需作诗如作文"。倘若有意无意忽略前半句，胡适这话一点道理都没有。新诗是要革旧诗的命的，唯有了革命的勇气，方有底气说出"作诗如作文"。要革的自然是文学之病："今日文学大病在于徒有形式而无精神，徒有文而无质，徒有铿锵之韵，貌似之辞而已。"[①]可见胡适的诗歌主张，也是要形神兼具、文质彬彬的。时间已经过去了一百年，诗歌所面临的已经不是百年前的情形，古典诗已然不若过去咄咄逼人了。经过百年的发展，新诗也有了自己的经验，从理论到实践，新诗交出了自己的答卷——至于是否令人满意，那要看参照物，若是以魏晋南北朝诗唐诗宋词为参照，新诗自然稚嫩；若是以新诗自身的成长为参照，还是可喜的——但胡适指出的问题，新诗仍然没有很好地解决，如形神不兼备、文质不相符、虚假做作等，有的甚至连基本的诗歌形式都不顾了，就是一些分行文字而已，更遑论革命精神了。

再回到青年的问题，今日写古典诗，还有希望吗？希望自然是有的，如前所言，总有人爱着这民族的瑰宝，又有诗人的气质，兼有诗人天赋，写出出色的古体诗格律诗是可能的，至于是否能重返古典诗歌的高峰，这其实是一个不用思虑的问题，一时代有一时代之文学，今人之文学，未必就不能超越古典时代。把这个问题扩展，再问一个似乎令人垂头丧

---

① 胡适：《戏和叔永再赠诗却寄绮城诸友》，写于 1915 年 9 月 20 日，收入 1939 年东亚图书馆出版的《世藏晖室札记》卷十一。

气的问题：新诗可以达到旧诗的高度吗？

时间问题而已。假以时日，新诗也必然会有其璀璨之日。看百年新诗发展之路途，新诗总是日益在进步的。区区百年，时光尚短，我们的旧诗，可是有数千年的沉淀积累，给新诗以时间吧，何况爱诗的人如此多，只要诗革命的精神尚在，总有登顶灿烂的一天。

顺便说一句，新诗旧诗都是诗的，新诗当年革旧诗的革命，是从语言上来说的，有其时也运也命也的逻辑。说得更直白些，今日新诗的语料和神韵，必得从民族的传统的古典里来，时代之精气神，加之诗本体的精气神，才是新诗的出路。

顺便附一首胡适的《希望》。简单、纯粹，今日读它，我们依然可以有见一株兰花的喜悦。可是读者诸君，你还记得这首简单的《希望》，却是新诗革命的产物？

顺致敬具有开天辟地精神、敢于雄视千古的胡适先生！

希　望

我从山中来，带着兰花草。

种在小园中，希望开花好。

一日望三回，望到花时过。

急坏种花人，苞也无一个。

眼见秋天到，移花供在家。

明年春风回，祝汝满盆花。

2017 年 12 月 31 日

诗　辨

早语吴子曰："得诗一首，咏于君闻？"

吴子曰：诺。

遂诵：

写　歌

起来

写一首歌

就说塞北曾溯雪连营

江南莲叶婷婷

皖中油菜花里见佳人

蝴蝶泉边思乡最深情

写谁家檐角李花白

谁家幼子夜咕哝

金沙江岸飞流急

玉龙雪山朝阳红

写泰山峰顶拜衰愚

南海深处巨浪涌

万家灯火次第眠

谁家电视

锦瑟也断了五十弦

路灯微明

早春料峭路边樱

就着单衣瑟瑟起

写一曲大江南北

鼓噪激情汹涌

高架桥下

冰寒侵蚀客里光阴

吴子笑曰：客家山歌早有歌名之矣！

遂诵：

早晨爬起冇颗米

唱支山歌来充饥

勿晓山歌唱勿饱

山歌越唱越肚饥

余抚章赞曰：果然唱尽人间饿馁。

探山歌名，吴子曰"无"。

吴子责余曰：

君诗看尽人间美景，主人公涵养儒雅，学识广博，何能冻饿如斯！且一温饱尚不能自给着，何以大江南北，看了这多天下好风景？诗家语也必得合乎常情哉！

余细省吴子言，真也。面有赭色。幸吴子忙出门，不见。

2017 年 2 月 24 日

宣泄与节制：诗歌情感的热与冷

再也没有比国破更令人伤悲了。杜甫一首《春望》，碎了多少国人的心啊。

春 望
杜甫

国破山河在，城春草木深。
感时花溅泪，恨别鸟惊心。
烽火连三月，家书抵万金。
白头搔更短，浑欲不胜簪。

当头一句"国破"，几乎令人肝胆俱碎、魂飞魄散。任谁也不能在"国破"前自若，任谁也无法承受"国破"的重压。一眼望去，城已"草木深"，这城就不忍看，国就不忍想了，"花溅泪""鸟惊心"，万物同悲。

国不国，家自然不家，焦灼伤身，怀无以慰。如此伤神失魄，大悲大苦，诗名却《春望》！花鸟虫鱼感时而动，草木应时而生，春之气象本该生机勃勃，可一眼望去，却满目疮痍，说是春望，却是不望——此时又何忍望去？

这首诗千古传诵，一则因其家国大情怀动人心魄，国破之大悲，国人同此心情。二则其情哀婉，摇人性情。字字惊心，句句刻骨。三则其情动天地，表达却节制，草木花鸟家书白发，寥寥数语，却道尽内心煎熬。

一首好诗，情字当首，情不在，诗不在。《毛诗·大序》云："诗者，志之所之也，在心为志，发言为诗。情动于中而形于言，言之不足，故嗟叹之，嗟叹之不足，故永歌之，永歌之不足，不知手之舞之，足之蹈之也。"陆机《文赋》亦曰"诗缘情而绮靡"。反之却未必然，情在，未必诗在。这就是情的表达问题了。情感的诗歌表达，不能任情自流，面对诗，面对语言，需懂得节制。节制不是情感的节省，却是以俭省的字句，蓄积最磅礴的情感能量，达到最好的表达效果，英国湖畔诗人华兹华斯言"所有的好诗都是强烈情感的自然流露，它起源于在平静中回忆起来的情感"揭示出其中奥秘。"平静"一词，说的是对情感的二度体验、对原初情感的审视，也是对泛滥情感的约束和节制，以及语言层面的冷处理。

同样哀国破的诗，闻一多的《七子之歌》一样哀婉动人，令人潸然泪下。

《七子之歌》选择了被列强抢占的七地，诉说被强掳的苦痛，以儿子哀告母亲的形式，表达自己要回归母亲怀抱的强烈愿望。

闻一多在美留学期间，对祖国有许多美好的想象。归国之后却发现祖国残破不堪，他痛彻心扉，创作了《死水》等一系列表达强烈爱国情怀的诗。《七子之歌》的创作背景，前言言说甚明，摘录于此：

邶有七子之母不安其室。七子自怨自艾，冀以回其母心。诗人作《凯风》以愍之。吾国自《尼布楚条约》迄旅大之租让，先后丧失之土地，失养于祖国，受虐于异类，臆其悲哀之情，盖有甚于《凯风》之七子，因择其中与中华关系最亲切者七地，为作歌各一章，以抒其孤苦亡告，眷怀祖国之哀忱，亦以励国人之奋斗云尔。国疆崩丧，积日既久，国人视之漠然。不见夫法兰西之ALSACE——LORRAINE 耶？"精诚所至，金石能开。"诚如斯，中华"七子"之归来其在旦夕乎！

闻一多有很好的古典文学修养，其中国古代文学研究肇始于武汉大学，自唐诗而汉魏六朝诗，自《庄子》到《周易》，从古代神话到史前文学，在古文字学、音韵学、民俗学都颇有建树。他对新诗的要求，也多古典文学传承。他著名的三美主张——"建筑美、绘画美、音韵美"，要求新诗讲究形式、注重绘画的空间营构和音韵的谐调，在今日依然有强劲的生命力。新诗固自由，也毕竟是诗，需在诗的笼头下自由欢脱。《七子之歌》很好地体现了闻一多的诗歌主张。

《七子之歌》构思颇巧，以七地喻七子，以儿子哀告母亲要返其怀的形式，表达思念之苦、回归之情。七子之歌，一子一唱，曲曲以"母亲！我要回来，母亲！"作结，如此循环七次，七次哀告，声声泣血。七重奏的诗歌样式，可以歌咏——也正好符合《毛诗序》"言之不足，故永歌之"之谓，诗歌的形式，合乎情感的节奏。《七子之歌》整体而言，情感节奏同，语义内容同，外在形式同，是一曲七唱的格局。具体到每一首，又各有其韵，各有其风致，据每一地历史文化的不同，取其最为心伤处一一道来，画面感极强。这就是情感的节制了。与杜甫的《春望》同，一方面为国破痛心疾首，另一方面又绝不任情感泄流，他们终究是在进行诗歌创作，作为艺术，一方面要充分调动内心情感，另一方面又要出乎其外，讲究艺术之美。形式是有力量的。好的形式是情感的催化剂，有节制地表达，不是压制了情感，而是推进了情感。极热的情感，往往不能在极热的时候找到最好的契合点，找到最好的形式，倒是事后"平静中回忆"起来，再度审视、再度体验，对情感的内容和形式都有了更为明确的认知，内心里多了一些艺术的考量，多了他者的眼光。

情感自身的形式，才能达到情感最极致的表达。

所以，节制即强化。

脾气可臭，人格需立

——说说诗品与人品

语言是会塑造人的。只要使用语言，谁也逃不出语言的手掌心。语言也是最懂人的，谁也别想在语言面前作伪，可以以一时之语言乔装自己，却乔装不了一世，再华美的外衣，也掩盖不了人的本性。对于语言，我们要有足够的敬畏，诗对语言的要求，几乎到了极致——没有哪一个文类能够像诗一样对语言吹毛求疵；对于自己，我们更要有足够的敬畏。写诗的人，能写诗的人，都是人间极品——上天是多给了几分灵气给诗人的，诗人们很懂得这一点，于语言，诗人们如何自得都不为过。

但是，语言不能决定诗歌的品格。尽管有人愿意说诗到语言为止，但诗的品格，却不是语言一家能说了算的，语言如何精美，措辞如何讲究，终是人对语言的把握能力一样而已。倘若格调不高，境界低俗，诗终究不堪卒读，算不得好诗，甚至可能算不得诗了。诗人对诗还是应该有几分尊重的，毕竟至少三千年的底子在这儿呢。语言的精妙，不过是诗的底子，语言不过关，谈诗便是奢侈，这个无须多说，人人皆知。不过奇怪得很，明明是常识，许多人却打着各种旗号说些赘语，玩一场掩耳盗铃的游戏，自我沉醉曰诗。此处打住，另文再议。我们接着议诗的品格——这其实也是旧话，古人早就说得清楚。讨论虽然早已有过，但问题却依然存在，这就有了旧话重提的必要。太多人欺负新诗弱小，蜂拥而上，胡言乱语起来，自鸣得意倒也罢了，但却是对人类和诗的双重亵渎。当然有些人是有意为之，这是可恶；有些人不自知，这就有警醒的必要了。

诗品高低，取决人品。唐僧皎然《诗式》评价一首诗的品格，用了一个非常主动的"取"字，其云："取境偏高，则一首举体便高，取境偏逸，则一首举体便逸。"强调诗人主体性动作"取"，是决定一首诗优劣的关键。宋末元初李涂在《文章精义》中也有过类似的强调，他说得更为具体了些："作世外文字，须换过境界。庄子寓言之类，是空境界文字；灵均《九歌》之类，是鬼境界文字（宋玉《招魂》亦然）……子瞻《大悲阁记》之类，是佛境界文字……《上清宫》之类，是仙境界文字。"诗人的境界与诗的境界是一体的。卑下人作高尚语，冰雪人作热中语，一时可也，却不得长久，语言必然会泄露内心，无论怎么伪装，都有露马脚时候。扬雄言心声心画，布封曰风格即人，一码事，都是老话了。但相当一部分人并没有意识到语言的杀伤力，或许一句两句，或者一首两首，或者千首百首，语言早把人暴露个一干二净。换句话说，人格修养不高，诗品一定低下，他的语言天赋（如果有的话）并不能拯救他，也不能拯救他的所谓诗。

这跟诗表现的内容无关，与人的胸怀气度格调有关。只要这天下有的事，都可入诗；这天下莫须有的事，也可入诗。这宇宙八荒，何物不可吞吐？想象力可以抵达的地方，何处不可诗意？只是格调低下之人，其诗未免猥琐。情爱但可写去，猥亵与偷窥、涉黄不足取；不公不义但可表达，戾气不可取；忧伤绝望尽可展示，怨天尤人格局就小了；我甚不喜哭哭啼啼的诗，仿佛天下人都欠他似的；以诗攻击人更是心术不正。曾听诗人黄礼孩说要写爱，心里怀了对天下苍生的温柔来写作，其境界非一般人能达到。不要求诗人非得胸怀阔大，为人豁达，至少要守住我们几千年形成的道德伦理底线，至少看这人间的眼光要有善意。一次听一个广东诗人说，诗人心中要有阳光、要有温暖，那么笔下也必有温暖。此说甚是，诗不是自言自语，写给自己看的，诗的另一端是读者，一首诗就是一个交流场，至少我们的写作要尊重跟我们对话的读者。我们相信既然读者愿意耐心读一首诗，他就有足够的心智来和我们对话，想想看，古今中外那么多文学经典，他读经典的时间都不够呢，为什么要来读你的诗？他愿意耐心读，说明他是个喜欢诗的人，对你有几分欣赏的人，有着作为公民的基本素养，所以我们要对读者更友好一些，我们的文字应该更体现出作为话语发出方的气度和修养——这其实也是常识，是作为一个真正诗人最低的操守，但这点操守，在很多人这里居然变得难以企及。

诗人首先得是个人，然后才是诗。人都立不起来，其诗也无价值。可惜了先天获得的诗歌感觉和语言天赋。说起来诗人本应是上天的宠儿，各种文体老师都教的，但老师一般不教我们写诗，甚至中国的高考，都是文体自由，诗歌除外。可是我们这么多的诗人呢，却都会写诗了，而且很多人写得不错，甚至相当动人，很多诗广为传诵。我们在北岛的《回答》里看到信仰，海子的《以梦为马》里看到正义，舒婷的《致橡树》里看到女性的独立，郑小琼的打工诗歌里看到对打工族深沉的悲悯，黄礼孩的《窗下》里看到慈悲，谭畅的《大女人》对天下女性柔软的爱怜……这是一个可以绵延很长的名单，原谅我无法一一列举。我想说的是，人有高格，诗才高格，有些人一辈子不见，读其诗，却能直击人心，能够打动我们的，都是生命中最动人的部分。顾城《一代人》"黑夜给了我黑色的眼睛／我却用它寻找光明"，不同读者会读出不同的意涵，但历尽沧桑后诗人仍然愿意给人温暖。

需要区别的是，人格和性格是两个不同的概念，尽管二者都指向个性，但人格强调一个人整体的精神面貌，性格更侧重一个人的脾气，不能以脾气论人格。脾气臭的人，人格高尚者大有人在。宋晏几道孤高自负，脾气很大。据闻时正受帝、后赏识的苏轼想见他他也懒得搭理。"元祐中，叔原以长短句行，苏子瞻因鲁直（即黄庭坚）欲见之，则谢曰：'今日政事堂中半吾家旧客，亦未暇见也。'"（《砚北杂志》）。黄庭坚《小山词序》对晏几道的脾气有解："余尝论：叔原，固人英也；其痴亦自绝人。爱叔原者，皆愠而问其旨。曰：'仕宦连蹇，而不能一傍贵人之门，是一痴也。论文自有体，不肯作一新进士语，此又一痴也。费资千百万，家人寒饥，而面有孺子之色，此又一痴也。人百负之而不恨，己信人，终不疑其欺己，此又一痴也。'乃共以为然。"脾气虽臭，人却大善，四痴见其境界矣。小令至晏几道在北宋发展到一个高峰，可典雅富贵，可旖旎流俗，诗艺之外，人格立也。

语言不欺人，人也不要欺负语言，更不要欺负诗。若是觉得新诗百年尚新尚幼就可以肆意欺之，到头来却是侮辱了自己。人格即使不够健全，至少要做个心底有善意的人，自己心里有阳光，脾气即使臭点，说不定还是佳话呢。

附一首晏几道的词，无他，喜欢他文字的可雅可俗浑然天成。

后附：破阵子·柳下笙歌庭院

破阵子·柳下笙歌庭院

晏几道

柳下笙歌庭院，花间姊妹秋千。
记得春楼当日事，写向红窗夜月前。
凭谁寄小莲。

绛蜡等闲陪泪，吴蚕到了缠绵。
绿鬓能供多少恨，未肯无情比断弦。
今年老去年。

2018 年 5 月 16 日

相爱相杀：作家与批评家的"爱恨情仇"

作家和批评家的关系，也是颇为有趣的。

一个正直的批评家，他的兴奋点在作品。一部好的作品是令人兴奋的，然而好作品真的不算太多，批评家古今中外的经典读多了，眼光自然也就刁了，很多作品不能入他青眼。经年严苛的学术训练，未免对作品有些吹毛求疵，看作品也未免带了经典作品的要求，于是看作品，尤其是当代作品，未免有些日下的感觉，心里未免生出许多失望来，这许多"未免"一排列，批评家的心底，失望多的时候总要胜过喜悦的。想想看，用唐诗宋词的水准来要求新诗，新诗够看几天呢。

批评家是一个体，作家是另一个体，两个个体的连接点是作品。作家和批评家互相非常熟悉的当然常常有。但要达到钟子期、俞伯牙那样的状态，说凤毛麟角也不为过。互相欣赏是有的，水乳一体就是奢望了。批评家和作家的三观（世界观、人生观、价值观）是可以重合的，但个人经历、兴趣爱好、情感偏向、肝胆脾性及阅读经验自然是完全不同，而后者会深刻影响对作品的态度，这就是为什么我们会说一千个读者就有一千个哈姆雷特了。个体不同，感受不同，对同一部作品的态度、看法南辕北辙很正常。作家辛苦出一个作品，给大家看的也就是水面上那点儿山顶，水面下90%的部分藏着掖着，要读者猜谜。批评家作为最专业的读者，猜谜也会猜到九万八千里外去，你还不能说他不对。

有些表达，可能作家自己也没有意识到它包含着巨大的能量，有N种阐释的可能性。而批评家呢，从个人的知识体系兴趣爱好出发，发现一个作品非常适合自己的批评框架，顺手拿来就用了，结果说出来的话，跟作家表达的完全不是那么一回事，甚至半点调调都不搭，若是往好里说就算了，要是说得不好听，直接就要发怒的。不管好不好听，作家心里大概都觉得批评家水平不够，未免要在心底偷笑几声的。

那么，作品的价值和意义谁说了算呢？

我们最为感性的认知，当然是作家说了算。作品是他生出来的孩子，他若不懂，天下人谁敢懂？不过有时还真不是这么回事。人未免都有点敝帚自珍，自己的孩子自己疼。首先，写作这件事，毕竟是个公共事件，不拿出来就算了，一旦拿了出来，就要接受很多规约，比如文体的规约、语言的规约、时代精神风貌及审美趣味的规约；其次，写作还要求作家对人性对世界的洞察，洞察力的深浅直接影响作品的深度；最后，写作当然要求作家有足够的文化和文学修养。仅这三项作家已经不能自己说了算，有经验的批评家打眼一看，就能给作品打一个与作家自己完全不一样的分数。

因为有历时共时的维度存在，作家有可能无法解决"认识你自己"的问题，作家自己的生命精神和灵魂质量，又直接影响作品的质量。人大多爱自己却无法正确认知自己，对他的作品，往往也如此。

作品也往往不是他自己可以把握的。罗兰·巴特说"作家死了"，影响了很多人的创作和批评。语言是一种漂浮的指意符号，作家捕获了其中一种意义，读者可能捕获的是另外一种，不同的读者在同一指意符号里打捞出许多意义，有些意义作家自己是没有意识到的，这些意义聚在一起众声喧哗，作家已经无法把控事态的发展，他发现作品一旦独立，就已经有了自我生长的生机，不同时代、民族、国别，甚至不同流派不同批评方法的参与都成了浇灌作品成长的营养，作品的意义变得丰富而立体。终于一部《红楼梦》成就了红学，曹雪芹地下有知，大概也只能大笑三声，不知悲喜。

具有意义阐发的多种可能性，说明这是一部不错的作品。至于这部作品到底说的是什么，作家只是一说。作家也只是他的作品的一个读者，尽管他可以声音洪亮，但哪里抵得住无数读者的喧哗？何况还有那么些批评家，那么严肃地拿了放大镜试图找出作品中隐藏的秘密。一部作品可以有让人说话的欲望，已经很难得了。作家大可释怀。

作家更不能把控的是批评家那个伙计。这伙计是个有血有肉的人啊，他的知识框架，他的文化修养，他的批评方法，甚至他的定见，作家都无可奈何。而且批评家是个有缺陷的人，他怎么可能完美呢？他对文本的批评，有两个基本前提，一个是他自己，他的情感、他的兴趣、他的视野、他的方法、他的修养、他的表达，他携带着一个完全的自己进入文本，找到与他的精气神相契合的部分，说自己的话，他有他的锐气也有他的盲点。也就是说，批评家的批评，实际上是对作品的再创造，他创造什么不创造什么，作家是无法操控的。作家盖个楼，批评家接着盖，盖成欧美风格还是中国古典建筑的模样，或者直接盖歪了，作家只能继续释怀，当然，也可以喜悦，去浮一大白。

不能把控自己，不能把控作品，不能把控批评家。所以，批评家说话的时候，作家可以莞尔，说明他的作品，已经优秀到可以成功引起批评家的注意了。

作家不必要求批评家想作家所想，作品之外，另起炉灶也未尝不可。过度阐释不是个好习惯，但批评家要盖的楼，显然不在于一部作品。许多批评家一起盖楼，单一的楼体，也许就变成一座园林了，慢慢变成一个帝国也是有的。当然，这要看作家的楼基牢不牢。

批评家也不用自得。一家之言而言，不能一言九鼎，也无法一锤定音。各说各的话，各展各的抱负，各显各的神通。

不管是谁说话，说的都是他们自己罢了。作家是，批评家也是。

所以作家未必然，批评家未必不然。反之，亦成。

以上讨论，仅限于优秀的作品和正直的批评。

2019 年 1 月 6 日

个人情感、历史记忆与人类情怀：政治抒情诗的新维度

——兼论程学源长诗《紫荆花开廿年红》

我们这个时代需要什么样的诗歌？

百年来，新诗以其"新"，一直在锐意进取，探索诗歌形态的各种可能性；当我们谈论新诗，我们不缺乏"新"的话题，在不同的历史时期，新诗总能生发出贴合时代风尚的新姿势。但若以其"诗"凝视新诗，人们眼里未免有许多疑惑：倒不是口语雅语之分，也非民间写作与知识分子写作之辩，而是出于对新诗本质的关切：新诗当如何？

徐敬亚曾撰文描述中国当代诗歌的形态，他认为："日常化、叙事化、平面化、消费化，像一面四棱镜，隐射出一个精神自救、自赎、群芳自赏的自我消费时代已经来临。"[1] 他对这种去隐喻、去修辞、去抒情、去感动的诗歌形态颇有微词。碎片化的时代和碎片化的生活，诗歌不得

---

[1] 徐敬亚：《诗的自我消费年代——中国现代诗当下四种形态》，载徐敬亚、韩庆成编选《我的爱不紧不慢正好一生》，广州：花城出版社，2022年。

不日益变得日常和琐碎。

但眼里有光心里有爱胸襟里有民族和时代的诗人，显然不会满足于只是记录生活的小感动和小事件，诗人的职责，是要把个人的书写参与到时代的进程中去。壮丽山河和朗朗乾坤，时代风云和空间变幻，都与我们有关，这就必然应该有一种文字，有一种诗歌，会糅合个人情感和历史记忆，记录时代进程中的重要时刻。

一、时间里的"我们"，空间里的"我"

政治抒情诗似乎是一种正在被逐步遗忘的诗歌样式，直到我看到程学源的《紫荆花开廿年红》，青春时代的阅读记忆蜂拥而至，贺敬之、郭小川的诗歌激情是年幼的我的创作源泉。"我们"！第一代政治抒情诗人高扬着"我们"——时代的我们、民族的我们、国家的我们、集体的我们——那是一个多么纯粹的"我们"啊，没有掺杂一点点私利，"我们"激情澎湃、意气风发，讴歌着一个伟大时代的丰功伟绩。抒情主体的情感是"我们"的，视野是"我们"的，视角是"我们"的，观点也是"我们"的，个人记忆和个人情感很自觉地让位给了集体的"我们"，被宏大叙事宏大抒情激励的青春，对建设强大祖国的信念澎湃着，"我们"都忠诚地热爱我们的时代，我们的民族，我们的国家。所有的个体的"我"都是集体的"我们"的有机组成部分，异口同声，说出"我们"共同的情感、心愿和理想。

《紫荆花开廿年红》（以下简称为《紫荆》）的抒情主体承续了第一代政治抒情诗"我们"的身份，不同的是，这个"我们"，既是集体的"我们"，也是个体的"我"，"我们"强大的声音，并没有掩盖作为个体的"我"的声音，虽然"我"的情感和意志汇流在"我们"中，但"我"的声音依然清晰可辨。"我们"忧伤，"我们"欢乐，"我们"期盼，"我们"奋起，"我"在"我们"中间，与"我们"一道发出热烈的声音，但"我"并没有被"我们"一体化，"我"是"我们"中独立的有个性的有独立意识的"我"。《紫荆》是一首长篇政治抒情诗，分为四个部分："历史隧道""炎黄之血""百年期待""历史的终结 新世纪的开篇"。四个部分的抒情主体都是"我们"，但"我们"之中，有"我"的身影。

"历史隧道"讲述香港被殖民统治的历史及"我们"的屈辱感。当诗人在陈述历史及对历史的感受时，"我们"会直接出场，表达"我们"的悲伤、"我们"的屈辱、"我们"的不甘、"我们"的庄严、"我们"的喜悦。这时候的"我们"是集体的、民族的、国家的"我们"，集体的"我们"完全取代了个体的"我"，因为每一个个体的"我"的立场、态度、情感和意志都是相同的，"我们"的就是"我"的，"我"是无数个"我们"中的一员。一旦视角转向空间，转向具体的地点，"我们"的声音虽然依然高亢，但"我"的声音出现了，一个清晰的抒情主人公的声音在热忱地歌唱。也就是说，"我们"在时间里诉说，"我们"的言说就是"我"的言说；而在空间故事里，"我"和"我们"并肩而立，"我"在用个人的声音讲述故事，在一定程度上可以说，是"我"说出了"我们"的声音。当抒情主人公穿梭在历史的隧道，往事一桩桩一件件浮现在"我们"眼前，"我们"的情绪也随之婉转："美丽的香港 / 是我们的神圣领土 / 走过多少屈辱的雨夜 / 我们才踏上这辉煌的回归之路 / 亿万人的心海 / 已经彩旗飞舞 /1997/ 我们为这个数字自豪"，"我们"一起"我们用如歌的韵律 / 播种幸福"，"我们推动日出 / 让万丈阳光 / 普照人类的帷帐""我们用尊严的力度 / 洗净身上的污垢"，"太平洋吹皱的每一纹波浪 / 我们都极力端详 / 祖国吹来的每一缕风儿 / 我们都驻足守望""血泪与抗争 / 窜进历史的隧道……在黑暗的岁月里 / 译出民族的坚强"。在这里，诗人明确表示，"我们"就是"亿万人"——集体的、民族的、国家的"亿万人"，亿万人发出了同一个声音。当抒情主人公的目光停驻在具体的空间，一个个体的"我"出现了，他很不满意这个中国海港被命名为维多利亚，他略带贬义和不满地控诉说"这海港／这中国的海港／什么时候／被蓝眼睛的洋人／被拼写和讲述鸡肠形文字语言的人／命名为维多利亚"，这节对英国殖民者和英语的描述只能是个体的"我"，"我"不太喜欢洋人眼睛的颜色，也不太喜欢英语字母的长相，这个会"以貌取人"的抒情主人公只能是个体的"我"，只能是"我"个人的审美倾向。其间隐含着对黑眼睛的中国人的喜欢，对横平竖直的汉字的骄傲。抒情主人公以个体小我的身份，说出了对殖民者的愤怒，而这种愤怒又是"我们"共情的，"我"用个体的喉咙，说出"我们"的话语，"我们"把他们当客人，他们却以炮火和刺刀开道，强行把自己当作了主人。

在时间河流里承续政治抒情诗大我的抒情主人公传统，在空间建构中悄悄树立起小我的形象，十七年政治抒情诗[①]的主人公通常以阶级和人民的大我身份出现，表达对当代重要事件的情感态度，小我是不需要涉及的部分。香港回归无疑是当代中国乃至世界的重要事件，讲述这个故事时，《紫荆》中强悍的大我依然如十七年政治抒情诗一样高歌，个体的小我也发出了自我的声音，小我甚至能够以自我的声音共情大我，在诗歌中牢牢挺立起自我的身躯。小我的出现是当代政治抒情诗的重要现象，一方面，它表明政治抒情诗在新世纪的发展变化，个人情感完全可以参与时代重大事件的叙述。个人视角也为观照历史重大事件提供新的观察面，为诗歌增添新的趣味。另一方面，它表明小我也在关心和参与重大社会事件。每一件重大事件的发生，都牵动着小我的情绪，哪怕微不足道，小我也是事件中的一个部分。时代进程滚滚向前，谁又能置身事外呢？

---

① 十七年政治抒情诗指的是从中华人民共和国成立（1949年）到"无产阶级文化大革命"（1966年），在中国出现的政治抒情诗。

二、四重奏：历史事件与情感回响

香港回归是一个重大的历史事件，必然应该有不同的书写方式去记录它，包括历史的、政治的、经济的、文化的、文学的，文学的各种体裁都在积极参与，其间当然包括诗歌书写，擅长宏大书写的政治抒情诗可能是最合适的吟唱香港回归的方式之一。《紫荆》长达871行，从时间、空间、事件、愿景四个不同的角度反复吟唱这一历史事件及其在国民心中带来的回响，这种抒情方式类似弦乐的四重奏，情绪激越的旋律是小提琴的任务，表达的是对回归的喜悦。大提琴讲述历史故事，中提琴娓娓道来，描述了回归后香港的各个场景，声部虽有不同，音色也是各异，但演奏出的，都是香港回归后，人民内心的喜悦和激情。

讲述一个如此重大的历史事件，时间自然是最合适的视角。仿若大提琴悠悠道来，清清楚楚描述出来时间中的事件和事件中的时间。时间中的事件赋予事件纵深感，事件中的时间凝结出时间的厚度和价值。时间是事件最深沉的横坐标轴，除了交代事件的前世今生，还会刺激深邃的哲学沉思，每个事件进程中的人和物，都会不由自主地被时间裹挟，令人忆起先哲"逝者如斯夫"的感慨。事件中的时间标识出时间的别具一格，时间因为事件而标出，成为时间长河里别具意味的存在。长诗的第一部分"历史隧道"，命名已经明示出诗歌选择的角度："历史"带来时间的回望，事件的缘起及过程是抒情主人公想要讲述的内容；而"隧道"是他对时间中的这一事件的具体感受。过于漫长的被殖民统治的过程让"我们"犹如在黝黑的隧道中穿行，但光明终究会出现，香港回归便是光明闪耀的时刻。抒情主人公"我们"的感情，也从在隧道中行进的悲伤和耻辱感中释放出来，民族的自强自立，让我们无法抑制内心深处的喜悦，我们激情飞扬、豪情万丈。时间见证了我们的悲哀和耻辱，同样也见证了我们雪耻的自豪和荣耀。时间的坐标轴上，1997年7月1日，成了我们所有国人的重要时间节点。

如何能，何以能？我们为何能够穿越历史幽深漆黑的隧道光明？中提琴不急不慢，舒张从容。长诗的第二部分"炎黄之血"适宜中提琴的细腻与厚重。与第一部分强化时间不同，第二部分强化场景。以香港不同场景的夜晚和黄昏的和平繁荣，追根溯源，表达我们，对身为炎黄子孙的我们的勤劳、善良、勇敢和热爱等美好品质的认同，传达出强烈的民族自豪感。抒情主人公以主人的姿态凝视香港的夜晚和黄昏，这是流光溢彩的香港，这是繁华富饶的香港，这是喜悦和平的香港，这是车水马龙的香港，这是如诗如画的香港，这是有梦想有未来的香港，这是能够蒸腾出伟大传奇的香港！这是属于"我们"的香港！抒情主人公如数家珍般，告诉我们维多利亚港的星星有多亮，港岛和九龙有多忙碌，香江水有多清澈，戏院里的节目有多热闹，球场在喧嚣、老榕树在结籽，维多利亚港的小船，唱新了江山……满心满眼都是喜悦，都是自豪！如今香港的繁华，是属于我们的骄傲！是属于炎黄子孙的荣光！抒情主人公以自问自答的形式，告诉世界是我们自己，我们炎黄子孙自己，挣来了香港的和平富足："救世主哪里去了／炎黄的子孙／用自己的血肉和辛劳／终于托起了这都市的彩卷"，"我们锤炼自己／用血和肉的代价／我们燃亮自己／让历史告别黑暗／我们用价值的秤杆／标明民族的力量／我们用挚爱的付出／化成阵阵的春雨／淅淅沥沥／倾泻成／香港闪亮的魅力"。①

同样是表达对香港回归这一重大历史事件的赞美，"历史的隧道"回望时间，表达的是雪耻的快乐；"炎黄之血"着眼于空间，自豪民族精神的伟大；长诗的第三部分"百年期待"则定位于事件点：香港回归那一刻，尽情抒发回归的喜悦。这时候诸音齐鸣，其声时而深沉时而激越，时而低缓时而迅疾，"百年期待"已经到了长诗的高潮，足足209行诗来

---

① 程学源：紫荆花开廿年红 [J]. 华夏，2017（201）06：32。

抒发一个民族不可遏制也不想遏制的激情，这是一场伟大的狂欢，葡萄酒倒上了，酒意醇香；节奏响起来了，华尔兹舞步旋转；交响乐奏响了，其声洪大悠扬。在这样庄严的时刻，我们有什么理由不狂欢？百年的等待曾渺茫，多少次挣扎努力落得个失望，多少回内心深处的祈祷曾落空，胜利一朝来临，我们有什么理由不开怀？吞下了那么多年的无望和屈辱，煎熬了那么多年的心酸，承受了那么多年的伤痛，如今晴空万里，母子相聚，我们有什么理由不歌唱？！香港回归，是人类的进步、世纪的成功、中华民族的胜利。我们何不载歌载舞，庆祝这一伟大的胜利？

一个历史时代过去了，一个新的历史时期开启。大提琴稳重又富有激情的声音，告诉世人一个新的时代的来临。长诗的最后部分，"历史的终结 新世纪的开篇"讲述的是一个充满希望的故事。五千年的中华传统文化与西方文化的交融，造就了一个具有独特文化景观的维多利亚港。"而今日和明天/早已集合在/人类如歌的指挥棒下/让孔夫子/如泉水般的学说/蕴育策略/再溢出/歌德诗句的平和/偷来李白的浪漫/编成如星的情怀/在雪莱的瞳孔中/歌唱爱/让现实的维多利亚公园/幻变纯真"，我们的目标，是要"求得精神的平等"，我们的愿望，是"我们高擎着和平/我们不愿让今天的美好/去重复历史的丑陋/我们不愿让人类的文明/再次沾染野蛮和兽性"，那就"让1997成为一段历史的终结/让1997成为新世纪的开篇/从1997到2017，紫荆花开廿年红"。①

雪耻的喜悦、血脉的喜悦、回归的喜悦、新征程的喜悦，《紫荆》如同一部四重奏，奏响了一部喜悦之歌。2017年，香港回归已经20年了，想起来还是激情满怀，豪情满在。经过时间的淘洗，我们对香港回归这一伟大的历史事件有了更深刻的认识。包容、和平、发展、进步，中华民族创造过、正在创造、未来也必定能够创造伟大的时代。在心为志，

---

① 程学源：紫荆花开廿年红 [J]. 华夏，2017（201）06：37。

发言为诗，讴歌我们的时代、反思我们的时代、参与我们的时代，诗歌乃当行也。在时代叙事、记录历史、抒发大我情感方面，当今时代的政治抒情诗依然延续了传统，只是变化也在悄悄发生，如小我以坚挺的形象清晰地纳入大我，大我再也不能如往日那般取代小我，在时代的合唱声中，小我的声音清晰可闻。再如在叙事中抒情，在抒情中反思，在反思中批判，在批判中愿景，《紫荆》展现了不一样的风格和态度。

三、世纪视野 人类情怀

创作于 2017 年的《紫荆》一如既往地表现出了强烈的政治激情，延续了政治抒情诗以往的抒情风格，但它也显示出了与以往政治抒情诗不一样的一面。20 世纪 50 年代，贺敬之的《放声歌唱》《十年颂歌》《雷锋之歌》，郭小川的《投入火热的斗争》《致青年公民》《望星空》《甘蔗林——青纱帐》等，都洋溢着强烈的政治激情和对新时代的赞美；改革开放后，李瑛的《一月的哀思》，柯岩的《周总理，你在哪里》，光未然的《伟大的人民勤务员》，公刘的《刑场》《哎，大森林》，张学梦的《现代化和我们自己》，雷抒雁的《小草在歌唱》，江河的《没有写完的诗》依然在书写在歌颂革命领袖和英雄人物，只是多了悲剧意识，充满悲悯情怀。程学源的《紫荆》选取了一个政治事件作为书写对象，讴歌中国共产党领导下取得的伟大胜利，其间表现出不同以往的胸怀和抱负，正是这一点"不同"，拓宽了政治抒情诗的视界，政治抒情诗的气概，将不再阈限于一个国家一个民族，而是以人类为视点，表现人类普遍的情怀。

当然，该诗最突出的情感是民族自豪感。不堪忍受百年被殖民统治的屈辱，香港回归，被压抑的民族自豪感得到释放。长诗 871 行，行行都透露出对香港回归的喜悦。该诗以喜悦为核心建构全文，"历史隧道"讲历史的屈辱更讲雪耻的喜悦（"我们以正义为旗帜／以国力为筹码／取回了尊严"）；"炎黄之血"讲香港回归后的美景讲民族精神更讲身为炎黄子孙的骄傲，我们是自己的救世主（"炎黄子孙／用自己的血肉和辛劳／终于托起了这都市的彩卷"[①]）；"百年期待"正面书写对香港回归的喜悦，酣畅淋漓地释放内心的情感（"长江卷起浪花／黄河以奔腾的气魄／母亲以青松般挺拔的身姿／迎接自己儿子的归来"）；"历史的终结　新世纪的开篇"对"我们"的未来充满信心，相信"我们"将会更富有、更愉快、更幸福。如果诗歌到此为止，只是宣泄一把胜利的狂欢，表达一番爱国爱民的激情，它仍然是一首好诗。但是，它并没有止步于此。

政治抒情诗向来理性与情感并举，《紫荆》亦然。不同的是，该诗思考问题的维度发生了变化，它不再阈限于一个国家一个民族的内部，而是站在全人类的角度，思考香港回归的意义和价值，诗人认为，香港回归不仅仅是中华民族从分裂的痛苦中领会到聚合的温馨，不仅仅是一雪国耻的畅快；更重要的，是香港回归这一事件，表征了"我们"对消弭不平等、反对侵占、反对战争的态度和决心。"我们"希望世界和平，人人平等。和平与平等是"我们"最美好的愿景，是世界最美好的未来。"我们信奉努力／我们信奉创造"，在这里，抒情主人公的自我陈述还是"我们"，说明努力和创造是"我们"的质素，接着，话锋一转，"我们"的形象立马就变得更伟岸，"我们""十多万万人"考虑问题，显然不仅仅是"我们""十多万万人"的利益，"我们"是有全球立场的"我们"，是关心关爱全人类的"十多万万人"："十多万万人／日夜的祈祷／立在人类祝福的顶端／昭示一种选择／映现一幅壮观／传递一种信息／这是人类进步的故事／这是世纪成功的故事"，"让世界都欢呼吧／这是胜利的日子／五星旗　紫荆花／飘扬在人们的心海／这是中国的庆典／这是人类的庆典／烟花如雨／烟花如画／这是中国人的胜利／这是人类的胜利"[②]，谁不爱壮

---

① 程学源：紫荆花开廿年红 [J]. 华夏，2017（201）06：32。
② 程学源：紫荆花开廿年红 [J]. 华夏，2017（201）06：35。

阔雄浑的万里江山？谁不爱博大澎湃的无边海洋？谁不愿笑语晏晏人间温暖？所以，"我们"愿意"将良知和人性／放在未来的琴弦里／让人类共听／一如大浪过后的反思／静默在浩瀚之中／让我们伫立"，"白鸽／这和平的使者／这世界纯美的点缀／沐浴纯粹的人性"，"蓝眼睛与黑眼睛／全是造物主的创造／高贵如神／在茵绿的人类广场／在海蓝的人类空间／亮出的是同一张牌子／上面写着'主人'"①，渴望和平，期盼平等，诗人一方面激情书写对香港回归的狂喜，另一方面又冷静思考，理性审视回归的意义。对过去百年屈辱的历史，诗人心有余悸，他说"我们高擎和平／我们不愿意让今天的美好／去重复历史的丑陋／我们不愿让人类的文明／再次沾染野蛮和兽性"，洪荒已去，未来值得期待，"让1997成为一段历史的终结／让1997成为新世纪的开篇"，这开篇，不仅仅是中国的新际遇新发展，也是人类的新起点新愿景。

四、结语

新诗百年，政治抒情诗曾是20世纪50年代的最重要的诗歌样式。随着历史的发展，时代的向前，诗歌观念的变化，诗歌越来越走向个人化、私密化、生活化，诗歌与政治的关系似乎越来越远。但是，只要诗歌对时代还有足够的敏感性，只要诗歌还在关心国计民生，关心人类的命运，政治抒情诗就一定会有顽强的生命力，政治抒情诗也一定会在新的时代、新的语境下，衍生出新的变化，新的特性；也正是这些新变化新特性，赋予政治抒情诗源源不断的生命活力。程学源《紫荆花开廿年红》，"小我"的声音虽然融入了"大我"的和声，但"小我"并没有因为合奏而削弱其声，"小我"的态度、立场甚至喜好清晰可闻；记录香港回归这样一个重大历史事件，诗人高立意，巧布局，妙结构，以喜悦为

---

① 程学源：紫荆花开廿年红 [J]. 华夏，2017（201）06：36。

情感核心，从不同角度讴歌香港回归之美；并从中体会到香港回归之于世界、之于整个人类的价值，认为其意在于世界和平、人人平等，在于终结过去，开启新篇，在于人类社会更美好的未来。这就是新的历史时期，政治抒情诗体现出来的新力量新态势。或许在不久的未来，政治抒情诗会表现出更多的新面貌新特色，毕竟江山如此多娇，社会日新月异，我们的时代，给政治抒情诗留下了用武之地。

住在我们身心里的那一点点诗意

"挑一条有花的路走",这可能不是一个聪明的选择,但一定是个舒服的选择。这个舒服的选择,来自我们身心内在的诗意。

有一种说法,认为诗必须与日常社会保持一定的距离。这话听着对,想着似乎也对。审美这件事,带着点距离更能看得清楚,审视的"审",就是要退后一步上下打量。作为审美王国最迷人的文类——诗,自然也是要退后一步的。华兹华斯说:"诗是强烈感情的自然流露。它起源于在平静中回忆起来的情感。"人们更多地注意到华兹华斯话语字面的意思,"平静"和"回忆"这两个词代表了距离,诗歌写作与情感发生的时空不重合,诗歌创作表现出来的内容,是经过时空的二度审视的。

我记得我大学的心理学老师,姓范,名程。那时范老师年轻帅气,有幽默感。有一次上课说起情感(我已经忘记那节课的内容了),他开玩笑说最好的距离就是旁观者:"看见人吵架,那就是过小年哩;看见人打架,那就是过大年了。"过年对 20 世纪 90 年代的小孩来说是件快乐的事,意味着美食与新衣服。范老师说情绪激动中的人们很难控制自己的情绪，他们的情感体验很深刻，但缺乏理性，他们是不快乐的，失控的；而旁观者往往很快乐。这与道德无关，跟情感的距离有关。是非现场之外，旁观者一来观看了一场本色表演（毕竟生活中并不经常发生吵架打架这样的事），当事人的语言和行为经常会出人意料（的精彩）；二来他们比当事人更容易明白其中的是非曲直，占有着理性分析的优越感，又兼具有非现场的在场感。范老师此说，与诗理相通。旁观者的角色——无论是做自己情感的旁观者还是他人情感的旁观者——都是最合适的，他剔除了事件发生的非理性成分，净化了情感。

但显然华兹华斯没有说出诗歌创作的所有秘密。一首诗的产生可能没有那么理性。或者换句话说，诗歌创作不是手工艺制品，有着一套严格的私密的制作路线。有时候诗的写作是没有理由的，在某一个情境里，语言自己来了，句子也自己来了，一首诗自己站立起来。当它完成后，我们自己可能会惊讶：它是怎么来的？它曾经在哪里？它是我写作的结果，还是我是它出现的原因？据闻郭沫若创作《地球，我的母亲》的时候，激动之中居然赤脚来回奔跑，甚至索性趴在地上去感受"地球母亲"的心跳。这种狂热的情感粘连的写作状态，很多诗人都有切身的感受。

如果距离不是问题，在平静中回忆起来的情感可以是一种好的写作状态，激动不已的现场也可以创作令人心神荡漾的诗，那么，我们可以说清楚的是，诗本身就生长在诗人的身上。诗人不是诗歌写作的结果，而是缘由。诗人必须是一个有趣的具有诗意的灵魂，他才能写出有诗意的诗。

那么，谁是那个有趣的灵魂？诗人是人群中的小众吗？

天赋是一个千差万别的东西。我的邻居金教授，她说数学是人世间最好玩的游戏，我对此羡慕不已。我的中学时代所有的草稿纸，八开大白纸，铅笔写一遍，蓝笔写一遍，红笔再写一遍，一周至少要用掉两张这样的白纸，都花在数学上了——我中学时代几乎所有的时间和精力都在对付数学。物理更是惨不忍睹，我一直崇拜物理学得好的人，觉得他们脑回路肯定非同寻常。语文我是不学的，语文有什么好学的呢？我是教中文的教师，也不太能理解为什么有人花那么多心思学语文——可见这世界是挑人的。

诗人是一群被这个世界挑中的人。

这个世界需要诗。

只要这个世界还需要真，还需要善，还需要美，还需要一点点对远方的渴望，还有一点点附庸风雅的兴趣，还有一点点内心独立的需求，还有一点点表达的需要，诗就会被需要。

诗人恰巧就是有那么些"一点点"的人。

很多人都是有这么些"一点点"的人。

不然，为什么大理和丽江、香格里拉、墨脱……甚至无人区会有如此大的魔力？不然，为什么会有震撼人心的摄影和绘画作品？不然，为什么要登高要远望？……中国节假日的每个景点都人头攒动，这不是看风景的初衷，但风景的魔力，却能一次又一次召唤人们蜂拥而至。这些看风景的人，大部分不是诗人，但他们的内心，应该是住着诗意的。只是，诗暂时还没有挑选上他们。谁知道哪一天，诗就会挑上他们呢？或者，诗灵已经住进他们内心，只是他们还不自知？

生活有时候会有太多负累，生老病死都在折磨我们此生的生活。有时候一个小小的愿望，一个小小的目标都会令我们精疲力竭。人世又是一个欲望世间，总有那么多东西在诱惑着人类奋不顾身，得之，未必幸，失之，却可能情绪败坏。我们的身心被人世的俗物缠绕遮蔽，诗心被坚实包裹，连我们自己都看不见了。这才是人世的大悲剧呢。

活着，命而已。功名利禄的社会秩序不过是长幼有序的伦理秩序的扩大版而已。一只猴子也可以掌握得很好。人类不同，人类还有诗。

或许是平静中回忆起来的情感，或者是诗句的神性自现，不管一首诗如何诞生，总是我们内心的自觉。

至于诗歌主张，实在是退而求其次的事情。口语写作或雅语、民间写作或知识分子写作、讲究格律还是自由诗，或者各种流派主张，都是可以涵纳的。

我们只要记得，这一生一世的辛苦求索中，有一个部分是属于诗的。

诗人虽然是被挑中的，但诗心却在每一个身体上住着。每一个人都有被挑选的可能。

来读一首杜甫的《绝句》：

> 迟日江山丽，
> 春风花草香。
> 泥融飞燕子，
> 沙暖睡鸳鸯。

假如你感受到了春日的花草香，感受到了阳光暖暖晒在身上，那是你的诗心的微笑。

再读一首海子的《面朝大海，春暖花开》：

> 从明天起，做一个幸福的人
> 喂马、劈柴，周游世界
> 从明天起，关心粮食和蔬菜
> 我有一所房子，面朝大海，春暖花开
>
> 从明天起，和每一个亲人通信
> 告诉他们我的幸福
> 那幸福的闪电告诉我的

我将告诉每一个人

给每一条河每一座山取一个温暖的名字
陌生人，我也为你祝福
愿你有一个灿烂的前程
愿你有情人终成眷属
愿你在尘世获得幸福
我只愿面朝大海，春暖花开

  大部分人会很熟悉这首诗，不同的人会有不同的读解方向——这说明不同层次不同维度的共鸣。共鸣何以发生？一颗诗心鼓鸣之。

  爱它吧，我们生命中的那一颗诗心。至少，要珍惜我们身心里的那一点点诗意。它可以让生活很美好，让生命很美好。

文学现场与历史叙述

——兼论何光顺主编《南方诗选》 *

文学现场是不可靠的，它缺乏令人安心的逻辑，也缺乏令人信任的品质。讲述文学现场更是一件危险的事件，讲述者一不小心就会陷入泥淖不得上岸。但文学现场又渴望被讲述，不被讲述的文学现场不会有历史记忆，它不能把自己陷入如此被动的局面。而且，也总有些乐于讲述文学现场种种故事的人，他们身在文学现场，试图赋予文学现场意义，甚至试图把文学现场故事纳入历史叙述的轨道。

一、文学现场的讲述方式

众所周知，一个时代有一个时代的文学，一个时代有一个时代的理论。其实，一个时代有一个时代的文学现场，一个时代有一个时代的现场讲述者。历史尽管不时会有惊人的重复，但差异总是主流。文学现场尽管跟历史总是藕断丝连，但它必须表现得与任何时代不同，特立独行

---

* 原载于《河南教育学院学报（哲学社会科学版）》2022 年第 1 期。

才是它被讲述的前提，讲故事的人胃口多少还是有些挑剔的，他们喜欢讲述新鲜的、口味有些重的现场故事。好奇心是每一个听故事的人的底色，讲故事的人自己就是有八卦心肠的听众，他们懂得听众的需要。

当然，讲故事的人，我们叫他叙述者，文学现场的叙述者是一个专业的讲述人，他跟人间秘事和八卦小报的讲述者不一样，他严肃，甚至严肃得有些过头了。他从来就不觉得叙述者的角色是轻松的，他也有自知之明，他知道自己的局限和长处。如果他运气好，又够聪明，还能吃苦，懂得文学现场运作的方式，他可能就会找到合适的讲述方式，扬长避短，把每一次文学现场的讲述，都变成历史叙述的一部分。换句话说，他从来不会把时光浪费在无意义的事件上，他必须让他的讲述鼓起意义的风帆，历史叙述才是他的归宿。

历史上有很多种讲述文学现场事件的方式。在我看来，最讨巧的方式是艾克曼的讲述方式。年轻的文学爱好者艾克曼与文坛泰斗老年歌德交上了朋友，他们散步的时候讨论文学，聪明好学的艾克曼记录下了歌德随心漫谈，形成了著名的《歌德谈话录》。但并不是每一个叙述者都有幸（愿意）能与一个多少有点孤独的老人家交上朋友，也不是每一个年轻人都如艾克曼一样机灵，当然，也不是每一个老人家都是文学泰斗。艾克曼的方式需要的条件太多，所以他的讲述只能是艾克曼的，复制的可能性不大。

最为自由的方式是对文学现场的批评。批评家如果不是一种职业，仅仅是民间的声音会变得很艰难，他的发声和声音的传递都比职业批评家面临更多的壁垒。有时候由于缺乏系统的训练，民间批评家的声音会越来越微弱。作家讲述自己的故事，即作家批评直观且感性，他们对文学现场的解读尤其是自身在场事件的解读带有第一现场的先天优越性，他们对技巧和词汇的敏锐往往令人叹为观止。毕飞宇的《小说的八堂课》在腾讯甫一出场，围观者众，好评如潮。职业批评家一般善于发现文学现场的价值。他经历过严格的学术训练，有历史的眼光，很容易就把一个文学事件与历史关联起来，借以判断这个事件的历史价值。但批评家个人的视野、批评惯性和阅读癖好会影响他的判断，如钟嵘的《诗品》就把陶渊明放在了中品，著作等身的才子李健吾批评了那么多人，偏偏"忘记"了鲁迅。另外，职业批评家离现场距离太近，囿于人情世故，他们的判断有时候可能会有失公允。

做一个共时的文学选本可能是一个相对安全的文学现场讲述方式。说相对，是因为一方面选本考量的是选者的眼光和水平，他必须选出具有代表性的作家，以及该作家具有代表性的作品；选择的标准至关重要，文学观念不一样，对同一个作品的评价可能大相径庭。另一方面，对自己的作品评价颇高却没有进入选本的文人，心中委屈和不平，面子上却不屑一顾，有时候不免大加挞伐，有时候他们是对的。编选者是有血有肉的世间人，自然有不足，比如视野不及、文学观念不同、审美感受力高低等，进入选本的作品必须是选者情理皆认可的，理尤可说，总是有个标准在。比如贺拉斯要歌颂古罗马帝国的丰功伟绩，布瓦洛死守三一律，中世纪要以上帝为宗，17世纪以前欧洲文学的贵族趣味，若要做选本，贺拉斯和布瓦洛要剔除的自然是与他们文学观念不一致的作品。不为宗教服务的文学在中世纪是没有存在感的，不具备贵族趣味的作品，在17世纪以前也没有地位。理自分明，情何以分解？理有许多学习和后天的成分，在我看来，情乃天生，七情六欲，爱恨情仇，当然有习得的成分，即使习得，也伴随天赋。比如，有精神洁癖的人，是无论如何也不能接受污言秽语的。

说安全，是因为选本以作品为主要呈现方式，文学现场最重要的事件，便是作品的诞生。作品既是文学现场的主角，也是历史叙述的主要内容。换言之，作品勾连了时代、历史、读者和作者。一个好的选本，既是现场事件的记录，随着时间的推移，现场也是历史。也就是说，选本是直接进入历史叙述的现场讲述。

二、《南方诗选》的文学现场

2018 年，四川民族出版社出版了何光顺教授编选的《南方诗选》（以下简称《诗选》）。

如何界定南方？何光顺说"我们这里的南方，并不仅仅是局限于地域上的，而更是精神上的"①，"我们将珠江入海的三角地带、岭南名城广州辐射的范围视为真正的精神的南方，也是现代的南方，就是我们要诉说的南方。这里出生的诗人，或从外面到来却在这里成长的诗人，或在这里成长却又散向四方的诗人，就构成了南方的诗人群落"②。这可能是历史上第一次对南方诗人概念的界定。对南方诗人的命名揭示出编选者宏大叙事的野心：南方诗人的文学现场叙述，应该直接进入历史叙述的宏图。他不满足于对南方诗歌进行原生态的描述，而是要更进一步揭示南方诗人的精神特质。他要勾画的，是作为整体的南方诗人的精神肖像；他要推出的，是作为整体的南方诗人在文学地理和历史场域中的正式出场。

《诗选》推出了 77 位南方诗人的 275 首诗，根据诗歌的风格差异，何光顺把这些南方诗人归结为九个不同的流派，即以郑小琼等为代表的底层打工诗群、以世宾为代表的完整性写作诗群、以马莉等为代表的女性写作诗群、以梦亦非为代表的纯技术写作诗群、以老刀为代表的口语写作诗群、以谭畅为代表的都市写作诗群、以温远辉为代表的学者型写作诗群、以李启天为代表的新乡土写作诗群，以及以典裘沽酒为代表的垃圾诗写作诗群。《诗选》的体例也是以这九个流派为框架结构全书。且不论何光顺对诗群的概括是否全面准确，仅仅是对诗歌群落归类和命名

---

① 何光顺：《序：南方的诗，从自由的领地升起》，载《南方诗选》，何光顺编选，成都：四川民族出版社，2018 年，第 1 页。

② 何光顺：《序：南方的诗，从自由的领地升起》，载《南方诗选》，何光顺编选，成都：四川民族出版社，2018 年，第 6 页。

的努力，就足以彰显文学现场叙述的历史化抱负。《诗选》的最后，出现了咚获、赵璠、喻浩、黄宇、乔迎州、林显聪、吴新纶、冯媛云、官越茜等没有被归类的大学生诗人，这里当然包含了鼓励和期待的意思，另外是选者注意到了南方诗坛中正在成长的力量，他们的诗虽然还没有成熟，但他们代表未来和发展，是南方诗坛的潜力和未来发展的生产力，不管这些入选的青年学子未来是否还会写诗，但菁菁校园和激越青春显然是诗歌生产的温床，大学校园里从来都不缺热爱诗歌创作诗歌的青年人。

《诗选》自然是要求尽善尽美，试图尽可能囊括南方诗坛的现状，建构南方诗人群体形象。我们知道，诗人是个体的，自由的；创作更是个人行为，当然国别、时代、民族、地域、流派会影响诗人的具体创作，但从微观的层面讲，具体到一首诗的诞生，诗人的个人气质、阅历、心理、情感和诗歌观念会对它产生更直接的影响。那么，概括南方诗人的精神气象，推出南方诗人的整体形象就是一个高难度的动作。它谈论个人，又超越个人；它讲述作品，又超越具体作品。具体的个人和作品是组成南方诗人群体形象的细节，细节是生动的，而整体是宏阔的。具体生动的、身在南方现场的诗人们已经形成一定气候，已经具备了出场的条件。"近年来，南方的诗歌正在兴起，南方的精神正像南来的风，虽不能迅速吹散北方的充满毒素的雾霾，然而，南风已经在持续地轻轻吹拂。南方诗人们的努力，让我看到了希望。"[1] "南方的精神，就是自由的精神，就不仅是在南方诗歌的写作中显现，也同样在南方诗人的行动中出场。"[2] 希望鼓舞了何光顺，他认为是时候让作为一个整体的南方诗人形象出场了。

---

① 何光顺：《后记二：南方的夜晚》，载《南方诗选》，何光顺编选，成都：四川民族出版社，2018年，第443页。

② 何光顺：《后记二：南方的夜晚》，载《南方诗选》，何光顺编选，成都：四川民族出版社，2018年，第445页。

2018 年，何光顺参与了《珠江诗派：广东百年珠江诗派诗人作品选析》（广东旅游出版社，2018，广东省珠江文化研究会主编，温远辉、何光顺、林馥娜编著）的编著工作。《珠江诗派》（以下简称《诗派》）之珠江指的是珠江文明，即"覆盖南中国珠江水系的珠江文化和广义的南海文化（古代覆盖广东全境的'南海郡'，以及与珠江'江海一体的南中国海文化'）"。[①] 作为一部历时态选本，《诗派》梳理了百年来珠江诗派的诗歌史，并对每一个入选诗人的作品进行了评述。《诗派》的编著是一个标志性的文学事件，我们可以从《诗派》中看见珠江诗派的起源和发展，看见珠江诗派的整体样貌；对具体作品的点评，又让我们从整体中发现了细节，个体的诗人形象具体且有温度。《诗派》是一个完成时态的历史叙述。

与《诗派》不同，《诗选》尽管也在努力对文学现场事件进行历史叙述，但《诗选》是开放的，也就是说，如果编选者愿意，他还可以有后续性的动作，继续观察并叙述正在发生的诗歌事件，并将之纳入历史叙述的轨道。《诗派》与《诗选》一纵一横，都在构建诗歌的群体形象。

热气腾腾的文学现场丰富生动，麦子和稗子杂生，麦子总是生长，稗子也是。任何一个文学选本，都是选取麦子的事件。当然，麦子可能会被遗落一些，稗子也可能会被误认一些。但是没有关系，历史叙述本是一个去芜存菁的行为，时间懂得一切，它记住一些，遗忘一些。我们没有必要苛求任何一个选本十全十美。就像历史记住了陶渊明，也记住了鲁迅。

三、历史叙述：文学现场的意义和价值

历史叙述最困难的地方在于：一是叙述者无法返回现场；二是叙述

[①] 黄伟忠：《建造珠江文明性高地的立体文化工程》，载《珠江诗派：广东百年珠江诗派诗人作品选析》，温远辉、何光顺、林馥娜编著，广州：广东旅游出版社，2018 年，第 7 页。

者无法复原现场；三是叙述者无法保证他的讲述没有个人倾向，当然也无法保证他不受外界影响。这样，文学现场的现场报道就显得尤为珍贵，它为历史叙述提供了最原始的第一手资料。这就是为什么我们会重视作家手稿、信件、日记和出版社版本的主要原因之一。当然，现场报道也不能保证完全客观，如报道者的视角和态度及对事件的判断能力，甚至叙述方式，都会影响对现场事件的真实性报道。但无论现场叙述是否可靠，作为第一手资料的现场叙述弥足珍贵。

人人都可以是现场叙述者，人人都有权利成为现场叙述者。但不同叙述者的叙述价值是有差异的。摸象的盲人都在现场，他们对大象的判断源自他们最真实的感知，这就是他们所接触到的事实，但事实和真相还差着一条银河那么宽的距离，他们只有触摸了大象的整体，才有可能得出离真实更近的结论。其中还得扣除利益和个人喜好等因素，不然即使触摸了大象的全部，也不能公正客观地说出大象的形象。讲述文学现场故事会遇到盲人摸象的困境。如果缺乏整体意识，缺乏面对事件的公允态度，即使身在现场，不同的叙述者所叙事件也可能面目全非。当然，我们可以对不同版本的事件叙述一笑了之，但这不是真正的文学事件的叙述者的态度。文学既然是"经国之大业，不朽之盛事"，必然需要严肃的叙述者，不管是如《诗派》一样做历时讲述，还是如《诗选》一样做共时呈现。

那么，作为一个严肃的文学现场叙述者，应该具备哪些基本条件呢？

除了我们前文所述的公正、客观，以及对文学事件应有的判断能力之外，具备历史意识是文学现场叙述者最根本的素质要求。"历史意识是一种对历史进行反省和对现实进行生活作历史性思考的社会情绪和意识。换言之，它是反思历史和使现实生活历史化即把现实生活作为一个动态的完整过程进行把握的情绪意识。"① 也就是说，作为文学现场的叙述者，他必须意识到现场的历史价值，明了现场并不仅仅是此在，同时还是历史的存在，是历史长河里的一个事件，叙述者对现场的把握，即对历史事件的把握。只有清晰地意识到自身的历史叙述者身份，文学现场的叙述才能与历史叙述相勾连，文学现场叙述才会成为历史叙述。《诗派》自不必说，叙述者有着自觉的历史视野，才能建构如此宏大的《诗派》百年历史。《诗选》无限热情地推出南方诗人和南方诗群的概念，推出南方诗人的整体形象，在其背后起推动作用的，是深沉的历史意识。在历史意识推动之下，《诗选》的文学现场讲述，具有了历史叙述的特点。可以说，只有进入了历史叙述的文学现场叙述，才是可以生成意义和价值的叙述。

四、结语

文学现场纷繁复杂，不是每一个现场都具有历史价值，也不是现场的每一个具体的事件都具有历史价值。但文学的历史记忆需要文学现场叙述，这就对叙述者提出了要求。首先，叙述者必须是文学的，他有很好的审美感受力和批评能力，能够准确判断文学现场诸种事件的价值；其次，叙述者必须是真诚的，他可以包容气象万千的文学现场，不会因为一己之私或个人偏好影响叙述；再次，他必须是个自觉的叙述者，能够清晰意识到他的叙述者身份，能够为他的任何一个叙事行为承担责任；最后，叙事者必须具有历史意识，能够有意识地建构文学现场的历史价值，把现场历史化，能够让他对文学现场的记录，既是文学现场叙事，也是历史叙述。

现场永远在向未来延伸，历史亦步亦趋。文学现场叙事永远不会缺席，有价值的文学现场叙事，需要历史叙述的眼光和气魄。

---

① 张德祥：《论新时期小说的历史意识》，《小说评论》1987 年第 1 期，第 3 页。

也说诗歌的口语写作：兼论韩东《有关大雁塔》

当今诗坛上，口语诗大行其道，有些读着还很是隽永。我感兴趣的是，口语，什么时候成了一个诗歌问题呢？它又是怎么成了一个问题呢？诗的语言当然是最有魅力的，但是否需要在诗中强调作为口语的诗和作为书面语言的诗？非要雅语才能审美？非要雅语才能精致，非要雅语才能深刻？

我们所知道的《诗经》《荷马史诗》，都是当年的口语。20 世纪初，当国人开始尝试新诗，提倡白话写作，其实也是一种口语写作。诗和口语的关系，本身就难分难舍，或者说，从未分开过。1999 年的盘峰诗会，算是为口语写作正式正名。

当然，我不反对雅语。事实上，我是个雅语写作者。我喜欢用最简省的语言表达思想和情感。我的思维方式是雅语式的，不同文体的写作中，对我而言，大部分时候雅语表达更经济。

但经常性的，尤其是在诗歌写作中，在某个流畅的表达中，突然就有那么一点逆反，有那么一点使坏的心思，我启用了口语，看起来整首诗的语言风格不那么协调，可能别人读着会不那么舒服，我却为那么一点不舒服窃喜，心里有个隐秘的声音在叫：我就要破坏，破坏！而且为自己有那么一点破坏的勇气自鸣得意。

当然，大部分口语诗人，不见得会如我一样把口语当作秘密武器。口语可能就是他们的写作状态和写作方式。

口语诗受到很多人推崇，是有原因的。

第一，口语诗亲民。口语诗从不故作高深，无论是叙事还是说理，口语诗表述往往清晰并且通俗。

第二，口语诗其实是有一点叛逆在里面的。知识分子与民间在很多方面还是有点"隔"，知识分子再也没有了启蒙的担当，但很多时候却占有了话语权。过多的学术或伪学术的名词未免令人听着有些云里雾里。口语写作想要打破这种局面，想要诗歌重新回到诗歌的初心——诗本来源自民间，源自对生活表达的需要。

第三，口语写作提供了进入诗歌的一条便捷通道。诗歌本来是大众的，知识分子把诗精英化了，鲁迅有云："歌，诗，词，曲，我以为原是民间物，文人取为己有，越做越难懂，弄得变成僵石，他们就又去取一样，又来慢慢地绞死它。"口语写作去精英化的意图非常明显，这显然会得到许多人的拥护，对许多诗歌写作者来说，他们看到了诗歌写作与自身生活太紧密的联系——内容上和形式上的双重联系，诗可以像生活的原生态一样简单和不假思索，区别只是诗需要分成行而已。

第四，当然口语写作是有追求的。口语写作有重新建构诗歌传统的雄心。盘峰诗会之后，口语写作被越来越多的人接受，由于口语写作水平的不均衡，也越来越受到人们的质疑。一些号称口语写作的诗人，诗歌语言越来越精致，已经开始偏离口语写作的轨道了。

第五，在一定程度上，口语写作带有一点后现代气质，带着一点碎片的去中心去英雄化的气息。从这个方面来讲，口语诗具有一种英雄气概，是具有颠覆旧世界旧秩序重建新世界的野心和行动的。

总之，口语写作是历史的选择。新诗发展到一定阶段，从形式到内容都有突破的内在要求。口语诗是新诗要求革新的具体表现。

但人们，包括很多口语写作的诗人，对口语写作是有误解的。认为这是一种取消深度取消读解多维化，是平面化作品。这种误解很正常，许多口语诗是不堪卒读的，习惯了中国经典诗歌的学习和阅读——这种比较不太公平，新诗一百年的写作历史和至少三千年的中国传统诗歌创作史本身就不具有可比性——再读口语诗心里未免会生出疑问：这是诗吗？也就是说大量质量堪忧的口语诗已经破坏了我们习见的诗歌审美和诗歌观念。大浪淘沙，口语诗中的优秀作品一样会被历史记忆的，只是需要时间（这句话适应于所有的新诗）。

最后，读一首韩东的名作：《有关大雁塔》。口语诗里这首名气大，很多人各种解读它。具有解读的多维可能性，这是一首诗的价值。如果意义单一，如果作者认死理，简直要把诗读死。

我读韩东的《有关大雁塔》不会想太多。

第一，这是一个真实的人啊，写了一首真实的诗。大雁塔我是爬过的，在塔里排着长队，想象一下唐僧的辛苦和勤劳，以及他的辛苦和勤劳换来的功绩，心里小小佩服一下。每上一层，转一圈，从不同的窗口往外看看，又感慨一下长安布局的整齐，当年大唐果然是气象不凡。但更多的感受，是排队等待的烦闷和身体的疲惫。等下了大雁塔之后，回头看它，什么感觉也没有了。倒是广场前唐僧的塑像气宇轩昂、英俊非凡，多拍了几张照，因为阴天，却是没有一张可看的，居然也没有遗憾。登大雁塔众人，大概上也就上了，也不会有太多深刻的想法吧。这就是：

有关大雁塔

我们又能知道什么

我们爬上去

看看四周的风景

然后再下来

　　这种平面的不要深度的观光，是大部分游客的真实写照。可是当这种写照进入大雁塔，一种带点儿使坏的调侃就出现了：大雁塔啊，那么有名气、有历史、有故事、有内涵的大雁塔，就这么几句话就这么一上一下就打发了，不觉得过于潦草过于敷衍吗？进而要问的是，潦草和敷衍不可以是一种活法吗？一定要英雄的宏大的人生才是有人生吗？潦草和敷衍也可以呀。毕竟大部分人注定一辈子是平庸的，可平庸的人生也自有其光彩，泥土里开出花来，是真正懂得春华秋实啊。

　　第二，这是一个勇敢的人啊，敢这么说着大白话。这首诗里有一种假面舞会般的狂欢。

然后下来

走进这条大街

转眼不见了

　　喜欢在日常生活里寻找宏大意义是我们常犯的毛病，有些行为，如爬大雁塔，也就是生活长河里的一个碎片事件而已，各怀心思的人上了大雁塔，也许有那么某个瞬间的雄心壮志，但走进人流，也一样消失不见。这就是我们生活的本质。任何试图截停时间，试图让时间给他涂抹光彩的想法和行为，都会变得滑稽可笑。并不是所有的事件都具有深度意义，并不是所有的人生都会轰轰烈烈。甘于平常、甘于平庸更需要勇气。认真活过就好。

第三，这是一个会讲故事的人啊。可是他不讲故事只叙事片段，爬上大雁塔，下去，然后消失不见。这是游客的故事，是我的故事，是大部分人的故事。短短几行，能把大部分人的故事讲出来，就是高手。

第四，这是一首有余韵的诗，是一首留下了很多问题的诗。我们对生活的一贯追求是否有些过了？我们是否要对人生进行重新诠释？什么是诗？诗的意义和价值在哪里？怎么才能把握好口语的度，怎样才能让诗不成为"口水"？除了意义的解读，在诗艺上，这是一首有价值的诗吗？我们如何处理诗歌的内容和形式、传统和现代的关系？口语写作可以走多远？可以抵达的最高水平在哪里？当然，还可以从这首诗里问出很多问题。

当然，这也是我这篇文章想问的问题。

2018 年 4 月 8 日

微诗：探索一种新诗发展路径

微诗的主张是熊国华教授提出来的，有一大批诗人和批评家热情参与其中，已经出版好几套微诗丛书了。

窃以为对于成绩不俗同时也漏洞百出的新诗而言，微诗的倡议是个福音。

熊教授如此界定微诗："我认为所谓'微诗'，指4行以内，配图发表在微信上的诗歌。"（见熊国华《新时代的微诗》）这话说得简单，但要求却不简单。熊教授希望，微诗的创作，应遵循以下几个原则：原创性、核变性（这是要求语言要高度浓缩）、趣味性（指游戏精神）、现代性（融古通今）、生态性（万物有灵、众生平等）。熊教授对微诗的概念大概没有准确定义他对微诗的理解，微诗未必一定要在微信上展示（万一微信平台被别的平台替代了呢？别的平台，也可以展示微诗的），其次未必一定要配图。我认为他对微诗创作原则的展示说得更好，是把握住新诗发展的要义了。

诗大概是人类精神家园最柔软的部分吧？人们大抵还是爱诗的，但对诗温柔的情怀，大多给了中国古典诗歌。爱着新诗的也不少，但这疑虑的眼睛总是在的。可以确定的是，人们已经认可新诗这个品种了，而且希望新诗可以变得更好。

一、先天发育不良的新诗

从来都不缺乏天才的诗人，也不缺乏有洞见的批评家。新诗蓬勃发展，很多优秀的诗歌作品一直在诞生着。但吊诡的是，能够有时间的延展度和空间扩展度的作品少之又少，不是作品不够好，而是不够动大多数人心魄。经典化的第一步是读者的阅读，新诗的阅读量放在人群中，几乎可以忽略不计。那么问题出在哪里呢？

是新诗过于自视高蹈，不愿意与读者同行？非也。新诗的亲民，甚至都有民间写作与知识分子写作之争了（好像知识分子写作不亲民似的），新诗口语化甚至要口水化了，诗歌的普及工作一直在进行，但新诗似乎一直在被诗人圈养中，还没有走到人间去。是大众过于功利，已经失去了坚守心灵家园的动力，已经没有耐心认真读完一首诗？似乎有那么一点。但人们总愿意带着孩子去读一首好诗的，自己不读，寄予孩子身上的希望，还是有诗的一席之地的。那么是这个时代的浮躁，让人们习惯泛滥的短视频、习惯碎片化阅读、习惯娱乐？诗歌的短小精悍，正好适合碎片化阅读啊，只是大概不够娱乐。诗是一种过于要求天分的物种，诗歌语言的阻拒性又比较强，要进入不太容易；如果过于语言过于直白，又让人觉得寡味，阅读期待过于顺利真不是一件容易征服人心的事情。新诗就这么处于一种尴尬的境地。

新诗的历史又不够长。对于诗歌的成长来说，我们这个时代的人或许出生得早了些，也许等不到新诗的成熟。但这也正是我们的际遇，我们观察新诗、研究新诗，提出关于新诗成长的诸多见解，不管这些见解是否都是真知，不管是拖后腿的还是揠苗助长的，毕竟我们在积极写作、积极探索，积极培育新诗的成长。诗，毕竟是人类心灵深处培育出来的精灵啊。

新诗是有先天不足的。

其一是毫不犹豫与中国古典诗划清界限。新诗横空出世，有向西方学习的一面，但根子还是中国的。新诗一出生，便毫不犹豫宣扬与古典诗歌的决裂。其决绝的态度，几欲令老夫子们痛心疾首。

再则，有散文化倾向。这个祸害太大，在新诗发展路上，散文化从隐忧变成痼疾了。口水化是散文化痼疾最大的表征。

一个新事物，走道自然少不了摸着石头过河。创作是丰盛的，对新诗的观察也一直在。理论家们试图总结新诗的诗学特征，但总不够尽如人意。不同流派不同主张各扯各的大旗，各说各的主张，都有用，都有理，然而谁也不能说服谁。新诗有破旧的勇气，有立新的胆魄，却没有办法建构一个属于新诗的诗学理论体系。换句话说，新诗还缺乏一个可以信服各流派各主张的统一原则。古典诗学似乎回不去了，新诗也用不着回去，既然时代孕育出新诗，说明新诗就是这个时代的诗歌形式。只是新诗理该如何，新诗诗学面貌如何，一百年过去了，新诗依旧茫然。

二、微诗，新诗对症一方剂

在这样的背景下，熊国华教授提出微诗的倡议，就非常值得注意了。微诗对先天发育不良的新诗，倒是对症一方剂呢。

首先，微诗贯通古今的精神气度，正好可以消弭新诗诞生之初的杀伐气。新诗是以中国文化的叛逆者形象诞生的。当然我们理解那个年代，20 世纪初的中国必须有破旧立新的气势来疗救。封建时代的一切沉疴过重，新的精神必须轻装前行，新诗需要革命的勇气。可是古典依然有魅力。微诗提出拟绝句的样式，以四句为限，一二四句押韵，在形式上正好继承了古典诗对诗歌节奏和音韵的要求，这是对我们传统文化致敬了。另外，微诗并不如古典诗那么严格要求平仄音韵，承认新诗自由诗的形式和白话的语言，承认自由诗的地位，这就在古典诗和自由诗之间找到了一种平衡。毕竟时代已经走到了 21 世纪，新诗已经成为这个时代的主要诗歌形式，新诗有着我们这个时代不可替代的地位。微诗主张的提出，既应和了时代又连通了古典，既是对传统文化的一种传承，适合新时代的发展，又是一种有价值的尝试。

其次，四行以内的主张，正好可以疗救新诗语言过于随意的倾向。诗之所以是诗，不是散文，不是小说，不是论说文，不是内容、意蕴、题材有多大的区别。同样的素材、同样的内容、同样的意蕴，不同文体都可以承载的。诗之所以是诗最关键的地方是形式。独特的分行句子，高度凝练的语言，高度浓缩的情感，构成了诗独特的文体形式。新诗语言过于散漫的倾向，严重削弱了诗之为诗的审美感受。微诗对新诗字数行数的要求，对押韵的要求（微诗要求一二四行押韵），正是对诗歌语言凝练性和音乐性的再度强调。用熊教授的话来说，具有核变性，字数虽少，却张力十足，具有巨大的能量，蕴含丰富的意蕴。新诗有必要再次强调语言了。

事实上有很多诗人和批评家都在强调语言之于新诗的重要性，诗的天赋，从根子上来说是语言的天赋。语言感受力好的人，容易出好诗。语言虽然不是诗的唯一，但诗歌对语言的要求，显然超过任何一种文体。要写好诗，我们必须得好好提炼语言。微诗之微，要求诗人在创作时尽量约束自己泛滥的语言，尽量以最少的文字，包容最多的内容。

最后，熊国华教授和他的微诗团队还试图在学理上总结梳理微诗的诗学特征，这对新诗诗学建构也是一个有益的尝试。上文说过，新诗在学理探讨上先天不足，新诗的标准和原则一直变动不居，亟须批评家投入更多的研究。微诗能否成为经典，能否被推广，能否在时空上拥有自己的地位，一方面需要不俗的创作实绩，另一方面需要及时的理论总结。微诗在这一块做得比较好，有一群批评家一边在实验微诗，观察微诗，一边试图对微诗进行诗学建构，除熊国华教授之外，还有华南师范大学的凌逾教授、广东财经大学的田忠辉教授、诗人学者吴作歆等评家在参与微诗诗学学理建构。理论与实践的结合，微诗的起点颇高。据熊国华教授说，他坚持微诗的倡议已经五年了，越来越多的诗人学者参与微诗的写作和批评，也出版了不少微诗作品，这是他坚持的动力。

微诗是新诗的福音，我认为认识到这一点就足够了。至于微诗未来的发展路向如何，我们今天不必忙着下结论，时间会给微诗一个合适的答案。

2019 年 6 月 22 日

中篇　味诗

在你的爱情里丢盔弃甲

——读李金发《温柔（四）》

李金发是个奇才。

20世纪初，胡适倡议诗歌的散文化，写着开一代诗风的大白话诗[①]，李金发已经另辟蹊径，自成一家了。尽管象征诗在中国现当代诗歌史上并不讨喜，却赢得了人们的尊重。可以说在一定程度上，象征诗是中国现代诗最讲究艺术和美的，与人们对诗的想象最为契合，所以在中国现当代诗歌史上，以象征为特色的现代派诗歌总有回响。在中国大陆，20世纪40年代的九叶诗人、80年代的朦胧诗人、知识分子写作诗人等都崇尚象征美学；在中国台湾，现代诗社、蓝星诗社和创世纪诗社都扛起了象征的大旗，如果允许笼统地命名，可以化约为现代派诗歌。我甚至认为未来中国新诗发展，现代派诗会成为最重要的主流之一。

李金发的现代派诗当然有点舶来的意思，他自称受波德莱尔和魏尔伦的影响，其实在中国诗歌传统里，象征从来就不是新鲜事物，《周

---

① 胡适登高一呼，拥者众，百年来应者不绝，后来的口语诗、口水诗，都可以在胡适这里找到渊源，此是别话，另议。

易·系辞传》里就有"立象以尽意"的说法了。庄子甚至认为言本来就不尽意，"可以言论者，物之粗也；可以意致者，物之精也；言之所不能论，意之所不能察致者，不期粗精焉"。（《庄子·秋水》）显然是一个重要的补助意象之表达的工具。事实上，中国传统审美理想之一"意象"其来有自，意象已经内化为人们的审美习惯了。被法国象征诗触发和感动的李金发提笔写出自己的第一首诗时，未必就没有中国传统诗歌审美心理的影响。只是他能够在一个刚刚提倡白话写作、提倡开启民智疗救国家的年代，这么特立独行地以白话写诗，还写得那么晦涩深奥、不让人懂，简直是别具一格了。这一"独"一"格"，现代派诗歌便流传了下来，李金发的诗已然成为新诗的基石和营养，而且后继有人，源未必远流则必定长。

没错，李金发是中国现代派诗歌的鼻祖。

尽管鼻祖里有个祖字在，但李金发写诗的时候真的不老。1920 年，他开始写诗的时候不到 20 岁，1925 年后他出版了《微雨》《食客与凶年》《为幸福而歌》三部诗集，1942 年 11 月，他感慨象征派诗歌已经过去。这里真要为他遗憾，他的确缺乏一个"祖"的远见，没有预见象征诗歌的"流长"。另外还想说的是，年轻人真的要相信自己，说不定一时的脑洞大开，会成为后世的某个山头。来世写作理论中，有一个感慨就是他的读者在未来。李金发诗歌显然有同时代的读者，但未来读者显然也认可他，甚至还衍生出许多如他风格的作者来。李金发若有知，老怀足以慰吧。

象征、颓废、唯美、晦涩，李金发留给后世，以及后世的后世一瑰宝。说他为"诗怪"，只是他有一肚子的不合时宜而已。

但凡奇才，都不太合时宜吧。

但今天想谈的诗，是一首合时宜的，是他的组诗《温柔》里的最后一首，写于 1922 年的柏林，那一年，他 22 岁。

这是一首明白易懂的爱情诗。说的是相拥相抱的那个时刻，诗歌写得热辣大胆，干干净净。

我以冒昧的指尖，

感到你肌肤的暖气，

小鹿在林里失路，

仅有死叶之声息。

　　前两句进入叙事，讲述相爱的人的第一次拥抱。为什么是第一次？诗人说"冒昧"。"冒昧"是打扰，是唐突和抱歉。心中的这点歉意，多少还拘谨了"我"，让我觉得似乎在"冒犯"。这让"我"羞涩，有点紧张。但"你"对于我而言，实在是太迷人了，宛若神祇。所以，接下来两句，表达第一次相拥的感受："我"如在林中迷路的小鹿，惊慌失措，唯有落叶的声息。这两句写得极致了，关键词是"死叶"。为什么是死叶？爱情到了极处，便是昏厥，如同死去一般的昏厥。所以，落叶真不是无情物，一个"死"字，写活了第一次相拥抱的恋人之间的甜蜜，至少是"我"的甜蜜。这首诗最精彩处，便在这第一节了。

　　李金发极为重视"感觉"的书写。象征诗让人有晦涩难懂之感，感觉的物象化是重要原因之一。物象本来就可多解，感觉又多迷离，倘若不是够老练的读者，在物象处便要畏惧却步。既要把握物象之丰富，又要感受感觉之缥缈，还是二者联合起来，作者又往往多吝啬，不肯多透露信息，有些象征诗几乎类谜。但信息总是有的，一首好的象征诗还是有迹可循的。就如这首《温柔》，这温柔就点了题。往爱情里思考，方向总是对的。当然这首好懂。毕竟爱情是共情，即便一辈子在爱情之外的人，想象总是有的。

你低微的声息，

叫喊在我荒凉的心里，

我，一切之征服者，

折毁了盾与矛。

"我"是这荒凉世间勇敢的武士，盾和矛是我的武器，可是"你"啊"你"，听见"你"轻声地叹息，"我"便全面缴械，丢盔弃甲。

你"眼角留情"，
像屠夫的宰杀之预示；
唇儿么？何消说！
我宁相信你的臂儿。

"屠夫的宰杀"！我们一定要注意这个比喻。它应和了"死叶"。两个人都有情才叫爱情。"我"已经丢盔弃甲，在"你"的爱情里幸福地昏厥；"你"也是爱情的俘虏，在爱情里欲仙欲死。"屠夫的宰杀"表现出"你"如"我"一样，也在"恶狠狠"攻城略地，诗人给我们看了"你"眼角、唇和手臂，把一个忘我的拥抱，写得彻底。

最后两节，诗人忍不住要赞美了。"你"多情的牧人（放牧了"我"），"你"有无与伦比的美丽，"我"愿奏尽这天下最美好的音乐，愉悦"你"。亲爱的读者，我在这里听见了《关雎》！《诗经》之首的《关雎》！在《关雎》里，"我"也是奏响丝竹之声，以取悦窈窕淑女。可见古今的爱情，都是一样一样的。

这首合时宜的诗，也是感觉，也是物象，也是唯美。然而不晦涩，也许是借了爱情的光吧，没能在爱情里丢盔弃甲的那一个，可能还单着。

2020 年 8 月 4 日

简约凡俗之美

——读刘半农《教我如何不想她》

当我说我很自卑的时候，总有人意味莫名地微笑。然而我是真实的。人类历史长河里哪怕偷窥一眼，这自卑就不由自主打心底里冒出，有那么多聪明人，哪怕他们性格古怪、人生荒诞，世界却是他们的，他们书写了人类的历史。绝大部分的人，如我，注定是尘，是沙。这没有什么好忧郁的，认识自己是个人生命中的大喜事。伟人之伟与自身之微末，很清醒。

比如，刘半农。

20 世纪初是才子辈出的年代。许多不朽的灵魂结队而行，新文学的先驱刘半农便是其中一个。刘半农有多聪明呢？第一，他大概多少有点预言性的，他是个"乌鸦嘴"，他说徐志摩坐飞机危险，徐志摩就危险了；他演示自己睡姿如僵尸，他便在那次考察中没了。当然，这只是巧合，算不上聪明里去。第二，他翻译了 12 部著作，编撰了 20 部作品。就算在今天电子书写非常便捷的时代，这个数字也已经很了不起了。当然，也有很多人可能不服气，这个数字不少人能做到。第三，刘半农文学成就可圈可点。他提倡文学改革，1917 年，发表《我之文学改良观》；他在小说、古典文学、民间文学研究等领域成绩不俗。第四，他是个语言学家，在语音、文字、词汇、语法等方面都有不凡的建树。他是"五四"时期文学革命的重要成员。这一切都是在他短短 43 年（1891 年 5 月 29 日—1934 年 7 月 14 日）的人生历程中完成的。

今天，我想说的是刘半农的一首诗，1920 年刘半农 29 岁，正在伦敦攻读语言学，孤独出诗人，他写下了这首《教我如何不想她》，1926 年，赵元任为它谱了曲。

教我如何不想她

刘半农

天上飘着些微云，
地上吹着些微风。
啊！
微风吹动了我头发，
教我如何不想她？

月光恋爱着海洋，
海洋恋爱着月光。
啊！
这般蜜也似的银夜，
教我如何不想她？

水面落花慢慢流，
水底鱼儿慢慢游。

啊！

燕子你说些什么话？

教我如何不想她？

枯树在冷风里摇。

野火在暮色中烧。

啊！

西天还有些儿残霞，

教我如何不想她？

1920 年 9 月 4 日

　　这诗简单啊，每一句话都好懂。很传统的兴起，点出一句"教我如何不想她？"，如此反复四次，低吟徘徊，语言干净、简单，意指浅显明白，读给开蒙稚童听，他们也都能懂。懂意思不算什么，谁读这首诗，都能读出甜蜜与喜悦，这就是情感了。这是人类的情感。一首诗，能人同此情，就是它的非常之处了。

　　物象的选择也是通俗，微风和头发、月光和海洋、落花鱼儿燕子，枯树野火残霞，都是寻常物事，不太需要耗费想象力，全是长在我们心里的日常画面，只是这些日常物事的指向都是"她"，或许是爱人或许是故乡或许是祖国，说是母亲也不为过，总是心中思念的对象了，"她"把这些不同的生活画面组织起来，情感层叠了四次，似乎一次比一次甜蜜，一次比一次喜悦。也是因为熟悉和普通，情感的表达流畅自然，真实得像我们自己内心的声音，也难怪诗人一气呵成了。"她"是谁不重要，"我"的情感却痛痛快快地抒发了。哦，不，我们的情感。诗人用这些我们都熟悉的寻常风景，传达出了我们内心的情思。

我们都看到了，这首诗的节奏感也非常好，一样的句式，一样的排列方式，一韵到底，是老祖宗传下来的习惯，也是民歌的习惯。民歌是心里有什么就唱什么，因为要唱呢，旋律限制着，怎么简单怎么来，能发乎情唱出声就好。诗人一点都不想节外生枝，恨不得都有些偷懒的意思了，或者说，诗人被诗情推着，来不及想那些花里胡哨的东西，就一句话一模一样讲四遍好了，有"她"在的地方都是风景、都是情怀、都是思念，纯粹自然，实在也不需要那些过于花哨的东西。

这样不事雕琢的诗，古人有个很烂熟也很贴切的词，叫浑然天成。浑然天成的东西，就不用那些过于严肃的词去要求了。简单、真实、自然、共情，这便是诗的大境界了。

所以诗呢，想象力出奇自然是值得艳羡的，能说出不一样的句子也是值得庆贺的，有阅历能深沉能独具一格都是好的。而我独偏爱浑然天成的诗，野物一样自得天机自长成，便是简单，便是通俗，虽是寻常物，却大美。

能用寻常普通物事简单句法章法通人间共情，才是真才子啊。

于是，对刘半农又多了些欣赏。大家都知道了，这首诗还有个开天辟地的存在，那就是"她"字。刘半农包括标题说了五遍"教我如何不想她"，"她"就出现了五次，这也是人类历史上第一个"她"字。刘半农居然想着"他"不合适表达所有的人类，便造了一个"她"字出来，从此女性就有了一个与"他"比肩而立的"她"了，一个大写的"她"。

这首诗不让人自卑，可是谁能如刘半农那样出奇，要在一首诗里造一个字出来，而且迅速得到人们的认可，从此生生世世就有了"她"呢？

聪明人，总会在某处悄悄把人心拨上一拨，让人心生出许多感慨来。所以，也常常不懂许多人的自信甚至狂妄是从哪里来的，或许他们便是聪明人吧，愚钝如我，不识大才罢了。

2019 年 11 月 16 日

同向春风各自愁

——读戴望舒《雨巷》*

1927年，戴望舒22岁，在好友施蛰存的老家上海松江乡下，他写下了让他声名大噪的《雨巷》。18岁那年，我读了《雨巷》，被丁香花迷住，无法想象这是一种什么样的花，可以用来形容这样一个姑娘。杜甫说"丁香体柔弱，乱结枝犹垫"，李商隐说"芭蕉不展丁香结，同向春风各自愁"。一个"弱"、一个"香"、一个"愁"，哎呀，简直要让人着迷死了。那个时候我正念大学，班上有个长发飘飘的纤瘦女孩，觉得有点像雨巷姑娘，又感觉缺点芳香——我无法想象丁香的芳香是什么样子。有哈尔滨的朋友说，那是一种极美的紫色的芳香极为浓郁的花儿。这就有点儿对不上了，我以为雨巷里的姑娘的芳香应该是淡淡的，若有若无，好奇心越发浓重起来。2019年的12月，我在延安枣园看见一株丁香树，一株丁香树外别无他物——高过窑洞枝杈支棱着，我惊讶于这棵树的高大与萧瑟，只是越发与雨巷姑娘离得远了。

---

* 原载于2020年9月28日光明网文艺评论频道，原题为《〈雨巷〉里的爱情和乡愁》。

1927 年，大革命失败，白色恐怖笼罩全国，22 岁的戴望舒因曾参加进步活动而不得不躲在好友乡下家里，在这里，他写下了《雨巷》。或许我可以试试再读一读《雨巷》。

最为惊艳的当然是丁香一样撑着油纸伞的姑娘。这个独自彳亍徘徊在雨巷里的姑娘，大概是有着什么心事的，她柔弱，招人心疼；美丽，令人向往。"我"呢？她跟"我"是没有什么交集的，不过是"我"的惊鸿一瞥，连名字都没有，只是牵挂着她、爱慕着她、想象着她，这个姑娘是否实有其人还要打个问号呢，或许也只是一个修辞而已。转过来说，这个姑娘不过是"我"对女性的一个完美想象。22 岁的戴望舒理想的女孩儿，便是这有着太息一般的目光结着愁怨的姑娘。戴望舒的用词温柔细腻，几分缠绵，几分艳羡，把个忧郁的姑娘说得太美好，于是不知多少年来，这丁香一样的姑娘便成了许多太太小姐的样本，成了许多大大小小先生钦慕的对象，可见诗歌的魅力，诗是会给人许多人生的指引的。爱情这样说不明白的事，戴望舒一捧丁香花便说清楚了。（要说，我喜欢脸上总是有笑容的女孩儿，虽然在大学期间，我也忧郁过好一阵儿，却是跟丁香花无关的。）

小巷子是到处都有的，每个城市都应该有自己的小巷子，它是城市的过去和记忆。没有小巷子的城市是不完美的——美丽的姑娘除了站在桥上，也必须在小巷子里走上一走的——戴望舒的故乡杭州除了有美丽的西湖，还有许多小巷子。躲在乡下的年轻诗人戴望舒，会不会思念自己的故乡？或许姑娘是次要的，他想让我们把注意力放到巷子上，我们却本能地兴致盎然地看姑娘去了？关注姑娘当然没什么错，除了第一节，戴望舒的笔墨都花在姑娘上了，她的颜色、她的芬芳、她的忧愁（丁香花一样的呀），一副主角光环的模样，这么打眼的形象，自然容易被关注。可是标题是《雨巷》，或许这不能说明什么，标题是《无题》也不能说明什么。

如果我非要说，姑娘只是雨巷的修辞，只是因为雨巷而存在呢？

我们看第一节：

　　撑着油纸伞，独自

　　彷徨在悠长，悠长

　　又寂寥的雨巷，

　　我希望逢着

　　一个丁香一样地

　　结着愁怨的姑娘。

呵呵，撑着油纸伞的，不一定是姑娘，也可能是个糙老爷们；在雨巷里无所事事来回走的，也不一定是姑娘，也可能是"我"这样的大好青年；结着愁怨的，也不一定是姑娘，也可能是一肚子思绪的青年（男）诗人。油纸伞这样的物件，现在大概属于非物质遗产，只是为艺术而出现了；因为有年代感，带了时间的距离回顾审视，也就有了审美的价值。于是油纸伞一出现，画面就有了做旧的效果。哪怕是一个老爷们打着的油纸伞（他必须是穿长衫的），也是可以原谅的，甚至有几分惊喜的。问题是，大好的姑娘哪里都有，为什么他非要在下雨的时候，去一个小巷里找一个忧郁的姑娘呢？这多不方便啊。

我们把注意力回到巷子上来，这可不是随便的一条巷子，必然没有各种小商贩的叫喊声，也没有各种仙姑神汉拉着要给人算前程，也不会斜刺里冲出一个蒙面侠向你要钱财，这是一条"悠长，悠长又寂寥的雨巷"哪！下着点雨，雨不能大，巷子很长，这样才能容纳足够的时间去艳遇，巷子必须是经过清场的，没人。这就是一条有性格有格调的小巷子啊，这样的巷子，才盛得住结着愁怨的姑娘啊，这样的巷子，才可能有故事发生啊。所以，关键词是雨巷。没有悠长，悠长又寂寥的雨巷，是不会有丁香一样的姑娘的。换句话说，丁香一样的姑娘，是为雨巷而生的。丁香一样气质性格的姑娘，是会在雨巷中消亡的。

雨巷里当然不只有丁香姑娘一个这样的标配，还有忧郁的年轻诗人。姑娘不过是"我"的另一种表述罢了：

> 她彷徨在这寂寥的雨巷，
> 撑着油纸伞
> 像我一样，
> 像我一样地
> 默默彳亍着，
> 冷漠，凄清，又惆怅。

"她"出现的次数最多，反复吟哦，可是翻来覆去地说，也不过是颜色、芳香和愁怨，连用词都变化不多，诗人的想象委实单薄。原因就在于"她"是虚写，实写的却是"我"，"像我一样，像我一样地"！这个撑着油纸伞的姑娘，完全是"我"的翻版，跟"我"一样沉默、"冷漠，凄清，又惆怅"。如果"她"只是"我"的复写，小巷又是"我"记忆中的小巷，"我"老家的小巷，"我"情感中的小巷，小巷里没有人来人往，没有世俗生活的烟火气，这就可以理解了：这是一种思乡病哪，小巷里载着"我"许多乡愁。乡愁中的人，是会自动过滤掉许多他不需要的信息的。

> 在雨的哀曲里，
> 消了她的颜色，
> 散了她的芬芳
> 消散了，甚至她的

太息般的眼光，

丁香般的惆怅。

"她"果真是要消散了的，果真不过是搭配着小巷出现的一个应景人物。这太息般的眼光和丁香一样的惆怅，本质上是属于"我"的，而"我"是属于小巷的，小巷呢，是情感的、过去的、回忆的。

《雨巷》，一个22岁青年苦闷心里的一个出口罢了。一场雨，想象一场情事；一条小巷，载一载轻薄的乡愁。这场情事和乡愁，足够搅乱一池春水了。人世的美好，就是年轻人总是层出不穷的，年轻人的苦闷也是如此。

《雨巷》的音韵和节奏极美，与这首诗的格调挺搭的，好记好懂好读，读完胸腔里会闷上一闷：我们都惆怅了。

然而，施蛰存说，等年长了些，就该不喜欢《雨巷》了。

有理。

繁星夜，海棠花影，孤夜思

——废名《星》的空间美和哲思美

2020 年 4 月 6 日，清明假日。

窗外雨声极为安静，天地间似乎就余了这春日的小雨，美丽异木棉的叶子绿得喜悦，已经从明媚的早绿长到暮春的浓绿了，树叶间有了层层叠叠的阴影，并不太重，恰到好处的样子，我的书房因为这一窗户的绿有了森林的感觉（到了秋天，就是一窗户的粉红了。美丽异木棉是一种爱开花的树，我书房外的这一棵，尤其喜欢开花，枝条繁密，每一根枝条上都长满了粉红的花朵——此是别话，当然看窗外会是别一番心情，笑意总是要从唇边漾开的）。这样的天气，特别适合读废名。手上这本新星出版社 2018 年出版的《我认得人类的寂寞》（陈建军编订）放了很久了，今天终于有时间有心情读一读了。

废名自编过三部诗集《天马》《镜》，第三部也叫《天马》，是前两部的合集，未曾出版。1945 年，汉口大楚报社出版废名的诗文合集《招隐集》，据说编辑沈启对废名诗删改甚多。1985 年，人民出版社出版《冯文炳选集》，冯健男编选；1999 年，长江文艺出版社出版《中国诗歌库》，内有废名卷，周良沛选编；2009 年，北京大学出版社出版六卷本《废名集》；再就是我手头这本废名诗集《我认得人类的寂寞》了。

以我的揣度，废名是个内心极为安静的人，大概也是孤独寂寞的人，他的小说、散文、诗歌，都透着一股安静寂寥的情韵，是潇潇翠竹、石上清泉一样的意境。天大地大，也是孤身入林，静听风声水声。这一种心境，是我喜欢的，读废名，就把这人世的嘈杂拦在身外了。中国的庄禅，实际上是在老百姓骨子里的，老百姓本能就亲山亲水。如我老家赣南山区，一入山林，整个人就成山成树了，是任何一种山里的物事。生活里诸种烦恼被山风涤荡，山泉清洗，令人神清气爽，人是要对着山林吼一嗓子的，才艺多点儿的，至少要唱几声山歌的。我打小就在山里长大，除了学校（在学校读书工作，这一辈子绝大部分时光，都是在学校了。学校也是准山林状态的，往往风清月明、花俏树绿的，学生也如山林里的小兽，干净纯洁得很），最熟悉的就是老家连绵起伏的群山了。所以读废名的诗，迅速就有了回家的感觉。或许，人的本质，便是爱着山水的孤独动物吧。

废名爱自己的诗甚于爱自己的小说，对自己的诗评价甚高。他给学生讲课，专门有讲自己的一章。他说："他们①的诗都写得很好，我是万不能及的，但我的诗也有他们所不能及的地方，即我的诗是天然的，是偶然的，是整个的不是零星的，不写而还是诗的，他们则是诗人写诗，以诗为事业，正如我写小说。"②他的诗创作有 30 多年的时间，有三个特征明显的阶段，第一个阶段是 20 世纪 20 年代，如《冬夜》《小孩》之类，风格写实好懂；第二个阶段是 30 年代，庄禅入诗，多为内视，诗风晦涩；第三个阶段是 50 年代，诗风近民歌，明白易懂。他最有价值的部

---

① 指卞之琳、林庚、冯至等，废名上文有提到。
② 废名：《新诗讲义——关于我自己的一章》，载《我认得人类的寂寞》，废名著，陈建军编订，新星出版社，2018 年，第 188—189 页。

分是 30 年代的诗。

这里选他一首《星》读，刊于《新诗》月刊 1937 年 3 月 10 日第 1
卷第 6 期。

星

废名

满天的星
颗颗说是永远的春花。
东墙上海棠花影
簇簇说是永远的秋月。
清晨醒来是冬夜梦中的事了。
昨夜夜半的星，
清洁真如明丽的网，
疏而不失，
春花秋月也都是的，
子非鱼安知鱼。

废名说新诗的文字是要散文的，内容是要诗的。"新诗要别于旧诗而
能成立，一定要这个内容是诗的，其文字则是要散文的。旧诗的内容是
散文的，其文字则是诗的，不关乎这个诗的文字扩充到白话。"① 他仅仅在
文字层面支持胡适新诗应该散文化的说法，认为新诗在其精气神上，在
内容上需是诗的。他举了很多例子，认为杜甫诗是诗的形式散文的内容，
李商隐、温庭筠的诗词是诗的形式诗的内容，是真正的自由的诗。但废

---

① 废名：《新诗问答》，载《我认得人类的寂寞》，废名著，陈建军编订，新星出版社，2018
年，第 136 页。

名并没有把什么是"诗的内容"说得太明白，大概这本来就不容易说清楚吧。

这首《星》也是一首内审的诗。看着是写身外的世界，身外的世界却只是一个烘托、一个转喻，点出时间空间，暗示心境。是夜，繁星满天，东墙上海棠花隐隐约约，环境极美，适合独处。热闹的人世间这样独处的时光并不常有，诗人的安静看似可得却不易得。他听见满天的星"说是永远的春花"，海棠花影"说是永远的秋月"，他觉出了星与花的可爱与顽愚。永远？等同？星与花自然是清丽可喜的，但春花秋月之说吗？那是要大大存疑的。星与海棠，春花秋月，各有光芒，各自清丽，"子非鱼安知鱼"，硬要扯个等同，未免南辕北辙，令人解颐。

"子非鱼安知鱼之乐？"出自《庄子·秋水》：

> 庄子与惠子游于濠梁之上。
>
> 庄子曰："儵鱼出游从容，是鱼之乐也。"
>
> 惠子曰："子非鱼，安知鱼之乐？"
>
> 庄子曰："子非吾，安知吾不知鱼之乐？"
>
> 惠子曰："吾非子，固不知子矣；子固非鱼也，子之不知鱼之乐，全矣。"
>
> 庄子曰："请循其本。子曰'汝安知鱼之乐'云者，既已知吾知之而问吾，吾知之濠上也。"

这个寓言揭示了人与人之间相知的艰难。在诗中，"子非鱼安知鱼"，这句话看起来非常突兀，与整首诗的格调格格不入，乍看之下，几乎要去掉心里才舒服。不料却是水到渠成，满天的星与海棠花园的浮夸，正应了"子非鱼安知鱼"的反诘。我们也因此看到一个孤傲的诗人，面对人世的诸多世相，心里却默想这一句"子非鱼安知鱼"？抗拒、独立、清醒。

这首《星》是有画面的，单纯干净，诗人化经典入诗，看着多少有些生硬，初读委实要吓人一跳。是"散文的文字"没错了。这首诗所谓"诗的内容"，或许便是这自由的想象和孤傲的灵魂？不管怎么说，繁星夜，海棠花影，孤夜思，空间空旷优美，从空间之美转向哲思之美，也是这首诗给人解读的立体维度。

废名是个有趣的人，骨子里有庄禅意，或许说是有才华的人亲山亲水文化精神的体现。我拙朴的老家人，不过是一曲山歌露心曲，废名这样的，便要在心里倔强地道一声"子非鱼安知鱼"了。

古往今来，这个声音足以汇成一道浑厚洪流。

时间的缝隙

——再读徐志摩《再别康桥》

很难找徐志摩《再别康桥》的碴。

"诗缘情而绮靡"，《再别康桥》的情旖旎低回，温柔细腻，一声声只在人心窝窝里盘桓。说康桥也好，说爱情也好，说往事也好，无论从哪个方向去读去想这一首诗，都容易让人动容。徐志摩的文学梦想、他对美的激情几乎都是从康桥开始。徐志摩有一个深厚的康桥情结，所以才有《再别康桥》的留恋、不舍，才有《再别康桥》的欲说还休，才有《再别康桥》的缠绵悱恻。从读者而言，谁的心里又没有一个康桥、没有一个爱人、没有不能忘怀的往事呢？何况诗才满溢的徐志摩和他的几段令人遐想的爱情故事，为《再别康桥》添了多少光彩！徐志摩的情、读者的情，情与情相重，事实与想象相激，《再别康桥》里谁旖旎、谁情难自已，已经不重要了。

仅拈出一个情字，《再别康桥》就得了诗的本真，人肺腑里出的东西，是要还肺腑里去的。

何况 1928 年的中国，新诗还是新生的幼儿，许多诗歪歪扭扭的，听了胡适之散文化的倡议，捡了散文的碎末儿分成行，实在不算成了气候。新月派主将徐志摩提倡为艺术的人生，诗为艺术为美而作，闻一多提出的建筑美、绘画美、音乐美，徐志摩执行得很好，我们看《再别康桥》就是了。句式、段落整齐；节奏除了合了情感的节拍，也合音韵的节奏；画面呢美得不像话，直接把康桥的风景给描绘出来了。

情感之外，拈出形式，《再别康桥》也是完美的。

这首诗好读，要是作意义阐释，它亲民得很。离绪多愁怨，爱而不得也不能高声语，往事又不能成风，甘愿做康桥水下的一条水草也是不成，于是一腔愁绪爱恋都赋予康桥了，不带走一片云彩的故作潇洒，也只是没有办法的选择，口里要强，自我调侃罢了。

单是意义表达得精准，《再别康桥》当为楷模。

放在 1928 年，《再别康桥》是一首无可挑剔的好诗。

放在 2019 年，倘若要一首诗来开释类康桥情结，它也是绝妙的。

但是，总是缺那么一点儿东西是不？

读作品，当然要到具体语境里去，所以我会强调 1928 年，在那个才子扎堆的年代，徐志摩独树一帜，卓尔不群，堪称一绝了。

可是我在 2019 年，站在另一个世纪第二个十年的末梢，携带了新诗百年的历程和阅读背景，在感慨徐志摩的才情智慧的同时，是否可以要求更多一点？

时间距离的长处，就是可以轻而易举地站在巨人的肩膀上，看得比巨人长一点远一点。

这一看，就看出了进步、喜悦和不满足。

我不能以今天的眼光来要求徐志摩的诗，但我可以以今天的眼光来要求一首新诗。

对诗歌形式散文化的倡议，新月派对诗歌形式美的要求，现代派诗的隐喻和象征，新诗一直没有跳出早期人们对新诗的设想。在形式上，口语诗承接了散文化一脉；对诗歌形式美的追求更多的是化在情感的节奏上了；隐喻和象征成了新诗的寻常风景，想象力存在的地方，诗往往要借隐喻和象征之力去抵达生活和情感的各个层面。

也不知什么时候，我们发现人们的理解力已经达到一个匪夷所思的地步了。我们已经不满足一览无余的阅读，如果有那么一点阅读受阻，我们会更有阅读的快感。剧透无论在哪儿，生活还是文学，多少都会令人有些无趣。

无论是 1928 年还是 2019 年，《再别康桥》都是一首好诗。可是，我们已经不满足了。或许不那么一览无余，或许多些与读者的互动，偶尔的时候，也可以让读者猜谜（谜底倒是可有可无的），无论如何，我们对走过了足足一百年的新诗，要求是越来越多了。

那么，就让《再别康桥》这样的诗成为经典吧。经典的意思，就是它代表过去，也会存在于未来。但未来，会有属于未来的经典。

《金黄的稻束》、夫子的河流以及我们的青山

诗人郑敏写作《金黄的稻束》的时候，还是一个年轻美丽的姑娘。那时候她在西南联大读书，路过一块收割过的秋天的田野，金黄的稻束迅即击中她的心灵，她迅速写出了《金黄的稻束》。当我也还是一个年轻的姑娘时，我为这首诗倾倒过。

这首诗让人动容的地方，首先是诗中体现出来的共情力，温暖、体贴又善良。

> 金黄的稻束站在
> 割过的秋天的田里，
> 我想起无数个疲倦的母亲，
> 黄昏的路上我看见那皱了的美丽的脸

金黄的稻束容易让人想到丰收，但诗人却第一时间想到了劳作的人，

想到了劳作的艰辛和被劳作折损了美丽容颜的无数母亲。没有收割过稻子的人，大概很难理解收割——原始地用镰刀收割稻子是怎样一种艰辛。旁观者自然是不痛不痒的，青山绿水间金灿灿的稻田，在平原是一望无际，在梯田是层层叠叠，画面自然是美的。然而对于自小就长在稻田里的人来说，丰收只是意味着温饱，与美无关。有毛刺的水稻叶子会将手臂割开一道道口子，汗水流下来，整个手臂都又痛又痒；稻谷对我们也并不友好，每一粒稻子上都有芒刺，顶着大太阳晒稻谷和收稻谷都会被芒刺所伤，细细密密麻麻辣辣的痛痒简直不要让人太酸爽。金黄的稻田，对我，是劳动的艰辛，是作为农民生活的不容易。

我从9岁就下地干活，从水稻的播种到收割，我从来没有觉得劳动是一种享受。当然，比别人家多收了三五担谷子是喜欢的。劳动对农民对我，都是一件不得不做的事情，春天不播种，就不会有夏收。每年暑假的双抢（抢收夏季稻，抢种秋季稻）更是令人疲倦到极点，我的童年和青年就是这么过来的，从9岁起，没有错过一场农事。每一粒粮食和每一棵蔬菜，都意味着汗水和疼痛。"我想起无数个疲倦的母亲，/黄昏的路上我看见那皱了的美丽的脸"，秋天的田野里金黄的稻束让诗人看见了无数母亲的疲倦，那也是我看见了的疲倦，我看见了的美丽母亲们黝黑的皱了的脸，那就是我最稚嫩生命中的经历。小小的身体累到受不了的时候，父亲是允许我们在满是泥巴、杂草和各种小虫子的田埂上躺三五分钟顺顺腰。父亲怕我们姐弟几个中暑，总是中午十二点前就收了上午的工，下午四点才出工。尽管如此小心，地里的活还是一样没有落下。我自小就努力读书，与其说是为了理想，不如说是为了逃离。更直接地说，是为了逃离收割水稻。我不怕挑水不怕砍柴不怕拔秧不怕喂猪放牛，只怕了收割水稻。汗水在衣服上结了一层一层的盐，被稻子割破的手臂和脸颊又痒又疼还不能挠。金黄的稻束留给我的是艰辛和恐惧，跳离农门是那个时代的农村孩子最大的理想。至于跳离后要干什么，我们从来就不去想，跳离就一切都好了。我到现在，都不会本能地认为金黄的稻田很美。

所以，当郑敏说疲倦的母亲和母亲皱了的美丽的脸时，她直接抵达了稻束的本义。田野里的稻束成了象征的雕塑，母亲的疲倦从稻束的沉默里溢出来，人类的历史也如一条河，每一个沉默里都隐含着无数付出过的、说不完的疲累。

《金黄的稻束》迷人的地方，还有空间美。

《金黄的稻束》里有三重空间，由低到高，由近及远。第一重是稻束和田野：收割过的田野，站着一片金黄的稻束。视野开阔，内容具体而生动。宽阔的田野和金黄的稻束都容易引起人们罗曼蒂克的冲动，引人遐思。不过诗人把思想的方向，拢向了母亲的劳作和人生。第二重是放大了的山野，这是一个有着圆月的夜晚：

> 收获日的满月在
> 高耸的树巅上，
> 暮色里，远山
> 围着我们的心边
> 没有一个雕像能比这更静默。

一幅乡村夜晚小景图。这也是我熟悉的、无数人熟悉的乡村夜晚。暮色四合，远山如墨，月亮明晃晃的，挂在远处的树巅上，稻束如雕像一样沉默，但诗人的心却被稻束的沉默跌宕，她的思绪飘向了更邈远的地方，这静默的稻束，又何妨不是人类历史的一个隐喻？

第三重空间远离了此时的稻束、远山和天空，诗人的目光投向了茫茫宇宙。自人类起源以来，人类是如何在野山野水中一路征伐而来，走到了今天，走到了金黄的稻束旁？

静默。静默。历史也不过是

脚下一条流去的小河，

而你们，站在那儿，

将成为人类的一个思想。

我们很熟悉时间、人生与河流的关系，自从我们的万世师表站在河边感慨万千之后，我们都知道了河流的历史寓意。小河流去了，稻束沉默，站成了人类的某个瞬间，某个场面，某个令人沉痛的部分。这是人类前行中负荷的部分，艰辛的部分，疲累的部分，美丽容颜失去水分的部分，母亲无声叹息的部分。当然，也有关于温饱、关于粮食的部分。

南北朝的何逊家在青山下，每上青山必叹曰："青山不可上，一上一惆怅。"我们登山望远，登的是何山，望的是何处？山自然是此时此地的山，远却不知是哪年哪月的远了。时空在望的瞬间就已经突破了此在的藩篱，时间、空间、人生、世界，各种感觉潮涌而来，胸腔里便只有惆怅了。是夫子在河边的感慨，也是郑敏在路遇金黄的稻束的思绪。

由近及远、由实入虚，诗歌的三重空间把我们引入一个玄妙的境界，进入诗歌的第三重意蕴：从空间到时间，从此在到历史，从"我"到茫茫大宇，刹那间，经由金黄的稻束，诗人之思已经接千载、游万仞了。

金黄的稻束虽然静默，但充满了语言。一点也不比夫子的小河少，也不比我们的青山少，无论语言往哪个方向寻找意义，都一定有母亲们皱了的美丽的容颜。

《断章》：一个到处漏风的故事

卞之琳的《断章》，我一点也不喜欢。

多别扭啊。

> 你站在桥上看风景，
>
> 看风景的人在楼上看你。

这两句还好好的。风景自然是好的，不然"你"不会驻足观看，桥也是有历史有故事有格调的桥，在中国传统的美学范畴里，亭、台、楼、阁、榭、桥都是造境的高手，有了这些物事，风景和故事平白就多出些旖旎，多出些人生和历史的感慨。所以中国园林呢，必然得在有水处筑桥，有路处修屏，平淡处起亭，曲折处修高台，总要把四周的风景，都收到这一亭一阁中才好。有桥有风景还有"你"，这构图落在在楼上看景的人眼里，已经很完美了。

看风景的人应该也是个性子安静的人，"你"看"你"的风景，"我"

也把"你"当风景来看，多美好的情愫啊，无论"你"知或不知，"你"都是"我"心里美好的一枝。"我"享受"你"看风景的样子，也享受"我"看"你"时"我"的心情。在"你"、桥、风景之外，多了楼上看风景的人，这一多，风景的层次就多了起来，这就是岁月静好的样子吧。

我楼上退休的老教授，每次孙子放学回来都一副喜上眉梢的样子，对长辈而言，背书包的乖孙孙就是他心满意足的风景了。丈夫看妻子，或者妻子看丈夫，倘若他们是恩爱的，大概彼此也是相互的美景。悄悄观赏的那一刻，心里大概是圆满的。这种观看落在恋人的眼里，当然也是十成十的美。

可是圆满难成好诗。生活中我们不愿意有的欠缺，却是作诗的好材料。"你"和"楼上的人"观看的错位，已经为下文的欠缺埋下了伏笔。只是，所有善良的人不愿意往那边想去：哪怕"你"和"楼上"那人互不相干，仅仅是风景，画面也是极美的。楼上的人吱呀一声开了窗，看窗下的桥上有人在观赏风景，那人能牵住楼上人的视线，引起他的注意力，自然有称得上成为风景的魅力，楼上的人独自看暗自思，心道"好一幅妙人观景图"，情可以不起，画面已经很美了。风景之外的我们——读者诸君，是否也过了一把看风景的瘾呢，顺便心里编排些无关紧要的八卦，似乎也只是添了些趣味。对于人间的情和事，我们大概都有一幅自己的风景吧，哪里又肯去破坏它呢？

缺憾还是来了，由不得你愿不愿意，喜不喜欢。

　　明月装饰了你的窗子，
　　你装饰了别人的梦。

读到这里我们知道了，楼上那人是认识"你"的，他对"你"有很多想象，但他只提起"明月"。明月是个我们太熟悉的物象了，李白"举头望明月""举杯邀明月"，柳宗元的"旧时月"半夜照女墙，苏东坡的"但愿人长久，千里共婵娟"，欧阳修相约"月上柳梢头"……明月无论照谁家，都与情有关。楼上那人无限美好地想着"你"与明月相伴，想着"你"望月的样子，在月下读书嬉戏梳妆的样子，在月的光影里安睡的样子……他毫不吝啬地渲染了"你"与明月的关系，甚至，明月也不过是"你"的装饰了。"你"该是一个多么完美的"你"啊。

话锋转得一点都不拖泥带水。楼上的人说："你装饰了别人的梦。"

"别人"！在这里这个代词用得多么胆怯！他甚至都不敢说"你装饰了我的梦"。有"你"的梦是满足的，也可以不过个梦而已。"你"在白天是"我"的风景。夜里是"我"的美梦，日里夜里，"我"的生活里全都是"你"，可是"你"呢，似乎对这一切毫不知情，"你"看"你"的风景，做自己的梦，"我"在"你"的世界之外。

虽然看起来，"我"似乎一点都不在意，"我"满足于在楼上满心喜悦地看"你"，满足于入梦能遇见"你"，但内心里总是有一点欠缺的，比如把自己说成"别人"，说成楼上看风景的人。这个有一肚子心思的人，还不太敢理直气壮地把"我"推到前景。

那个时候的卞之琳23岁，正狂热地单方面地爱着"合肥四姐妹"中的老四张充和。这首《断章》是写给张充和的，把他胆怯羞涩的爱情表达得非常透彻。卞之琳曾经说过他当时的感受"多疑使我缺乏自信，文弱使我抑制冲动。隐隐中我又在希望中预感到无望，预感到这只是开花不会结果"。其实，这花也只是卞之琳一家在开，张充和这边，红鸾星或许从未动过。

把《断章》仅仅当作情诗来解未免过于单薄，它可以逗引出更多的关于人生、事业、世界、人心等诸种心绪，这些心绪无一足够圆满，处处遗憾。作为一首诗它是迷人的，张力极大，可涵纳的意蕴极多，言人人殊也不为过。可是读诗又何必不是读人生？人生已经是一间残垣断壁的破屋子，却还要把冬天过得雪花飘飘北风烈，何苦来哉？

便把它当爱情来读吧，爱情这个层面的解读最为通俗偷懒，也最为贴近本意。何况诗的意境还极美，寥寥数语，画面、人物和故事都有了，也符合人本性里八卦的心思，然而还是读得让人心里酸楚。

我的不喜欢，也是这酸楚带出来的不圆满。人生不如意事十之八九，我们的人生，便要努力去争取一个个小小的圆满，看故事便要一个个小小的喜欢。一首诗，说一个到处漏风的故事，如何让人高兴得起来？

罢罢罢！

《错误》：只是在人群中看了你一眼 *

等人什么的，大概是最无趣的吧。时间好端端的，等着等着就变长了。

若是不得不等，问老半天，却回你一句"君问归期未有期，却话巴山夜雨时"，简直要把人郁闷死，心眼小一点的，便要生出许多闷气来，发病也是常见的。李白一句"当君怀归日，是妾断肠时"简直不要太懂等人的煎熬，怨春风也是怨得的。

1954 年，郑愁予 21 岁，他写了《错误》。据说，《错误》是以他母亲为原型的，自幼跟着母亲逃难，他看多了母亲思念的样子，思念，真是落寞又忧伤。

江南小城是个适合讲故事的地方，女孩子大多清丽婉约。"江南可采莲，莲叶何田田"，江南女子等待爱人的样子，大概也是有许多鱼戏的风情吧，这东南西北的莲叶，都在她眉眼间婉转。"我打江南走过 / 那等

---

* 原载于 2020 年 9 月 25 日光明网文艺评论频道，原题为《美丽的错误，绵长的思念》。

在季节里的容颜如莲花的开落"，故事的开始，以第一人称叙事标识出一个旁观者的身份，是"我"看见了许多等在季节里的容颜。"等"字是诗眼，这首诗写的便是"等"人的煎熬了。"开落"是"等"的结果，是心情也是容颜，无数次以为是归客却不是，心情经历了由欣喜到失望；有些人等候的时间过长，容颜渐老。诗歌的第一句算是总起，为下文的"错误"埋下伏笔。

"东风不来，三月的柳絮不飞"，这两个"不"极言"等"的孤寂，人简直孤独到极处。东风怎么可能不来呢？柳絮怎能不飞？只是良人当归未归，三月的姹紫嫣红、柳絮飞舞与我何干？青石的街道硬且冷，夜的薄暮升起，"你的心如小小的寂寞的城"，这是一座关紧了门窗的城，一座在期待与失望中煎熬的城，城外过于安静，城内却极为动荡不安，度日如年，时间早不是节令可以计量，等候之外，日子只余了黑白。

"跫音不响，三月的春帷不揭"，又是两个"不"字，这是多么令人失望的"不"字啊。总也不能等来归客的跫音，总也不能等来"红烛昏罗帐"的春帷。没有预期的归期，等待的日子漫长又孤单。她连"春风不相识，何事入罗帏"的念头都没有，跫音不响，她压根就感受不到春风，哪怕春风早已浩荡了这小小的江南的城，因为她的心"是小小的窗扉紧掩"。

只有等待是唯一的大事。她的注意力都凝聚在窗外的跫音上。终于有一天她等来一个声音，这不是她惯常熟悉的邻居的路人的声音，嗒嗒的马蹄声像是从远方而来，正要趋近她的门口，这让她有些急迫甚至惊喜。贸贸然打开门，互相看见的那个瞬间尴尬又失望，我们甚至可以想象她的脸色如莲花盛开一般灿烂，迅即又落下去了，她大概早就习惯心情如此起起伏伏了吧。

"我"打江南走过，嗒嗒的马蹄声给予了一个妇人希望和失望，"我"为此感到抱歉，他说这"是一个美丽的错误，我不是归人，是过客……"

这便是郑愁予在他 21 岁的青春时光里讲述的故事。故事简单到只有一瞬："我"路过"你"的家门，"你""我"之间也只是开门关门一瞬间的对视。但这一瞬里"我"抱歉地看见一个江南女子情绪的变化。诗人借这一瞬写活了一个在爱情里在思念里饱受煎熬的江南女子，他对这样的"你"充满怜悯。我们可以理解的是，"你"已经不是具体的"你"了，而是千万个思念归人的你。

这首诗不长，但视角刁钻。历史上写思妇的诗词很多，大多采用代言的方式来书写。如李白的《春思》《秋思》，都是以思妇为第一人称，直接进入女子的内心世界，极写思念之苦。但《错误》的第一人称却是一个观察者，注意点是女子，围绕一个"等"字下笔，女子"等"归人的心理和表现，大多是"我"观察出来的，是许多经验的积累，所以初遇的瞬间，"我"便能洞悉女子的心理，感受到女子的情绪，甚至因此生出一丝歉意。

这首诗的情绪拿捏得很好，两组四个"不"的词组，造成一吟三叹的效果，把女子孤独寂寞的心境表达得透彻；同时又营造出一个拒绝的围墙，把女子关在了这些"不"的围墙里，窗扉紧掩，气氛和情绪都渲染到位。这样，被思念煎熬到极点的女子听见马蹄声自然就慌忙激动，她的惊喜和失望才会如此清晰生动，正好应和了诗歌的开头——"如莲花的开落"。

有人可等终究是好的。哪怕是错误的也比什么都没有强。归客若是良人，良人若是可期，有遗憾也是值得的。只是若是不负责任地回一句"未有期"，错误可就真是错误了，也未必美丽。

就把这首诗当作一首简简单单的爱情诗来读吧，思念过的人，会懂得七夕的珍贵。尽管我对牛郎有点意见，但看在他之后对织女一直不错的分上，也就懒得追究了。《错误》里的女子，连七夕都没有呢……

女儿生命中的里程碑

——朱英诞《鸟儿飞去》

给学生上课，最不喜欢讲"女性主义"。一种太有前途的学说，要么是理论刚刚发育，未来可大展宏图；要么是问题太大，解决之日未可期。女性主义理论属于后者。人类文明要发达到什么程度，才不会把江山与美人并置，江山与美人不会成为永远的表语？现在中文系的学生大多是女孩儿，无论贫富，都是父母手心里捧着的宝贝，女性主义理论的问题过于真实，过于贴合实际，过于像她们的未来，所以每讲女性主义，课堂上都鸦雀无声，压抑、沮丧、悲伤、惊悚，这种感觉很让人不愉快。

读朱英诞的《鸟儿飞去》，这种不愉快的感觉又涌上心头，挥之不去。

无论诗中说出来的和没有说出来的部分，都在说女孩儿不值、女孩儿不值、女孩儿太不值！

朱英诞的聪明，是挑了女孩儿最可说的四个时间节点——出生、恋爱、结婚、死亡——来说。这是女孩儿生命的四个里程碑了。出生是值得庆贺的，恋爱是动人的，结婚（做新嫁娘应该是女孩儿最美的时刻）

也许是可喜的，死亡是必然的。从生到死，这就是一个寻常女孩儿一辈子最重大的事件了。但是（这时候这是一个多讨厌的词啊，它意味着转折，意味着不安，意味着真相），即使是在最值得庆贺的时刻（中国人总是乐观地面对生命的终结，往往会有隆重的葬礼，称之为白喜），《鸟儿飞去》也没有给予女孩儿一点罗曼蒂克的幻想。说真话不太讨喜，这首诗让人看到作为女性一生的如履薄冰。

鸟儿！不应该是有一双自由的翅膀吗？当女孩儿出生时，诗人想到的是海洋。大海对于一个刚刚出生的婴孩来说，过于壮阔、过于伟大、过于凶险，诗人说"神秘"，即使如海鸥一样可以在大海上空翱翔，女孩儿可以在神秘的"大海"中安稳一生吗？生命的未知如大海一样在女孩儿面前展开，自女孩儿呱呱坠地那一刻起，不安和凶险已经出现在她面前了。

她平安长大了，情窦初开，光想想心底就一片温柔，风光旖旎。可是（又转折了，亲爱的读者，如果可以，我也不想转折），"什么鸟儿伴着你飞去"？白鹇是一种特别美的鸟，红头红脚，羽毛洁白，飞翔之姿，颇仙逸。初恋是人类最愿意珍藏的情感，配得上白鹇之姿。可诗人说"是不是凄凉的月"？与其说是一个问句，不如说是一个肯定句。初恋的美与月本也相当，月之前可以放上无数的形容词，倘若请小学生来组词，他肯定能在作业本上写满整整一页，但诗人偏偏说"凄凉"！她的爱情她能做主吗？她能和她的心上人终成眷属吗？她懂得识人吗？她看上的那个人，是良人——是她的良人吗？无数的疑问在"凄凉"里生长出来，情况似乎不那么美好。女孩儿，数千年岁月里低着头走出来的女孩儿，平平常常的一个女孩儿，你的爱人，是你的良配吗？千百年来亿万人的同一个月，为何独你却"凄凉"？

相爱很重要，也不重要。女孩儿终究要嫁人的。新娘总是会被悉心装扮的，不管那人是谁，女孩儿总希望嫁一个会疼人有能力过日子的人，总希望日子过得安稳。六月是一个适合婚配的日子，女孩儿也随大溜在六月里嫁了。可是（又来了，不吉祥的转折词），"那鹞鹩的巢在哪儿"，"是不是那一条小园里的斜枝？"，陪着女孩儿的已经不是姿态娴雅的白鹇了，而是胆怯卑微的鹞鹩。倘若只是观赏，小园里的斜枝应该是别具一格的；倘若这斜枝长在一棵大树上，便是可有可无的一枝；若是鹞鹩的巢，那微不足道的一枝是否经得住风雨？女孩儿，这时候她已经是妇人了，她的日子可见地风雨飘摇。

妇人日渐枯萎下去。也不知过了多少岁月，妇人只觉得冷，乌鸦随行。乌鸦在民间是一种不吉利的鸟，总是伴随着死亡。妇人该对着人世谢幕了，落日下的岩石坚硬冰冷，这个世界可曾给过她一个温暖的笑脸？

那陪伴女孩儿的鸟，何尝不是女孩儿的自身的隐喻？

诗人选取女孩儿一生可圈可点的四个时间点，却没有一处温暖，没有一处安稳。这是诗中说出来的部分。

诗中没有言说的部分呢？那日复一日的漫长岁月呢？可以想象的凶险、艰苦、不安和绝望。无以言说的日子还不如言说的部分，不说也罢。徒增读者惊悚罢了。

人世间，做个女孩儿真心不容易！

《鸟儿飞去》以相同的句式、相同的节奏循环往复地叹息悲鸣，自女孩儿出生那天起，钟声已经敲响，悲剧已成定局。

今天这大千世界千千万万的女孩儿，已经全然不同于诗中的女孩儿了。人世间给了女孩儿许多机会，习得了许多能力，学会了游泳，懂得了识人，有了工作的能力，不需要靠婚姻来养活自己。这一部分可爱的女孩儿，能够彻底挣脱千百年来的思维定式、文化惯性和社会角色分工吗？另外千千万万的女孩儿，生在低处，长在弱处，她们又是怎么一个活法？

我不喜欢女性主义理论，但认同它提出的问题，至少目前来说，是个打了死结的问题。

我把朱英诞的《鸟儿飞去》，读成了一首女孩儿的悼歌。

《生活》：一字得圆满

我们会怀疑，北岛的《生活》到底算不算是一首诗。

因为它只有一个字：网。

中国有多少汉字啊，象形字、指事字、写意字、形声字，我们可以在每一个字里看出故事、历史和现状来，看出活生生的形象来。每一个汉字都是活的，凭什么北岛的一个"网"字，就独独是诗。

《生活》是北岛《太阳城札记》组诗里的最后一首，《太阳城札记》写于 20 世纪 70 年代后期。《太阳城札记》是一组短诗，太阳城大概是北岛心中的理想地，阳光温暖，生命蓬蓬勃勃，姑娘美丽健康，孩子活泼快乐，爱情甜美，人人精神自由，艺术灿烂，青春美好，人民自主，祖国强大，世界和平……《太阳城札记》都是短诗，抒写北岛对人生和世界的理解，最短的，是排列组诗之末的《生活》。

北岛是一个非常善于使用意象的诗人，《太阳城札记》就是一个意象群，每一组小小的意象，都指向了标题命定的内容，标题是诗歌的意义指向，内容是标题内涵的展开。生活的内容，就只余了一个"网"字。

这是对生活有多么复杂透彻的理解，才落下了这么一个字？

今天我突然想起这首诗，与当年第一次读到时，恍然两世人。

用"网"这个意象来指示生活，果然准之又准。这里面有复杂的情绪，包含着对生活的诸种体验、感受和顿悟。

记得年少时看到"网"，也就看个好奇，不知未来是否真有个网等着我，如果有，它是一个什么样的网，我是在网中左冲右突，还是在网中自得其乐？我能否破网而出，得大自由大自在？那时候对人生的理解，以为能有一双白色的旅游鞋（我那时还买不起一双旅游鞋）沿着河岸走就行了，往东是大海，往西是群山，都是好风景。年轻就是好，有无数的可能性可以想象。待年长一些，才会明白，想象无穷大，生活无穷小，可以选择的路，事实上非常有限，甚至走着走着，就懒得走了，一个小小网，只要网里还有水，也可以是一生的。

挣扎是一生，忍受也是一生。这张网从来就没有消失过。

理想在网外。

理想又何曾不是另外一张网呢？

只是小山村池塘里的网和大海里的网的不同，网内空间大小有异罢了。

意象的好处，是意义可以叠加，作者未曾明言不想明言的地方，语义都在。《生活》单单一个网字，既不是被动态也不是主动态，既无限小又无限大，一个字，就是全部，铺天盖地。

或许，我们可以更积极一点，把《生活》翻转来看，在人世间沉浮的人，也可以是撒网的人。

我们需要的是一个可以经得住风浪的好身体，一手娴熟的撒网功夫。至于可以从生活中打捞什么，全凭各人本事——这就是积极的人生了。人生总该是积极的，年轻人不服输的劲头和勇往直前的爆发力，是人世的未来。

"网"字配上"生活"，它就是诗了。

《生活》自成一体，是一个完整自足的世界，在这个世界里，情感饱满，意绪复杂，可以成功挑逗出我们对人生的诸种感受。意象具体、新鲜、清晰、准确，张力大。这张四处是洞的网，并没有留够足够的空间给人逃脱；也没有预置足够的物品给我们打捞。无论处在哪个位置，主动权都一直在飘忽变动。《生活》虽然写于 20 世纪 70 年代后期，诗人经历过一场浩劫，但《生活》的意指却指向了任何一个时间向度，过去、现在和遥远的未来，对生活"网"的描述和体验，都是准确的。生活适合任何人，任何时代。

这就是一首诗的妙处。

一个字，也是一个世界。

据说北岛是听了食指的诗才开始创作的。但我想，食指的诗只是一个契机，它点燃了北岛生命中本来就有的诗歌天赋。尽管"Pass 北岛"曾经是一个响亮的口号，但北岛从来就没有被 pass 过。他的诗今天读来，依旧隽永、依旧新鲜、依旧还在新诗金字塔的顶端。

一个懂得以最少创造最多的诗人，是不容易被 pass 的。

2020 年 1 月 29 日

向往的生活

——读顾城《门前》

顾城的《门前》，写于 1982 年 8 月。

1982 年，我还小。我会在大人出门做工的时候，和弟弟妹妹在家里玩。夏天阳光很明亮，我们一点也不介意，满头大汗到处跑。屋后的屋檐下，长了一棵会长灯笼的小草，夏天的时候大概会结出两三个果子，我喜欢果子的样子，它的外面有一层薄薄的衣。当时我不知道，它有一个很让人遐想的名字：姑娘果。

有时候我们也挖土挖沙子，学着大人开荒种出一小块辣椒，几株丝瓜，一般都有收成的，西瓜除外，我总是给了太多肥，西瓜往往被肥料烧得奄奄一息，得等一阵雨后，它才会重新长出鲜嫩的苗，有时候甚至充满希望地开出几朵黄色的小花来，似乎很快就有甜甜的大西瓜吃了，但这种事情从来也没有发生过。西瓜苗是随处可见的，西瓜也是总是在种，在蔫，在开花，果子却长不大。

山谷里总是有风的，风从树梢上吹一阵过来，叶子轻轻摇晃着，春天开花的许多小草，夏天已经结上草籽了，草长了一大片，姑娘果却总是只有一棵。

顾城的《门前》，便是我家的门前。

顾城用一个虚拟句说一个理想，他说"我多么希望"，我不用，我家门前就是田野，禾苗长出来，田野从翠绿变得金黄，田野里有一条小溪，小溪边长了杨树和柳树，夏天的时候知了很吵，要下雨的时候蜻蜓很多，爸爸妈妈都很瘦，他们很相爱，整天脸上都是笑容。我轻而易举就赢了顾城。

> 草在结它的种子
> 风在摇它的叶子

多么寻常的物事。孩子们挨家挨户地串门，那时候民风好，门一般都不锁，我们从这家跑到那家，脸和手都脏兮兮的，村子中间有一口大池塘，池塘里荷花开了，荷叶下有红鲤鱼在游，隔壁哥哥有时候会钓上一条来，我只能捞一些很小的虾，太小了，不能吃，又放回去了。太热的时候，我们就躲到柳树下去，有时候就折了柳条编了一个帽子戴着。实在没有风来，我们就溜风，啜扁了嘴巴"溜溜溜"地细细长长地唤一声，你就会看见风远远地翻着树叶子、禾苗叶子、草叶子过来了，吹在身上很是惬意。我们那儿，大人小孩都会溜风的，风往往也听溜。

> 我们站着，不说话
> 就十分美好
> 有门，不用开开
> 是我们的，就十分美好

顾城大概是有点疲累的，那会儿的他特别向往这种平静的日子吧？

门后的家安宁，即使不够殷实，至少是坚实可依赖的。看草有条不紊地在结它的种子，看风在摇它的叶子，看我们倚靠在门边舒舒服服。顾城的要求一点儿也不多，1982 年，我可以很轻松地做到。我甚至可以请风摇一摇我种的丝瓜叶子，从风的眼皮子底下摘下一筐丝瓜来，送给我隔壁的婶婶吃，婶婶会把我举高高，笑声会装满整个屋子。

> 早晨，黑夜还要流浪
> 我们把六弦琴交给他
> 我们不走了

　　这节很短，轻轻从诗中掠过，几乎不让人注意它。但它实际上是诗的核心，《门前》所有的想象，都基于这三句话。这才是诗人现状的真实写照，诗人的六弦琴唱的是流浪者的歌。这不是他想要的生活。1982 年的时候，我们那边有个很著名的流浪艺人，那时候他已经很老了，长出了长胡子，拿着二胡一村一村走，他来了便是村里的节日，白天孩子们爱围着他听他拉二胡，晚上大人们围着他听他唱歌。大人们说他唱"八股"，但我至今依然不知道"八股"是什么歌。村里人敬他为上宾，总是拿出家里最好的菜招待他。他一般会待上两三天，又上别村去了。

　　顾城大概不会喜欢这种唱"八股"的生涯，也许他有过。那是他的"黑夜"，他不喜欢，连同六弦琴他也不喜欢了。他想要我的日子。我哪儿也不用去，1982 年所有日子，晴天我负责在田野上撒野，雨天和黑夜家里有爸爸妈妈。

> 我们需要土地
> 需要永不毁灭的土地
> 我们要乘着它

度过一生

土地是粗糙的，有时狭隘

然而，它有历史

有一份天空，一份月亮

一份露水和早晨

我们爱土地

　　1982 年，我不会懂顾城为什么这么说土地。我们家有八亩地，所有的土地都被爸爸妈妈种上了粮食或蔬菜，有时候我们也参与耕种劳动。黄昏的时候我们跟着爸爸妈妈回家，夏天会有一团一团的蚊子一直在头顶上飞，对着蚊团一巴掌下去，巴掌上会有很多黑色的点点，那是被拍死了的蚊子。跟着我们一起走的还有早起的月亮，我们走过多少道弯曲的田耕路，它都一直照着我们，有时候我们就唱歌，爸爸唱"西边的太阳就要落山了……"我们唱"月亮走我也走，我送阿哥到村口"，妈妈微笑着，安安静静走路。这样的日子过了很久，直到我上大学。

　　土地是生活的保证，土地上的生活无论是粗糙还是狭隘，只要还有天空和月亮，有早晨和露珠，它就是完满的。其实，这里说的只是生活的日常，是日常里的必然事务，但这就够了，这些日常不仅会书写土地的历史，也书写我们的。这一节很明亮，天空和月亮，露水和早晨，是庸常生活的核心，它们把我们从柴米油盐中拉出来，转向身外的世界的同时也转向自身，转向我们的内在生活。这是诗人内在精神的写照，多么写实简单的生活，但只要心里还有天空和月亮，还记得早晨和露珠，心境就是阔大的。幼时当我们看着月亮一步步跟着我们回家的时候，我们只是喜欢和惊讶，不会有顾城复杂的心思的。

我们站着

用木鞋挖着泥土

门也晒热了

我们轻轻靠着，十分美好

墙后的草

不会再长大了

它只用指尖，触了触阳光

　　这是 1982 年顾城想象的游戏，却是我 1982 年的日常。顾城虚构了一个童年游戏，他们玩得很尽兴，"用木鞋挖着泥土，门也晒热了"。不玩游戏的时候靠着门，看看四周的风景。他想墙后的草应该长大了，顾城用了一个特别温柔的细节："它只用指尖，触了触阳光。"这个细节轻盈、喜悦，还有一点俏皮和心满意足。1982 年的我不会想到草会有指尖，会那么有意思地用指尖去触触阳光，我还是个天资平平的孩子。我只是拥有这一切，不自知。

　　顾城的《门前》是一个有故事的人在解释什么叫幸福，解释什么是童真，解释什么是向往的生活。他的故事留在六弦琴里，他写下《门前》的时候，黑夜还在弹奏六弦琴，阳光也只是照在想象的门槛上。

　　我不一样。

《从前慢》：他说出了我们的梦想 *

木心的《从前慢》，喜欢诗的人都喜欢吧，喜欢歌的人，也喜欢吧。

谁能抵得住回忆的力量呢？

谁没个从前呢。哪怕从前不慢、不美、不堪回首，可是只要一句从前，只要一句"记得早先少年时"，回忆就开始了。隔着时间的距离，我们会想起很多少时往事，那些从来没想记住却在心里生根的往事，就这样猝不及防被唤起来了。

木心的《从前慢》开首第一句，就把我们拉进了一个回忆场，读者和他一起跌进时间隧道里去了。诗人不紧不慢，悠悠回想起少年生活。读者得到的多一些，他看木心的少年，也看自己年少的模样。对读者而言，心里多少就有点计较的小心思，至于其中藏了多少认同和艳羡，要看后面木心要说什么。一个"从前"，两处计较。是从前与当下的差距，也是诗人与读者的差距。

---

* 原载于 2020 年 10 月 9 日光明网文艺评论频道，原题为《木心的〈从前慢〉，说出了我们的梦想》。

木心的点抓得也很好。没有任何花里胡哨的语言。木心是个画家，成就不凡。2015 年在他的家乡乌镇，建了一个木心美术馆。第一，他对色彩应该是很敏感的，但他这首诗里，却是黑白片，绘事后素，他去掉了所有噪声，只留下最关键的要素。"大家诚诚恳恳 / 说一句 是一句"，是理想生活的模样。有故事的读者，会在这句话里感慨良多，故事与理想相差如果太远，内心简直要百转千回。说一句是一句，对有些人来说，是生活的乌托邦了。被保护得极好的人，会觉得理所当然。不论谁，都会认同诚诚恳恳的价值观的。

　　第二个点极有画面感。小镇上热乎乎的生活扑面而来。少年捧着热乎乎的豆浆，也许还有油条和包子，时间尚早，天色还黑，买豆浆的小店灯光温暖。这是少年的日常，店里的人，应该都是友好的、诚恳的，"说一句　是一句"，人与人的交往，简单没有心机。

　　第三个点说思念。日色慢，思念长，车，马，邮件都慢，这些翘首以盼的物事把心理时间拉长了。"等你"也是极美的意象。每个人心中，大概都会有一个在等的人吧？或许等着了，或许终身再未曾相见，但"等"的煎熬和甜蜜，却是可以体会的。"一生只够爱一个人"，是诚诚恳恳的爱情。

　　"一生只够爱一个人"，说的也是理想爱情的模样，"一生一世一双人"，说容易也不容易。对爱情有幻想和没有幻想的人，都会感受到忠贞爱情的美吧？

　　第四个点说人与人之间的关系。木心选取了最为艰难的"拒绝"。这个点选得绝。还有什么比拒绝别人或被人拒绝更令人尴尬甚至难受的呢？"拒绝"这件事处理好了，其他的事就简单了。木心举重若轻，轻轻一把"锁"就解开了拒绝的结。锁这个物象也选得好，用来表达"拒绝"最为合适不过了，心上一把锁，可不就是拒绝了？在"诚诚恳恳"的"大家"那里，拒绝真不算是件为难的事。"从前的锁也好看 / 钥匙精美有样子/你锁了 人家就懂了"，因着"说一句 是一句"的诚恳，拒绝和被拒绝的双方都释然，"钥匙精美有样子"，说的不仅仅是锁了，更是诚诚恳恳的品质，因为这个美好的品质，人事关系变得极为简单友好。

第一节是总起，意涵贯穿诗的始终，每一个细节和节点，都在喜欢从前"诚诚恳恳"的"大家"。

这是诗歌说出来的部分，没有说出来的部分呢？坐在火车上的木心，看着窗外，想起从前的种种，心境应该是安宁的吧？他用了一个"慢"字，概括了从前的生活和人。

那么当下呢？当下的生活和人是一个什么样的状态？

木心没有说，他只说了从前。

既然有"从前"，"现在"肯定是在的。"慢"是以"现在"为参照物得出来的结论。在"现在"复杂的秩序中，诗人木心和读者站在了一起。"现在"不是空白，是我们脚下过于踏实的土地，我们和木心一起，在《从前慢》的回想中充实"现在"的内容，而且是在永无止境的填充之中。

《从前慢》之所以会打动我们，是从前的生活和人，也是现在的生活和我们。我们的梦想，不过木心替我们说出来罢了。

2020 年 5 月 1 日

天地间有梅花为他纷纷扬扬飘落

——人们何以爱张枣的《镜中》

1984 年，张枣 22 岁，是昭华正盛的时候，在四川外语学院攻读英美文学硕士学位。这一年他写出了《镜中》，后来这首诗与《何人斯》一起成为他的代表作。

《镜中》造境新巧，构图简洁有力，人物性格丰满，结构圆融，语多隽永，富味外之味。

《镜中》意象可谓奇焉。这首诗最精彩、最让人念念不忘的地方，便是第一句："只要想起一生中后悔的事 / 梅花便落了下来"。为什么"一生中后悔的事"与梅花飘落会相关联？落花是个适合承载记忆的场景，也许忧伤也许安静，不管什么情绪，落花都能包容。古往今来诗人咏落花，多与伤春有关。也有例外的，如王维"人闲桂花落"说的是游然物外的人生态度；杜甫"落花时节又逢君"的惊喜，是他乡遇故知的雀跃；李商隐一首《落花》，是抱负难展的忧伤；王勃《落花落》遗憾春去年亦老。梅花也是诗中常见的物象，咏梅诗多赞赏梅的清气（王冕《墨梅》："不要人夸颜色好，只留清气满乾坤"）、梅的香气（卢梅坡《雪梅》："梅须逊雪三分白，雪却输梅一段香"；林逋《山元小梅》："疏影横斜水清浅，暗香浮动月黄昏"），当然也有许多人咏梅花之凌霜傲雪。寒梅也有可恨的，李商隐的《忆梅》，就说"寒梅最可恨，常作去年花"，说的是人在羁旅的凄苦。以梅花飘落与"后悔的事"联系在一起，我还没有发现别的诗中出现过，《镜中》这首诗，可能是首次把梅花飘落的意象用在表达后悔的事上。他把一个陈旧的意象翻出了新意。

《镜中》第一句破题，就给人新奇，给人以美感，也让人好奇：这一生中后悔的事到底是什么，要配这么一个梅花飘落的极美情境？诗人没有直接回答问题，他开始介绍人物。他用四个事件，线条简洁却饱含情感地勾画出了一个女孩子的形象。

> 比如看她游泳到河的另一岸
> 比如登上一株松木梯子
> 危险的事固然美丽
> 不如看她骑马归来
> 面颊温暖
> 羞惭。低下头，回答着皇帝

果然我们猜到了，能让一个年轻的男子念念不忘的，往往是心里的"白月光"："后悔的事"必然与"她"有关。那么，她是个什么样的人呢？为什么"她"让他后悔？为什么"她"与"梅花"的意象连在一起？诗人当然不愿意披露太多的细节，那是他俩之间的故事，不适合分享。但告诉你"她"是个很美好的姑娘是他愿意说的。他说，她是个阳光的、活力四射的、敢于冒险的温柔姑娘。诗人用词很简单，两个"比如"一个"不如"，就把一个力与美的她给描述出来了。他说这是一个喜欢击浪的女孩，体力不错，能游到河的对岸去；她敢爬上高高的危险的松木梯子；她喜欢策马奔腾。无论她游泳的样子，登梯子的样子，策马归来的样子，都美好皎洁。可是这一切都过去了，成了记忆中的风景，变成了落花的样子，每每想起这些，他的心中就充满了懊悔。

"面颊温暖／羞惭。低下头，回答着皇帝"，这是女孩的另一面了，一个朝气蓬勃的女孩突然的羞惭，很容易让人想到爱情，何况还有一个"皇帝"！"皇帝"的出现似乎毫无征兆，其实早有伏笔。世间遍地都是美好的女孩，但会在"我"面前羞惭，会把"我"当皇帝的，也许只有她了。可是"我"呢？"我"都做了什么？再回过头看看前面的"比如"和"不如"，她如此美好，"我"却错过了许多。我并没有"看"她游到河的对岸，也没有耐心"看"她登松木梯子，更没有"看"她策马归来！一个把"我"当"皇帝"（这个词在这里是多么旖旎和香艳啊）的女孩，"我"却轻轻放过了。这里的"看"也是情绪复杂的，今日之"看"，是遗憾、是沮丧、是懊悔，也是喜悦、是欣赏、是珍惜、是疼爱、是欲对昔日之未曾好好"看"的弥补却无从弥补的忧伤。那漫天的梅花，如何会不落！

"一面镜子永远等候她／让她坐到镜中常坐的地方"，镜子出现了，这是心中之镜。"以人为镜，可以知得失"，她也只能永远坐在镜中了，"我"回忆起来的所有的关于"她"的事件，也不过是心中之镜的幻象罢了，哪怕曾经实有，而今也不过是镜花水月。另外，"她"也成了"我"的镜子，每一次临窗照镜，都能照出"我"内心深处的痛楚和懊悔，提醒"我"、鞭挞"我"。镜中是"她"，照出的却是"我"和我们的过往。"她"在镜中，是"我"对过去的追念，更是"我"对自我的惩罚。

"望着窗外，只要想起一生中后悔的事／梅花便落满了南山。"南山的梅花还在飘落，窗前的人还沉陷在对往事的追忆中。起句是设问，是开启回忆的钥匙，是走向过去的接引，随着起句的引导，我们明白了诗人为什么会后悔，为什么会有梅花飘落。结句是对起句的回应，也是对内容的加深，是陷入懊悔中不能自拔的痛苦。这一起一结，营造了一个回忆的情境，也指向了南山开阔的梅花林。时间延展了，从此刻返回到过去，无数的美好时光和一个美丽的身影，一个灿烂的笑容，一声"皇帝"的温柔呼唤。空间也扩展了，从窗口望去，是远处的河流，是松木梯子，是策马奔驰的野地，是南山的梅花林。在过去与现在、窗口与窗外的时空交错中，一个人的懊悔氤氲其中。

当人们想起张枣，谈论起张枣的时候，天地间有梅花飘落，纷纷扬扬。

2021 年 5 月 29 日

总要在生命中找出些趣味

——食指《热爱生命》的逻辑

生命无趣。

于是就要从无趣中找出些趣味来，功名利禄、爱恨情仇，人性在人类历史中演绎出了一场场大戏，有人从此不朽，有人湮灭于烟尘。跳梁者跳梁，他们口中的大词连他们自己都不相信。悲歌者悲歌，或许大词，他们都不想说了。

食指的《热爱生命》，怎么看都不太像有爱。说起悲苦，他滔滔不绝；说起爱，就剩了一句口号"相信未来，热爱生命"。而我向来觉得口号这种东西，最大的功用是用来鼓舞士气的。前提是士气低迷到甚至没有，口号的介入，会令强弩之末绽放出一线生机。运用得好，也能振奋人心。

仅此而已。

　　也许我瘦弱的身躯象攀附的葛藤，

　　把握不住自己命运的前程，

那请在凄风苦雨中听我的声音，

　　仍在反复地低语：热爱生命。

　　诗的第一节就令人觉得悲苦，瘦且弱，活着已经不易；不能自我控场的命运，更是令人惶恐，这一生，这具卑微的身子会遭遇什么呢？食指说是"凄风苦雨"。有多少肉身可以抵得住凄风苦雨？霜刀风剑严相逼，我们几乎不需要太多的想象力就能感受到，从肉身到灵魂都渗着苦汁。这时候说"热爱生命"，不过是强撑着给自己一个活下去的借口而已。

　　难道还能不活了？不活不是生命的本能。既然要活，那就只能鼓励自己说要"热爱生命"。这句"热爱生命"可能发自内心，但不是因为"热爱"，而是"活着"。

　　也许经过人生激烈的搏斗后，

　　我死得比那湖水还要平静。

　　那请去墓地寻找我的碑文，

　　上面仍刻着：热爱生命。

　　"死亡"迅速就来了。生命若是不屈，总要挣扎着活下去。既有凄风苦雨，又多不甘，激烈的搏斗在所难免。结局并不意外——"死得比那湖水还要平静"，这是说抗争过，死也心甘了；又或者是说死得无声无息，如这世界上的大部分人一样。"我"用碑文来安慰自己"热爱生命"。可这时候的热爱又有多少温度呢？这激烈的搏斗也许是热爱生命的一个佐证，却不是这具曾经的羸弱身体的本质。人生多苦，所有的力气都用来抵御这苦了，这"热爱"无所可去，又是从何而来。

　　来处总要梳理一下的，往事最大的价值是用来回忆。我们会用什么样的姿态面对曾经的自己和自己曾经走过的路？人生最令人恐慌的，便是来过不过是虚幻。虚和空作为一个哲学问题是值得讨论的，但作为活生生的生命，虚和空都太残忍了，生命需要意义的填充。不然，为什么要来？

"我"还是为这悲苦的人生找出了意义——"用痛苦做砝码""以人生做天平"，"我"的生命价值，便是"要后代以我为榜样：热爱生命"。这绝不是人生应该有的样子。人只活一辈子，"我"这一辈子受尽了苦难，却只是为后人做个榜样。"我"是否能成为后人的榜样存疑——死得比湖水还平静，人生已经没有什么回响了啊——这样的人生，后人又从何处得知"我"是"热爱生命"的？

"我"珍爱的人生可以证明吗？

诗人用了两个词界定了"我"的人生："流浪儿"和"乞丐"。"我"对自己的人生描述用了特别令人难受的小词，流浪儿的每一步都带着血迹，乞丐在寒雪和酷阳里都难以感受到温暖，"我"的这一生如此渺小如此卑微，尝尽了这人间的悲苦，诗人明明描述的是人间无情活着无趣啊，这"热爱"又从何说起！

力量总是要有的，无论在什么样的场景里，人总要给自己一点精气神。虽然人活着就是一步步走向自己的坟墓，可是这走的过程总要生出些趣味来；若是生不出趣味，就得生出些意义来。这世界上许多事情都可以着急，唯有死亡不急。总是会来的事情，最可不慌不忙地等。于是就有许多道理要讲。"我"的一生没有什么好炫耀的，也不值得效仿：谁生下来是想要受苦呢？于是诗歌的最后一节，诗人交代了"我"受苦的缘由：

> 但我有着向旧势力挑战的个性，
> 虽是历经挫败，我绝不轻从。

我能顽强地活着，活到现在，

就在于：相信未来，热爱生命。

这一声"热爱生命"，在最后的关头响亮高亢起来。

2010 年 10 月 30 日

今人何不学夫诗

——东荡子《暮年》的简与远

暮 年

东荡子

唱完最后一首歌
我就可以走了

我跟我的马，点了点头
拍了拍它颤动的肩膀

黄昏朝它的眼里奔来
犹如我的青春驰入湖底

我想我要走了

大海为什么还不平息

1996 年 8 月 17 日 太和楼 ①

1996 年，东荡子就把诗写得这么好了。那么优雅，那么从容，那么聪明，那么直击人心。

这是一首多简单的诗啊，寥寥数语，心意全出。其情其境，却余韵绕梁，令人感慨。

唱完最后一首歌

我就可以走了。

语言直白如此，类口语，简单直接，几无技巧可言。但是，它很有味道。有味，这是我们文化传统对诗歌的要求，钟嵘的《诗品》言一首诗若能"使味之者无极，闻之者动心"，那就是"诗之至也"。东荡子《暮年》起笔，趣味已出——"唱完最后一首歌"，一首什么歌？为什么要唱歌？人生诸多事，为何唯有唱歌放不下？唱完，才"可以走了"？其中旨趣，其中奥秘，下文是否可解？

我跟我的马，点了点头

拍了拍它颤动的肩膀

"马"是一个很有想象力的意象，"唱歌"和"马"两个意象结合在一起，足以创造一个自由浪漫的男性形象。一个有一匹马的男人，一个用歌唱的形式表达心意的男人——这两个意象打开了读者想象的大门，

---

① 选自浪子编《东荡子诗选·杜若之歌》，福州：海风出版社，2014 年。

无数的细节蜂拥而来，甚至蓝天，甚至草原，甚至许多实有或者虚构的回忆，它们不期而至，共同丰富诗人形象，参与诗意的建构，这首诗居然如此奇妙，可以用最简单的语词和句子，召唤最丰富的想象和意旨。

但是，且慢！如果说前面四句开启了诗意的大门，引起了我们充分的注意，让我们看见了一个策马奔腾、唱歌抒情的汉子，看见了脑海中无穷无尽的风景，那么接下来的句子，会灼烧我们的眼睛和灵魂。

> 黄昏朝它的眼里奔来
> 犹如我的青春驰入湖底

这个句子是从哪里来的？我们看到过的无数黄昏朝我们奔来。黄昏也是一个传统的意象，它可以表示忧伤、表示美丽、表示岁月、表示爱情，对于一匹马，黄昏意味着什么？黄昏是朝马奔来，还是诗人？一人一马双重视角看黄昏，画面安静、祥和。但一个"奔"字，又让画面动起来了，"黄昏"变成一个具有主体意识和生命意识的自在物，携带着此刻的时空、诗人过往的所有时空，以及我们认知的时空一起朝我们直奔而来。特别喜欢这个"奔"字，它让我感受到了时空的迫不及待，它把一个极静的场景变得动感十足，同时又没有破坏黄昏本身的静谧优美。非常妙。

"犹如我的青春驰入湖底"，一个"奔"、一个"驰"、一个"黄昏"、一个"湖底"，人间多少事，可以歌咏之？人至暮年，蓄积了很多故事、谋略、智慧和情感，站在暮年的山岗，也就只有"奔"和"驰"的时空观念了，那句烂熟的话——时光如梭，白驹过隙，不是吗？

> 我想我要走了
> 大海为什么还不平息

这最后一句诘问，揭开了一个小小的秘密。这优美的、歌唱的世界，这个黄昏已经袭来的人生，还有歌没有唱完，还有风景可以观看，大海怎么可能平息？暮年，也是饱含汁液的人生。

　　大道至简，这是我读东荡子这首《暮年》的感受，最平实的语言，最简单的意象，最简洁的构图，却能表达最丰富的意蕴，达到最好的审美效果。"简"是表达，是形式；"道"是远，是本质，是核心。以"简"抵达"道"，其韵无穷，其味无尽。是为"诗之至"也。今人何不学夫诗？

2017 年 7 月 10 日

《日记》里为什么要有姐姐

日记是写给自己的。在日记中，自己就是最大的话语倾听者，自己对自己说话，只需要服从内心的感觉就好了，感觉在哪儿，话语就在哪儿。而真实的内心，最易击穿心灵。海子的《日记》首先是一首写给自己的诗，极言途经德令哈时内心的寂寞、孤独和荒凉。人都有寂寞孤独的时候，为何海子《日记》此感，却特别能抓人心魄？

"姐姐"，我们一打眼就看到了这样一个称谓。原来海子这首诗，除了自己之外，另有一个潜在的读者——姐姐。姐姐是谁？姐姐在我们的文化中，是一个爱护照顾弟弟妹妹的形象，几乎类同于母亲了，姐姐有母亲的担当，却比母亲更为年轻，年龄上与弟弟妹妹们接近，心意也更能与弟弟妹妹们相通。姐姐是一个可以信赖、可以撒娇、可以倾诉的完美对象。海子《日记》里的吟哦，是有一个成熟的、可以给他遮风挡雨的姐姐在和他一起聆听的。这就定位了"我"，那个在德令哈夜晚的"我"，孤独、脆弱、无依，那个夜晚，"我"需要姐姐，需要姐姐的怜爱和疼惜。

对于这样一个"我"，一个以"弟弟"形象出现的"我"，读者很容易就被代到姐姐的角色中。一方面，我们对姐姐好奇；另一方面，我们在阅读的过程中，自动扮演起姐姐的角色。我们对《日记》的阅读，自然也就多了一些姐姐的怜悯和爱惜。

诗歌甫一开始，诗人就直接袒露内心，用近乎撒娇的口吻，对着"姐姐"诉说内心里极端的寂寞和孤独：

> 姐姐，今夜我在德令哈，夜色笼罩
> 姐姐，今夜我只有戈壁

这是一个令人容易产生孤独感的时间和地点，夜色把四周都隐去了，人几乎处于一种与世隔绝的境况里，德令哈，对很多读者来说是一个好奇的所知不多的地方，身外有莽荒一样的戈壁——那一刻我们感受到了诗人的慌乱，他在第一时间呼唤"姐姐"，他需要有一个温柔的爱惜他的姐姐，来分担他此刻的感受。他告诉姐姐他身在何处，告诉姐姐他内心荒凉。"只有"一词，与"戈壁"搭在一起，给人造成的印象，几乎是震撼了。"只有"之唯一性、之小与"戈壁"之大、之空、之荒凉就这么奇妙地搭在了一起，迅速把读者从对德令哈、对外在环境的好奇之中（事实上，我们几乎没有多余的时间去观望德令哈及其夜色），转向诗人内心的感受。这是一个多么巨大忧郁的孤独的虚空啊，他几乎都要惊慌失措了，他需要抚慰。

> 草原尽头我两手空空
> 悲痛时握不住一颗泪滴
> 姐姐，今夜我在德令哈
> 这是雨水中一座荒凉的城

戈壁是一个高度概括的词，准确描述了德令哈的环境和诗人此时的心境。这种心境需要细化，需要具体化，才会让"姐姐"、让人们更准确了解诗人此刻的感受。对于倾听的耳朵，直白的话语也许是最合适的武器。诗人用"我两手空空"再一次强化"戈壁"心态，他很难过，都已经悲痛得"握不住一颗泪滴"了，他再一次告诉姐姐，德令哈一点都不好，"这是雨水中一座荒凉的城"。德令哈位于柴达木盆地的边缘，也可以说是草原的尽头，但在这里，与其说诗人在描述一座城市的荒凉，毋宁说与戈壁意象一样，他说的还是自己内心的感受。

> 除了那些路过的和居住的
>
> 德令哈……今夜
>
> 这是唯一的，最后的，抒情
>
> 这是唯一的，最后的，草原

作为潜在读者，姐姐一直都在。在语义层面，姐姐是包容的，会允许弟弟任何形式的表述。在形式层面，姐姐的存在，使得诗人的倾诉有继续下去的可能，姐姐是诗歌的动力因素。因此，这段近乎呓语的独白几乎是顺流而下，是荒凉心态的升级：荒凉已经进化到绝望了。"抒情"也好，"草原"也罢，如果内心里还有一点点的希冀和温暖，那也是"唯一的""最后的"了。

可是这"唯一的""最后的"，诗人也不想保有。

> 我把石头还给石头
>
> 让胜利的胜利
>
> 今夜青稞只属于她自己

一切都在生长

今夜我只有美丽的戈壁空空

姐姐，今夜我不关心人类，我只想你

让万物都回归它们自己，把"我"曾经拥有的"我"之外的所有属性都还给它们自身。这种割舍的姿态非常主动，主动得令人难以忍受。从孤独、荒凉、绝望到主动割舍（我不想用遗弃这个词），诗人一直令人揪心。当诗歌最后喊出"姐姐，今夜我不关心人类，我只想你"的时候，有一个声音几乎要轰然响起。诗歌永远不会像其他文类那样把故事的前世今生说得清楚明白，但诗虽为短制，在表达内在情感上却能胜上一筹。但诗歌岂能仅仅是情感的宿主？一句"今夜我不关心人类"几乎就要泄露诗人情绪由来的所有秘密，一个呼之欲出的宏大叙事在途经德令哈之前一定存在过，但诗歌就在这个紧要关头打住了。读者的心中几乎要起了风暴，一场想象中的当头暴击猝不及防又预料之中地到来了，一个本来是安静地聆听的姐姐的心态被打碎了，此刻的诗人非常虚弱，但虚弱感又岂止是诗人的呢？一直被代入"姐姐"角色中的读者诸君，不是再不能冷静自持，在某一个瞬间失去了内心的平衡？自身过往的种种，也一起参与到诗中来了。

猛然间发现，我们"姐姐"的角色，也许不是那么好当呢，一不小心，"姐姐"与"我"，"我"与"我们"，居然恍然不可分也。

《一枚穿过天空的钉子》的本相

　　《文学概论》课程结课考试的最后一道题，是评析于坚的《一枚穿过天空的钉子》。

　　这是一枚及物的钉子，它有自己的故事，有自己的时间和"钉生"。在钉入墙壁之前，它经历过天空、阳光和房间，它有自己的锐利和光芒，有自己的坚持和倔强。对于墙来说，这枚钉子不过是个无关痛痒的异物；对于帽子来说，它只是个衬托；对于钉子自身，秃顶和小小的锐利，在万千等无差别的钉子中它毫不出色。但于坚就这么大刺刺地、高调地、毫不吝啬地泼下了与其外观不太相称的大词，他在赞美这枚钉子，称赞它"像一位刚刚登基的君王 / 锋利 辽阔 光芒四射"。

　　于坚在这一枚钉子里看见了什么？他当然不会是单纯地赞美一枚钉子，尽管钉子曾经被赞美过。在我很小的时候，我们就知道做一颗社会主义事业的螺丝钉是一件多么值得骄傲的事情，而且为做这样的一颗螺丝钉努力了大半生。但于坚的钉子被敲入了墙里，成了一个器物，它为帽子服务，似乎是帽子为它找到了存在的价值，它也被限定在挂帽子的功能里。帽子成就了它，也遮蔽了它。

它是有自己的"钉生"的。当帽子腐烂，它重新被发现。秃顶或许原来就有，或许是因为常年挂帽子而更秃。一束阳光打在露在墙面的钉子的秃顶上，这枚钉子突然就站到了舞台中央，沿着秃顶人们发现了它的锐利，发现了它对阳光的吸纳，发现了它作为一枚独立的钉子的天空和世界，它终于作为一枚钉子光芒四射起来。作为钉子，它也可以做自己世界的王，也可以锋利、辽阔、光芒四射。

是什么原因让可以是王的钉子，就这么被敲入了墙体，被定义为一枚挂帽子的器物，被遮蔽了它的光芒和骄傲？是什么力量让它只能逆来顺受那么久，直等到了帽子的腐烂，等到了一束穿过房间的阳光，它才被突然发现、重新挖掘？

是"敲"吗？那个顺手的漫不经心却坚定有力的"敲"？

我们似乎也无法谴责这个霸道的"敲"，作为钉子，它的一个重要使命就是被"敲"，不敲进墙里，便是敲进木头里，如果连被"敲"的机会都没有，这枚钉子也就废了。

但我们还是被这枚钉子的倔强感动了，或者说，在最初的短暂的诧异之后，我们在这枚钉子里找到了许多钉子一样的人生。

芸芸众生这个词实在是有些潦草，一下子就消弭了个性的千姿百态。有时候人们用蚂蚁说事，用来描述在城市里漂泊的有大学学历的人们；有时候人们借百草、借"小强"，借一切寻常的物事来表述普罗大众的人生；无论是蚂蚁还是芳草，未免都太柔弱了，似乎没有强调个性的必要；借钉子说话也是有的，不过强调的仍然是共性，刻在血脉里的螺丝钉形象光洁整一，绝不能有一点点差池。于坚要强调的是这枚钉子的锐利和光芒，强调的是这枚钉子作为"这一枚"钉子的性格、心胸和状态，作为钉子，它有它的骄傲和胜利。这是帽子所不能遮蔽的，是把它"敲"进墙壁的力量所不能遮蔽的，是漫长的岁月所不能遮蔽的。

人各有其忍耐，各有其委屈，各有被忽略，各有其无奈，但亦各有其光芒，各有其骄傲。茫茫人海渺渺宇宙，能出于星河灿烂者渺乎其微。但作为自己，却始终是个完满的世界，在这个世界里，我们都是自己的初登基的王。

为什么不坚持不葆有并释放自己的光芒呢？哪怕总有来自外来的力量在"敲"，哪怕"敲"带来的体验并不让人愉快，后果并不让人容易接受。

可以，何处无"敲"？时间和空间都敞开着，人类各竞生存。

那就做一枚光芒四射的钉子，这原来就是我们的本相。

2021 年 6 月 29 日

新诗的边界

我一直认为诗是文学的文学，是最能深入人的骨髓的美。受辉煌古典诗歌孳乳的中国人，血液里流淌着诗歌的基因。20 世纪初，随着白话文的提倡和普及，诗歌以一种崭新的面貌横空出世，从此新诗开始了她百年的历程。百年来，关于新诗的探索一直没有停止。新诗该有个什么样的面貌？新诗的未来在哪里？胡适、郭沫若、闻一多及湖畔诗人们，作为垦荒者他们坚持诗歌美的纬度，无论是批评还是颂扬，诗都必须首先是诗的。首先是诗，然后才是思想、情感或者别的什么东西，因此他们对新诗的形式要求颇为严格。百年来，无论是在文学的原地主流发声，还是被边缘化，新诗都在顽强地生长。没有什么可以遏制新诗的生命力。我们甚至看到不同的诗歌流派、不同的主意和口号在标榜和倡议新诗，诗坛百花盛开百家争鸣。这至少蕴含了三个方面的意义：一、人们仍然对新诗充满热情；二、新诗的内涵和边界尚未清晰；三、新诗还需要进一步的探索。但我们需要记住，探索应该多元，新诗可以万象，但新诗应该有其边界，这就是诗。新诗之新，不在于与旧（古体诗）相对，不在于思想和意义的翻新，新诗的新气象，更在于对诗歌形式本身的探讨。我们必须坚守的是，新诗首先是诗，而不是分行的大白话，不仅仅是借表情达意的工具。我们要寻找的是新诗的本体。

尽管新诗以一种革命的气势宣告新生，但谁也不能否认中国古典诗是新诗的源头和营养。当我们写下这些称之为诗的句子，我们还是要回望传统，在传统的支撑和驱动下寻找新诗的诗意和美，寻找新诗的突破和未来，赋予新诗以源源不断的生命力。而这恰恰是很多当代诗人所欠缺的，很多诗人往往急于表达，有些诗看起来似乎很有力量也颇有影响，但在诗艺上，经不住推敲，去掉分行的形式，意义似乎更为流畅。这个导向很糟糕，诗歌如果跟别的文体取消了差别，诗还有什么理由存在？

幸亏我们依旧可以看到很多在诗的本体意义上坚守的诗人。他们的创作让我们感受到诗首先是作为诗存在，他们的表达是诗的，他们对诗这一种文体表现了最大的尊重和敬意。学者型诗人李艳丰就是这么一个有着鲜明的诗歌文体意识的诗人，其诗歌的精气神，可与中国古典诗歌相通。从李艳丰这首《天空》，我们可以窥其一斑。

语言是诗歌的寓所，我们在语言里寻找诗。但语言有时候不总是合乎心意，于是我们寻找意象。意象可以令语言在极少的文字里蕴含着极强的爆发力和凝聚力。一首诗找到了意象，也就意味着找到了合适的表达。华南师范大学李艳丰教授的《天空》塑造了一个倔强的形象，这个形象成为诗歌的主体，引领读者进入诗歌的内核中——就是"你"，"你"是一个到死都不屈服的搏击长空的形象，对他不喜欢的东西一律拒绝：不成为云，不要被恩赐的天空，即使死亡，也不忧伤。这一连串的"不"，斩钉截铁，坚定而决绝。

当然，这是要付出代价的，一个太有个性太能坚守的人，一个不同流合污的人，一个内心也希望有天空的人，他的飞翔毫无疑问会受到阻隔：

你的羽毛将被烧成 灰烬

成为埋葬你的 坟

但"你"不以为意。即使被烧成灰烬，"你"依然是骄傲的，有尊严的，大地懂得"你"的尊严的价值：

那场大雨是你最后一次

面向天空的 哭泣

大地在你的沉坠中 颤抖

你用沉默作告别

用河流写下你的承诺与祝福

那么，即使在搏击中死亡，"你"也无怨无悔。因为，可以"在黑夜独自藏起 光明"：

在黑夜独自藏起 光明

你说你并不 忧伤

这个"你"可以是诗人的自况，也可以是很多人的写照。诗人给了人们足够的想象空间。这正是一首好诗必须给予读者的东西，它不仅需要诗人的想象，还需要激发读者的想象，借以体会诗中的言外之言，味中之味。

诗歌不同于其他文体的一个特点，是语言必须凝练，言小而旨大。李艳丰的《天空》用一个富有表现力的意象"你"，表现了所有不愿意妥协地奋斗着的经历、心绪和境界。这一个搏击长空拒绝同化的"你"是一个奋斗者，他孤独、勇敢，有着殉道者赴死的决心，但在这勇猛里，却渗透着挥之不去的悲伤。这一个"你"的形象，可以在很多人那里得到共鸣，谁没有过理想和对理想的坚守呢？谁不曾为理想碰得头破血流？那些在理想的坚守中前行或者如"你"一样坠毁的人，会在这里得到深深的共鸣。意象是富有凝聚力的表达，它能用最少的语言蕴含尽可能丰富的含义，李艳丰深谙意象张力的魅力。

当下，李艳丰依然在坚持诗歌对于美的坚守和追求，依然在诗的疆域里坚持对诗和诗艺的探索。新诗虽然已经百年，其发展也呈现一种万象更新的气象，但不用回避的是，对诗艺的探索越来越被忽视了，我们对以诗的名义在损坏诗的形象的写作甚至倡导的现象并不陌生。所以，我们的时代，诗更应该坚守诗歌的边界。不然，何以言诗？何以为诗？

2016 年 9 月 18 日

谦卑与从容的背反诗学

余秀华的诗，无关国事，无关时事。只是她自己的生活，只是她内心的感受，却能获得许多人的喜爱，成为 21 世纪中国新诗一个标新立异的现象，自然有其不同凡响处。

其一，是其诚。余秀华太老实了，恨不得把心剖了给人看。既不哗众取宠，也不随波逐流，只随着这一颗心，长成什么样，就什么样地捧给人看。在这样一个浮躁的社会，这种诚近乎傻、近乎痴，几乎是奋不顾身，给你看了就是。余秀华的诗打动人的一个方面，也在这近乎赤裸的勇敢。

其二，是其卑。一种无奈地处于社会底层的自觉的卑微意识，让余秀华自觉地低到尘埃里去，她几乎在仰望所有人。她在这种仰望里获得尊严，获得关于对于世界、对于生活、对于他者、对于自身的痛彻心扉的认知，这种认知一经表达，就有了力量，就不仅仅属于余秀华，而是属于大众，属于千万普罗大众。余秀华的谦卑属于他们，余秀华在谦卑中获得的尊严属于他们，甚至，余秀华仰望的态度和认知也属于他们。

其三，是其雅。余秀华的诗里，有一种优雅和从容的气度。或许她不算得到上天太多的厚爱，给了她一个摇摇晃晃的身体。但她的内质，她的精神层面，却纯净优雅，对自然和美，有着更为直接敏锐的体验。

今天，读一首余秀华的《我爱你》。

标题如此直接，如此熟悉，直接得无以躲避，熟悉得无法瞩目。余秀华就这么赤裸裸地宣布了。在这样一个标题之下，你读到了什么？你想读到什么？

> 巴巴地活着，每天打水，煮饭，按时吃药
> 阳光好的时候就把自己放进去，像放一块陈皮
> 茶叶轮换着喝：菊花，茉莉，玫瑰，柠檬
> 这些美好的事物仿佛把我往春天的路上带

一句"巴巴地活着"，把内心的绝望和希望全盘托出了。活着有太多的身不由己，有太多的力不从心，何况，"我"还是个病人。所能做的，只是"每天打水，煮饭，按时吃药"，这些心不在焉的日常，几乎了无生机，甚至，都觉得自己是一块"陈皮"，只是内心还有一点点期望，看着茶叶里添加的"美好的事物"，还可以想象一下也许会有属于"我"的春天。

> 所以我一次次按住内心的雪
> 它们过于洁白过于接近春天

"我"在低微处想"你"，想象一个春天的到来。可是"我"又不敢想，"过于洁白""过于接近春天"，"我"其实既期待又害怕春天的到来。害怕万一春天如果真的能到来，自己病恹恹的身体和脆弱的心灵，未必能够承受得住。可是这一切，作为一块"陈皮"的卑微和自我压抑并不

能真正抑制内心的火苗，这矛盾的心理，让"我"行事变得有些古怪，似乎不合常理，又合情合理。

在干净的院子里读你的诗歌。这人间情事
恍惚如突然飞过的麻雀儿
而光阴皎洁。我不适宜肝肠寸断

"你"的诗歌引起"我"对"你"的思念，这有些令人痛彻心扉。"我"迅速地按捺住自己，安慰自己说"我不适宜肝肠寸断"，这是对上一句"所以我一次次按住内心的雪"的呼应，前一句说自己的状况，后一句从细节上加强这种状态，按住内心的雪，是"我"不敢，"我"不能想象春天到来的模样，"我"害怕承受不起到来的惊喜或意外，所以只能"在干净的院子里读你的诗歌"。一定不要忽视"干净"这个词，它让我们明白读"你的诗歌"，必须在一个干净的场合，就如我们朝圣，必须有沐浴斋戒。"你"和"你的诗歌"，在"我"心里，几乎是一种神圣的存在。这是什么感情？如果是爱情，爱得如此低眉顺眼；如果是愿景，想得如此低微弱小。

如果给你寄一本书，我不会寄给你诗歌
我要给你一本关于植物，关于庄稼的
告诉你稻子和稗子的区别
告诉你一棵稗子提心吊胆的
春天

这是一个对于"我"来说，已经很勇敢的设想。她说"如果"，这个"如果"有些甜蜜，有些胆怯。对自我的认同，定义在一棵"稗子"上，比泡茶用的"陈皮"好一些，至少还是个活物，还可以与"稻子"站在一起，还敢"告诉你稻子和稗子的区别／告诉你一棵稗子提心吊胆的／春天"。可是这一点点勇敢，都是建构在"如果"之上，一个虚幻的美丽的胆怯的"如果"。

余秀华给我们看了一颗赤诚的卑微的心。

但她的表述，却显示出与内容不一样的从容，与内容的紧张形成一种奇特的张力。正是这种张力让我们认同这是一首诗，让我们明白，余秀华是懂得诗歌形式秘密的那个人。

我们可以看到，整个书写过程一点都不紧张，第一个场景，她用"巴巴地活着"这么一个词组，提醒我们她要讲述的可能是一场灾祸：活着、爱情和梦想，那些本来是春天的物事，对于"我"可能都是一场祸事。她用了泡茶这样一个意象，来表述"我"目前的状态。在屋子里泡茶的心事重重的女子，一边喝茶，一边煎熬自己的情感。

第二个场景的选择也很容易入了人心，干净的院子，皎洁的光阴，我素手捧读"你的诗歌"。这样的场景，这样的形象，恰恰与一块"陈皮"形成背反。也许"我"自诩外形有如陈皮的特征，但我的灵魂和精神已经有如《红楼梦》中女子一样的灵秀，余秀华用泡茶和读诗两个场景，塑造了完全不是一块"陈皮"的形象，恰恰相反，她优雅，知性，言辞之间充满智慧。

第三个场景，"如果"引领下的告白，尽管还有些许卑微的成分在，但已经勇敢而且自信地展示自己独特的生命价值了，即使不是稻子，作为一棵"稗子"，"我"也有自己的不一样的春天。

至此，一个知性优雅谦卑的无害的"我"的形象就建构起来了，"腹有诗书气自华"，古人早就说过了。

一首完整的对人的心灵具有占领性的诗也立起来了。好诗就是这样，它不只是感动，而是占领人心。

2017 年 7 月 30 日

《窗下》：不多不少，刚刚好

新诗百年，其数量可谓汗牛充栋。对于被唐诗宋词经典养娇气了的胃口来说，好诗难寻啊。若发现一首好诗，未免手之舞之，逢人便称道。偶然间读到黄礼孩的《窗下》，心中便盛开一朵喜悦，一个赞叹便由内心发出：这首诗，言、意、象、境，皆不多不少，刚刚好。

窗　下
黄礼孩

这里刚下过一场雪
仿佛人间的爱都落在低处

你坐在窗下
窗子被阳光突然撞响
多么干脆的阳光呀

仿佛你一生不可多得的喜悦

光线在你思想中
越来越稀薄 越来越
安静 你像一个孩子
一无所知地被人深深爱着

你看，他的故事讲得刚刚好：
这么一个雪天，有一个你在窗下晒太阳，而我在看窗下的你。
——这时候不应该有一个声音响起吗——卞之琳的《断章》。
让我们来复习一下《断章》：

你站在桥上看风景，
看风景的人在楼上看你。

明月装饰了你的窗子，
你装饰了别人的梦。

在卞之琳这里，我们会看到隔离，看到无奈，"你"和"看风景的
人"也许互不相识，也许同床异梦，总之关系并不这么协调。卞之琳其
实讲了一个悲伤的故事。

黄礼孩的《窗下》感觉完全不同，他讲了一个温暖的故事。这种温
暖会沁到人心底里去。"我"在看窗下的"你"，"我"几乎能感受到此刻
"你"感受到的一切，"你"的惬意，"你"的舒适，"你"的回忆，你感
受中的因雪而清新的空气及明亮的阳光，并为"你"的感受而愉悦。我
们几乎能看到窗下一个宁静得似乎要睡去的"你"，窗内一个有着温柔笑

容看着"你"的"我"——这是一个多么令人享受的故事。

　　一个在阳光下几乎要瞌睡的你——我们是否想起了另一个故事？叶芝的《当你老了》，这也是一个温暖的故事，一个关于忠贞爱情的迷人故事。我们来看看广为流传的袁可嘉的译本：

当你老了

叶芝

当你老了，头白了，睡意昏沉，
炉火旁打盹，请取下这部诗歌，
慢慢读，回想你过去眼神的柔和，
回想它们昔日浓重的阴影

多少人爱你青春欢畅的时辰，
爱慕你的美丽，假意或真心，
只有一个人爱你那朝圣者的灵魂，
爱你衰老了的脸上痛苦的皱纹；

垂下头来，在红光闪耀的炉子旁，
凄然地轻轻诉说那爱情的消逝，
在头顶的山上它缓缓踱着步子，
在一群星星中间隐藏着脸庞。

　　"你炉火旁打盹""你满脸皱纹"的爱情已经成了经典。黄礼孩的《窗下》有着类似的意象：某个雪天的窗下，阳光很好，"你"陷入沉思，往事逐渐淡去，阳光的温暖几乎要令"你"睡去了，"我"喜欢"你"的这种状态，一如既往地爱着"你"。如果说叶芝是一个人的衷肠，黄礼孩的《窗下》却是两个人的温暖，《窗下》可以是永恒的爱情，可以是一生一世的两情相悦，但显然它不止于爱情。它是爱，包括友情，亲情，天地间所有的爱。"你"的不确定意旨，"我"的不在场的在场，令"你""我"之间的关系变得宏阔许多。《窗下》可以是爱情叙事，也可以是其他的各种爱的叙事。

这是一个令人惬意的故事，黄礼孩讲述的方式刚刚好。

我们看，诗中的"我"从未出场，但"我"无处不在。关于"你"的一切，是通过"我"的眼睛展现的，通过"我"的声音描述出来的。这是一个知根知底的描述，"我"的声音极为温柔动人，"我"的注视极为缠绵温暖，看"你"的目光极为满意。"你"和"我"的关系也正是在这种讲述的框架中凸显出来——这是一个有爱的故事。余不赘述，我们只要知道是爱就够了。

当然，这首诗"刚刚好"的感慨，不仅仅在于故事的讲述框架，讲故事不是目的，以诗的方式描述一种状态，表达一种情感，传递一种动人的情绪，表达人与人、人与自然之间的温暖和谐——比故事本身也许更为重要。

令人以"不多不少，刚刚好"感慨之的，正是其作为诗的存在，以其造境和语言二维略查之。

先说造境。雪天、窗下、阳光，冥想中的你和观察家我，已经建构起一个完整自足的世界，具有意义自生长的能力。从小处来说，只是一个墙下晒太阳的人罢了，他在"我"的注视下获得了意义；从大处而言，"你"也可以是"我"，可以是这个世界活过的每一个人，只要还有洁净的雪和阳光，日子里就有了美，有了感动，有了令我们珍惜的东西，至于过往，喜悦也许不可多得，但至少有过，而且现在就有，那么，人生就可以很美好。你看，话不在多，世界却是完整的，而且是自生长的。

这就是《窗下》造境的妙处。

再说语言。《窗下》的语言机灵，但不要小聪明。有些人写诗智商很高——他们喜欢在诗歌里炫耀他们的"智慧"。而语言却不是"智慧"可以驾驭的，语言需要心性和灵力，它来自性情和天赋。苏轼"只恐夜深花睡去，故烧高烛照红妆"这样的句子，完全出自性情，若非怜花爱花至极处，是写不出这样精彩绝伦的句子的。我们来看黄礼孩《窗下》的语言：

> 这里刚下过一场雪
> 仿佛人间的爱都落在低处

开篇不算惊艳，打开方式很正常。开门见山，说说天气，暗示意旨。其长处在干净利落，迅速进入讲述的语境。接下来的句子，一下子就撞进心扉——"你"在，阳光也来了。对阳光的描述像在描述自己的兄弟。

> 你坐在窗下
> 窗子被阳光突然撞响
> 多么干脆的阳光呀
> 仿佛你一生不可多得的喜悦

阳光是撞过来的。这一个"撞"字用得好，与后文的"干脆"相应和。这两个词把阳光写活了，写出了性格，写出了人性，写出了阳光和"你"亲密的关系——阳光用撞响窗户的方式和"你"打招呼，惊醒了冥想中的"你"。而"你"对它的到来表示喜欢，"你"称许它是"多么干脆的阳光啊"，这时候对阳光的描述突然刹住了，一个比喻引出了"你"的一生：从前啊，也许日子过得并不轻松，但喜悦也总是有的，尽管

"不可多得"。《窗下》简直是惜字如金，一点多余的信息都不肯泄露，但中间氤氲的爱的感觉却一直都在，窗内那一双关切的温暖的眼睛，视线从未离开过"你"，他懂得"你"一生，也了然"你"的此刻。

阳光显然不是重点，重点是"你"。夕阳西下，光线越来越稀薄，思想越来越模糊，此刻"你"安静、宁和，"你"到底怎么啦？诗人没有交代更多关于"你"的信息，我们并不清楚此刻"你"的真实状态。这显然也不是一个重要的问题，重要的是"你像一个孩子"，"一无所知地被人深深爱着"。爱的主题再一次奏响。这时候我们再看看诗的开头：

> 这里刚下过一场雪
> 仿佛人间的爱都落在低处

不由得人不感动，不是吗？

什么是刚刚好？那就是精准的感觉，恰到好处地表达，不夸饰，不累赘，言到象到意到，务必准确而已。

2017 年 7 月 15 日

和解的张力

新鲜的作者丁薇，新鲜的《我们》，在中国诗歌网看到这首诗后，很喜欢。

这是一首非常有张力、有画面感、意义隽永的诗。

首先，个体之小与人类之大形成强烈的对比。《我们》——我们是谁？当然，是具体的"我"和"你"，是相爱或只有爱情形式的未必有爱的两个人。但又不仅仅是"这一个""我"和"你"，我们不也是在"一条大街上流动的波光"之一？无数的"我"和"你"共同构成了"我们"的内涵，"我们"其实区分不大，都是这芸芸众生里认真活着的人，也正是因为有这些无数的"我们"，共同构建了生命的意义，有"我们"，这个人的世界才有生机。其次，诗人在渺小与崇高之间构建了一个和谐对话的场域。显然，"我们"很渺小，并没有创造什么惊天动地的伟业，"我们"只是人群中不起眼的两个，很容易被淹没在人流中。但诗人不卑不亢，也许我们是平凡的，但对于"我们"，"我们"就是主角，"我们"认真，而且在认真的生活中能够找到自己的乐趣，只是一天，但是是每一天中的一天，"我们"享受并构建属于"我们"的小日子，它也可以成色坚定——这源于内心的信念，"我"和"你"都很坚定。尽管这人世可能有盲目有必然，但这人世的秘密就隐藏其间，"我们"岂止是读出——实际上，我们在践行这人世的真谛。普通的平凡的日常就有了崇高的意义。轰轰烈烈是一种人生，相知相守、柴米油盐更是人生。这人世的意义，伟人有伟人的活法，普通人有普通人的精彩。平凡的每一个日子，蕴含的也是生命的真谛。对普通人日常的认可，给予这首诗一种冲淡的温和的美，洗尽铅华，从容淡雅，这是这首诗的境界，也是人生的境界。

首先，就艺术形式而言，这首诗选取的角度很好。以第一人称复数的"我们"的口吻，描绘我们具体的生活场景，很容易拉近与读者的距离，引起共鸣。其次，诗歌的画面感很强，先是从高处俯视，整体描绘大街上涌动人间的波光，然后切换出近镜头，从波光里引出抒情主人公"我们"及我们的日常生活。读者读出了诗人描述的生活细节——这其实也是读者本人的生活细节，这些细节进一步拉近读者和"我们"的距离。最后读者也融入"我们"，成为其中的一员，结尾呼应第一节，从人群中分离出来的"我们"，重新涌入人群，诗歌构建了一个完美的圆，把读者带到一种活生生的普通人的日常生活中去了，读者成为构建人世秘密的共谋者，这份洞察是通过画面感强烈的细节构成的。读者和诗人在"我们"的框架下心有灵犀，也为诗人为"我们"点出，从而为"我们"对人世秘密的共同洞察而欣喜。

总之，《我们》是一首和解的诗，它温和、从容、不慌不忙，语言精练，结构精巧，以个体的小我的日常，揭示出人生的真谛。一个90后的年轻的诗人，有如此洞察力，可赞可叹。

纵横《沙场》当雄浑

缺啥稀罕啥。

我的性格里，大概是缺了雄浑的。

我可以开阔，可以坦荡，可以冲淡，可以自然，某些时候也可以深刻，但雄浑，无论如何却不能。

曾经往心胸里鼓荡了好几回豪迈气概，终于还是铩羽而归。于是就认了。山清水秀小山村出来的人，看惯了一年四季山林葱葱，山花烂漫，白鹤于飞，小溪淙淙，游鱼自乐，得点儿山水造化，小闲小情，而这雄浑一章，咱还是翻篇了吧。

安慰是如此安慰，对雄浑气魄却依旧无比钦羡。

一打眼看到赵华奎的组诗《沙场》，心里一激荡，失了平衡：雄浑至此！欣喜不已，反复阅读，感慨：我不能为也！

雄浑作为一种美学风格，出自晚唐司空图。司空图的《二十四诗品》，把诗分为二十四种风格。第一品即《雄浑》："大用外腓，真体内充。返虚入浑，积健为雄。具备万物，横绝太空。荒荒油云，寥寥长风。超以象外，得其环中。持之匪强，来之无穷。"以诗评诗，妙在感受，感受相通，诗味出焉。中国人的绝顶聪明处，是话不在多，点到就行。偏偏这惜字如金的"点到"，又人人都懂得，一句两句人的肢体全部参与，就通了大用，真体鼓荡，明了何为积健为雄。再一幅天地间大画推进，教人置身于"荒荒油云，寥寥长风"中，天荒地阔，风狂云卷，豪迈自由之气顿生。天地不言，象不足以表，"来之无穷"，胸怀天下，气势足焉！雄浑一脉，在于天地无垠，力量无限，果然不是我这等山高水长女子可以秉持。

赵华奎可以。也许是军人的身份，军营锻造的军魂，诗人的笔端，自然就长空中起了风云，极目远眺，时间和空间都演绎了一场"积健为雄"。这题目《沙场》，便是我人生中的阙如，嚯嚯就战歌嘹亮，风声炮声呐喊声，混织了一片辽阔旷野。《沙场》包含三首诗：《一支箭镞》《古战场》《点兵》。箭镞和古战场是物，咏物怀古，自古中国诗人常态。当代诗歌中咏物里见出雄浑，我欣喜纳罕（全然是补我个人之缺）。点兵是事件，从冷兵器到战场到点兵，逻辑上一气呵成。这二物一事件，既是进入《沙场》世界的细小入口，也是一个完整世界，这个世界里有豪气干云、报国怀志的宏大气象，同时构成一个巨大隐喻，这个隐喻的背后，居然有欲说还休的忧伤。

且来读赵华奎的诗。

一支箭镞

一支箭镞在钩沉往事。它能说出的词
都在光阴的背面结成暗绿的锈斑
我无法将它送回疆场
送回冷兵器丛生的仓皇日月

送回弯弓离弦的时刻，任坚硬的羽翼
在漫漫尘沙间一次次铮响

古隘口不见长河落日，不见大漠孤烟
也不见铁骑入梦，掀起一场厮杀
只有壮士还身于石头，瞪目，望着前方
也望着往来之人
一步步走近，又一步步走远

曾寄一念予胡杨林，习百步穿杨术
用以射杀烈日，还原一片清凉的天地
一支箭镞过于尖锐
它说不出婉转的词语
只有携着风，以疾速飞行的凌厉之势
击响城门上悬挂的铜钟，碎音落了一地

放弃飞行，就如同斩落一段光灿的记忆
如今，它抱着残体，已在史书里安睡千年
千年之后
又有一人唤来流水，润钢镞，染霜刃
并唤来一匹白马，驰骋于月光之下

　　"我"在古隘口邂逅一支锈迹斑斑的箭镞，内心起了波澜。想象冷兵
器时代这支箭镞曾经的辉煌，似乎听见它"在漫漫尘沙间一次次铮响"；
箭镞总是与壮士相伴相随。箭镞不再锋利，曾经百步穿杨的壮士也只余
了隘口的一尊石像，然而历史的余响并未停歇，减去千年的岁月，"我"

与壮士合二为一，钢镞、霜刃、白马，月光下有叱咤声暴起。

一支簇新的箭镞诞生了，冷兵器时代已然过去，但壮士身上所寄寓的英雄气概，千年不歇，他在以另一种方式，在一个军人的身上延续复活。

古战场

抽刀断水，或挑灯看剑
酒里漾着青铜的脸。千年故事沉醉其间

黑夜举着松油火把
沿星辰铺筑之路突入沙场，飞进中军帐
并照亮一首不眠的宋词
一个人的目光冷峻而锐利。隔着火焰
我看见了在兵书里扬鞭策马的稼轩

夜色狡黠
掩藏着人间一件又一件密谋
或者暗自推出一场惊世绝斗
断桥处，水腐烂，草木横尸沙场
风鸣如鼓，又一次击响了喋血的日月
除此之外，有人狂笔改写历史
有人星夜佩枪而歌，有人月下饮酒吟诗
而此刻的我，只想腾空另一个自己
回望战争遗址
装满它永不凋零的记忆

箭镞的使命注定葬身古战场。古战场诞生金戈铁马，也诞生稼轩词。"我"在古战场逡巡，试图复原被历史的长夜淹没了的真相，寻找古战场可能的遗落和今天可能的拾起。今天的我们无法站在时间的高度俯视历史，评判战争，对于历史，我们除了接受还可以反思。伴随战争的，世事变迁朝代更迭，历史的每一次前进都伴随着剧痛。至于"我"，"只想腾空另一个自己"（我可以回到《一支箭镞》里的壮士吗），一个化身古战场的努力，是否会令古战场无限景，都沐浴在"荒荒油云，寥寥长风"？

点 兵

高山无语
以峭立之巅，抬升内心的宽厚与仁静
撑起一种入云顶天的局面
营造秋日的空旷和纯净，俯瞰天下苍生

大风起，沿历史的黑白脉络，由远及近
一把折断冷兵器的锋芒，又入今日沙场
烟尘升腾时
你的眼眸，在一面艳红的旗帜上磨出光亮

仍见战车静默，置下冷影
整装待发的士兵们，站立成一片钢铁丛林
也像雕群，纷纷刻在时间的静面上
任阳光，一遍遍抚摸着波澜不惊的表情

将军，请你举令点兵

现在，一山、一石、一草、一木

都在听命

2018 年 11 月 7 日

有了《一支箭镞》和《古战场》的酝酿，《点兵》如箭在弦上，时间由古推到了当代。一种护卫天下苍生的豪情和责任在笔端蔓延开来，落在一面鲜红的旗帜上，士兵已经整装待发，山石草木都做好了准备，最后的请求掷地有声："将军，请你举令点兵"！

尽管无时无刻不在部队的守护之下，但军营生活离我甚远。十六七岁时，是特别渴望去部队做个女兵的，终究不成，但这一份英雄情结却深埋在心灵深处。我自己的骨血是不够豪迈的，这是我无法弥补的遗憾，所以就有对豪迈风骨的无比钦羡。

如果要画蛇添足——画蛇添足的故事不是太公平。我老家有一种蛇叫矮婆蛇，红色，是长脚的。后来学了生物，才知道那不是蛇，是一种蜥蜴。但在乡村文化里，矮婆蛇拥有蛇一样的内涵——我想说赵华奎的这组诗令我欣喜的不仅是美学风格上的雄浑，还有作为诗的本分。无论语言的洗练、画面的现场感及构思的精巧，都是上乘之作。

2018 年 11 月 22 日

"替父母活下来的事物"

　　在一堆匿名诗里面，我一眼就看中这一首。我并不知道作者是谁。我猜是个男生，"风中漂泊不定"的感觉，似乎更接近男生的感受。但第一节的细腻，又颇似女生。于是便好奇，要了诗作者的名字，李南，很中性的名字，但简介里说，是个吉林姑娘。

　　我再看看这首诗，还是喜欢，没有什么，就是喜欢了。

　　喜欢它的简洁，喜欢它慢慢叙述的口吻，喜欢它的节制不泛滥，喜欢它的真实不炫耀。

　　我当然喜欢语言的奇巧，羡慕澎湃的想象力，欣赏深刻的哲思，我喜欢一切好的诗歌。

　　然而情感上，我更趋近这种平淡的贴近生活的言说。感情的事，是没有道理可言的。但诗是有道理可言的，尽管很多时候我们说"灵感"，说"天赋"，很多时候一首诗的到来会猝不及防，毫无迹象，但它还是来了。我还是想说说，我为什么喜欢这首诗。

风

李南

在这首诗中，我想写一写风

就是呼啸着穿过白杨林的风

那些把野花吻得一塌糊涂的风

那些绕过村庄，最后

只留下背影的风

父亲的咳嗽是风声

一阵大风弄翻了药碗

母亲的呵斥也是风声

那些风，动荡了我整个的童年

后来不见了

我想写一写风，还有风中

替父母活下来的事物

比如野草，比如蛙鸣

比如在风中漂泊不定的我

"风"，你看，多简单的一个字，笔画也没几笔，很多人没上学之前就认识了，对风的感受和认知，每一个人都熟之又熟。但李南的"风"既是我们熟悉的风，又不是我们认知的风，这股"风"，只属于李南，属于诗人的个体记忆。诗中的风把历史与现在、童年的村庄和现在的"我"并置起来了，不同的时间和空间一起呈现在我们面前。"风"带着记忆来，带着温暖和痛楚来，带着孤独和沉郁来，带着诗人对生活的许多感悟和希望来。李南在"风"上打上了自己的印记。我们在风里，看到一个有着白杨林和野花的村庄，看到生病的父亲和繁忙的母亲，看到一个胆怯的童年的"我"。童年或许是不富有的，但父亲的咳嗽和母亲的呵斥，也透着无限的温暖和怀念。这以前都远去了，包括父亲母亲。这世上，只余一个"在风中漂泊不定的我"了。

漂泊不定是现在的"我"的状态，它很容易让人想到人世间，广袤、悠远、神秘、不可控，以及在"风中"的无助无力感。也许正是这种状态令诗人"想写一写风"，从现在起笔，却直接回溯到过去，寥寥几句，却借"风"之力叙述了自己的所有经历，情绪之中，诗人一面感怀身世，一面唏嘘现状，许多话没有说出来，但也都在"风"中了，不言也可喻。

李南的《风》对情绪的掌控很有节制。在生活中，情绪的宣泄其实很奢侈，大多数的时候，人们都默默忍受了。文学、绘画、音乐、舞蹈、雕塑及书法，可能是宣泄情感最雅致的方式。《风》对情绪的表达隐忍而优雅。事实上，诗人的情绪状态已经到了必须言说的状态了，已经到了必须寻找突破口的时候了，她说"在这首诗中，我想写一写风"，是的，她说"写一写"，可这一写，就进入了灵魂的深处，人在最无助的时候，很容易想起自己的故乡，这个"邮票大的地方"，是所有写作者安魂之所。所有的事物，都因为是故乡而变得安详柔和，哪怕往事并不总是美好的。她找到了童年的白桦林和野花，那应该是她童年最愿意相处的伙伴，当然村庄里会有多病的父亲和勤劳的母亲，他们也许没有太多精力管"我"，可只要他们在，心就可以是安稳的，白桦林和野花，就可以是安稳的。

也许白桦林和野花都还在，可是父亲和母亲呢？这时候诗人的内心是痛楚的，我们还活着的人，不知道还可以为故去的人做些什么，不知道还有什么可以表达内心对他们的爱和依恋。

我想写一写风，还有风中

替父母活下来的事物

比如野草，比如蛙鸣

比如在风中漂泊不定的我

"替父母活下来的事物"！这种悲凉如何诉说？与谁诉说？这句诗应该成为经典，它一下子就击中了我，多少情，多少爱，多少喧嚣和呐喊，都不如这一句"替父母活下来的事物"，父母远矣，"我"还在"风中漂泊"，"我"在"野草"、在"蛙鸣"中找到可以共情者，这个世上总还有些事物，有着父母的记忆和痕迹，野草和蛙鸣，也可以是"我"的朋友，"我"的温暖，一如童年的白桦林和野花。"我"虽然还在风中漂泊，但前路总是要走的，"我"总是要往前走的，因为"我"，在替"父母"活下来。

读这首诗的时候，我总会想起马致远的《天净沙·秋思》，一样的漂泊感，一样的孤独感。只是马致远在羡慕别家的温暖，强调羁旅的孤苦；李南的《风》，却是在童年往事里攫取力量，在孺慕之情中汲取力量。人类的情感是共通的，对情感的认识和个体的人生各有各的体验。若能以一己之体验通人类之共情，也是一番造化了。

2019 年 8 月 11 日

想象一种人间盛景 *

这世间的万物，我偏爱植物一些。

植物的善良，总是容易让人间感动。有花也有果子，可以生火也可以成栋梁，人心有多宽广，植物给人的喜悦就有多广大。跟做人相比，我愿意自己是一种植物，任何一种都可以。

前天，云影发了一组诗给我看。

云影是个温暖的姑娘，美丽温婉。她的诗语言洗练，意象独到，有生活的洞察力。更令人感动的是，她的诗温柔且善良，像林间的植物，长自己的叶子，开自己的花，结自己的果子，但带给他人以喜悦。她的诗是有光芒的，温和的、亲切的、喜悦的光。

她的诗合了我的意，她朋友圈的文字我都看的，何况有这么丰盛的一组。

第一首我就喜欢，她说出了我的愿望。当然，她对植物有自己的

---

* 原载于《金土地》2019 年第 3 期。

理解。

植物的一生

云影

多年来，我一直在模仿一棵古橡树

我知道沉默，隐秘，荒芜，悲戚

我称之为根须，眼睛，嘴唇，骨骼中的大海，潮汐

昨夜，我的眼睛长出叶子，身体生出根须

大海涌住胸口，海鸥沿着手指盘旋

低鸣——

没有哪一片阴影能覆盖我们

明亮来自内部

这刹那的狂喜

让我终于完整——作为植物的一生

重新开始

于阿姆斯特丹 2019 年 4 月 30 日

　　一如既往地精致优雅。云影很善于借意象之力表情达意。这次她选择了古橡树。她在古橡树里看见了什么？沉默、隐秘、荒芜、悲戚。这是作为植物、作为橡树的基本素养，风来、雨来、雷来、火电来，宵小如虫豸来，植物都可以隐忍，都可以包容，古橡树的沉默里，有着值得人类企羡的博大和深沉。云影解释说"我称之为根须，眼睛，嘴唇，骨

骷中的大海，潮汐"，云影读懂了古橡树的品格。

人心最是易荡漾，一点点的恶、一点点的丑，都会引起许多不适感。善良的人对美和善敏感，对假丑恶也敏感，只是言辞经我们的嘴巴说出，实在只愿意都是美好的事物，我们内心里屏蔽的某些东西，虽然不会因为我们的屏蔽就不存在，但我们的眼睛，还是愿意看看真善美。所以，我们能够跟植物声气相通，我们懂得植物，就像云影懂得古橡树的胸怀。我们何不学学植物，学学古橡树，对这世间的一切都沉默以对，悲戚和荒芜，都隐藏在内心深处，对世界，却依然温柔、积极、快乐和坚强。

于是，"昨夜"，诗人发现自己变成了植物，美好的事物环绕，海水轻涌，海鸥盘旋和低鸣，乌托邦一般美好。"我"内视自己，发现自己变得强大："没有哪一片阴影能覆盖我们／明亮来自内部"，这让"我"狂喜，"我"发现一个新生的"我"，一个与过去截然不同的"我"，一个植物的"我"，一个强大的"我"，一个"我"很满意的"我"。

这首诗好读，云影的诗从来都愿意让人读懂，她敞开、透亮、温暖，但不等于她不谙世事。看多了人间百态，人间的诸种变故，未免令人深思作为"人"的意义和价值，深思作为"人"的合理形态。《植物的一生》是一种选择，在我的理解中，植物的不求甚多、自我成长、与人为善的输出型品格，安静、包容、阔大和自我疗愈的品性，与人类的生存形成对照，在我而言，是人类存在人间的理想形态。只是这种形态过于难得，所以在云影的表述中，植物一样的"我"只能发生在"昨夜"，以一种梦幻的形式出现。当阳光再一次照亮人世间，还有什么可以遁形——梦幻也随之而去了，只是梦里的狂喜过于真实，它让我们相信它一定不仅仅是梦幻——在真实的世界里，我们如何才能拥有如"植物的一生"？

失望与希望相伴相生。欲而不得，是这人世的悲哀。但希望从未失去，人性中总有值得信任的一面，让我们对未来充满希望。我在这诗中看到对人性的种种不满意，也看到因为不满意而对美好人性的主动选择。《植物的一生》，暂且作为人世的一种祝福，这曲折的、阴冷的、恶意的人世的救赎。

　　动物的世界过于血腥。倘若人世间都如植物，多好。云影所能体会到的狂喜，便是人人能得，不足为贵了。如是，便是人间盛景。

2019 年 8 月 14 日

夜晚的女人的性及人性

刚上大学那年，我白头发的祖母倚在门口送我，她说："好好读书，不要恋爱。"

那个年代，恋爱是洪水猛兽，遑论性。

但我现在知道，禁欲实际上是个谎言，没有性，就没有世界。

性禁忌和性伦理是人类以惨痛的代价才学会的，人类努力了数万年，才把自己变得像个人的样子，衣冠楚楚、温文尔雅，进化成文明人了。

我对小说的包容度要大于诗歌。小说，尤其是中长篇小说篇幅长，很多时候性只是作品的附加值，生活的一个部分罢了。我们可以从小说里读出生活的万象来。

对于诗歌，就多了几分审慎的态度了。

弗洛伊德说性本能才是最具有创造力的，文学创作是性本能升华。在弗洛伊德看来，力比多（性欲及其能量）不在，就没有文学。

只是我总没法认同赤裸裸写性的诗，那些挑逗的展现的，我认为总是不好看的。

直到方英发给我她的《旋转》。

旋转

方英

旋转
舞者的迷狂

扭动身躯
无声嘶吼
踩着渗血的
芭蕾舞鞋
旋转出幽灵的火焰

火焰中挥舞双手
闪烁渴求的眼眸
旋转，跳跃
足尖的冲动
划过夜空

舞步能绘制灵魂的路线
也能越过世界的边界
越过地狱之火
进入
另一个空间

2019 年 11 月 15 日

我看这首诗的第一眼，就认定与性相关。一个热情似火的女人，一个燃烧着的女人，一个旋转着的女人，一个幽灵一样的女人。她妖冶得过分，美得惊人，在欲望中不能自拔，除了疯狂舞蹈自己的身躯，她渴望，她召唤，她无法扑灭这一把激情之火、欲望之火、地狱之火，她愿意在火中把自己燃烧成灰烬，然后在灰烬中涅槃，再一次燃烧，再一次重生。这是一个女人的舞台，讲述一个女人的欲望故事，一个重生的故事。她对欲望的展现非常充分，但我们看不见亵渎，看不见裸露，看不见任何对人类文明的不敬。她是干净的、高洁的、向上的、令人振奋的，显示了对性、性文明、人类文明的尊重。

当然，我们也可以不把这首诗当成性来读。如火一样旋转的女人已经很诱惑了，画面干净纯粹，赏心悦目，欲望，或者梦想，或者理想，标的似乎远在天边也似乎近在眼前，只要愿意旋转，哪怕燃烧至死，也总会有重生之日。

或者什么也不想，就是看着这个女人舞蹈，也是一件快乐的事。

至于这个在深夜跳舞的女人，或者看女人夜半跳舞的人，心里到底在想什么，人人各怀心思，却是不用深究的。

谁能说得完他人的心思、他人的故事呢？谁又耐烦去管他人的闲事呢？

就这么安安静静地看这个欲望中的女人跳舞就好了，她一定穿着妖艳的红裙子。

我们要关心的是，她何以能以一首燃烧欲望的诗，逗引出许多情与境来；她何以能以近乎疯狂的发泄，隐秘却坦荡、热烈，干干净净，不会有丝毫亵渎之感？

答案就在于诗人的素养。诗人对自己、对性、对诗歌、对读者都表示了极大的尊重。她愿意自我的表达，是有尊严的表达；她愿意性的追逐，体现的是生命的价值；她愿意诗歌，是美与灵动的展现；她愿意读者，是值得信任的朋友。虽然我们都知道，同样内容不同风格的诗，都会有其各自的读者群。但我们始终相信，读者都是明白人，都是有自尊的人，都是会自爱的人，都是对诗本身有一定认知的人，对自己、对诗、对性的尊重，也是对读者的尊重，对人类文明的尊重。

一首可以给读者带来美好体验的诗，一首蕴含多种可解性的诗，一首有尊严的诗，一首懂得尊重人的诗，是否与性有关，又有什么打紧呢？

夜幕可以遮蔽很多东西，星星在群山升起，霓虹灯编织了城市富饶的童话。夜晚的女人妖娆多姿，但她们个个不同，尤其是写诗的女人，当她们谈论性，总会有人对诗、对读者、对人类和自己都充满敬意。

2019 年 11 月 17 日

永夜月同孤

一、引子

柒叁[①]《流浪》这首诗，是我家孩子推荐给我看的，当时他用一种惊叹的语气说，这是他"读到最好的新诗，一下子就被打动了"。他背给我听，诗很短，很简单：

流　浪

柒叁

大风吹着我和山冈

我面前有一万座村庄

我身后有一万座村庄

---

① 柒叁，男，原名王艺彭，1991 年生于山东潍坊安丘。本科毕业于上海交通大学园林系，山东大学建筑学系硕士。2016 年 7 月 28 日，当选新诗类 2016 全球华语大学生年度诗人。

千灯万盏

我只有一轮月亮

　　我的面前马上涌出一幅图画出来。很多年前的一个夜晚，我还在求学，我一个人待在一栋楼的楼顶，看城市的万家灯火，特别渴望哪一天会有一盏属于我自己的灯。

　　"有过这样的时候，对吗？"孩子追着问我，他说："这首诗会唤起每个人的某个类似的时刻，会让所有人产生共鸣，这就够了。"

二、一个人的旅途

　　它的确唤起了我对过去某个时刻的回忆。但我很快就从个人回忆里出来了，这般情感这般表达这般意境，实在不算是有新意。

江　汉

杜甫

江汉思归客，乾坤一腐儒。

片云天共远，永夜月同孤。

落日心犹壮，秋风病欲疏。

古来存老马，不必取长途。

　　一个人，一片月，夜色浓重，羁旅茫茫，杜甫说"永夜月同孤"，与21世纪的90后青年的《流浪》，简直是一个铜板的两面。

　　月通常是孤独的小名，只是不同境遇和心情的人，行囊大有不同。

　　李白有酒：

月下独酌

花间一壶酒，独酌无相亲。
举杯邀明月，对影成三人。

白居易好歹看见粮食：

村　夜

霜草苍苍虫切切，村南村北行人绝。
独出门前望野田，月明荞麦花如雪。

李煜有西楼：

相见欢·无言独上西楼

无言独上西楼，月如钩。寂寞梧桐深院锁清秋。
剪不断，理还乱，是离愁。别是一般滋味在心头。

柳永有人可思念：

甘草子·秋暮

秋暮。乱洒衰荷，颗颗真珠雨。雨过月华生，冷彻鸳鸯浦。
池上凭阑愁无侣。奈此个、单栖情绪。却傍金笼共鹦鹉。念粉
郎言语。

一个人在旅途，马致远好歹还有一匹瘦马：

天净沙·秋思

枯藤老树昏鸦，

小桥流水人家。

古道西风瘦马。

夕阳西下，

断肠人在天涯。

就算没有月，一个人形单影只，人在旅途似乎也够自怨自怜：渺万里层云，千山暮雪，只影向谁去？（元好问《摸鱼儿·雁丘词 / 迈陂塘·雁丘词》）

或者李觏的《乡思》：

人言落日是天涯，望极天涯不见家。

已恨碧山相阻隔，碧山还被暮云遮。

孤独在这里有了别名，元好问是千山暮雪，李觏是落日，不管叫什么，都是同一个它。意义和作用都不带变的。

无论是肉身还是灵魂，人类总是"在路上"。孤独是人类的宿命。

柒叁的《流浪》有太多熟悉的况味，前驱者已经把这月下一个人的旅途说得很透彻了。

三、开放与回归：不是旧时相识

柒叁写《流浪》的时候还是一个在校的本科生，他应该没有前驱者那般沉重的包袱，国是好国，家是好家，可能这首诗也不是因为爱情，但月是旧时月，柒叁体验到的孤独感，与前驱者是一致的。他与前驱者一样，为他的孤独铺排了一个宏大广阔的背景：他把自己置身于一个广袤开放的空间——"大风吹着我和山冈"。这是一句入境的引言，"我"的状态并不太好，"风"可以是来自旷野的风，也可以是一个隐喻，一个来自外界的压力，山冈是"我"所处的环境（身内和身外的）。接下来视野转换，从山冈转向四周，转向远方：

> 我面前有一万座村庄
> 我身后有一万座村庄

我们一点也不会觉得"一万"是个浮夸的词，与"我"在山冈的境遇不同，可以想象身前身后有无数的安稳和温暖，但那是别人的家（这时候我们会记起马致远的"小桥流水人家"），简单的句子简单的词汇，却传达出复杂的意绪：羡慕、渴望，正对比出月下行人人单影只的孤独和寂寞。

> 千灯万盏
> 我只有一轮月亮

月亮的出场水到渠成。千灯万盏是别人的幸福，流浪的人只得一轮月亮相伴。视点的转换带来空间的变化，柒叁从山冈上的"我"转向身外的世界，看见黑夜漫漫无数村庄里的千灯万盏，看见渺渺天宇的一轮月亮，最后视点回到自身，收放自如，把我们都非常熟悉的孤独感又一次展现在我们面前，而且感受强烈，与前驱者的诗放在一起，也不逊色了。

这要归功于柒叁的空间塑造能力。他给我们描绘了一个可以想象的无边无际的夜晚，这个夜晚安宁幸福，明月晃晃，千家万户都亮起了灯，几乎都可以看见人家在围炉夜话、小儿娇憨、饭暖菜香了。即使不在旅途，在山冈看看这样的夜景，也是极度舒适的。

更直接的收益来自诗中强烈的对比。千灯万盏与一轮明月，一万个村庄与"我"，简单的数字一列出来，"我"的境况就显现出来了。历史上无数诗词中的流浪的人共有的心绪，就这么在对比中流溢出来了。

当然也要归功于柒叁的隐忍。他可真能忍得住。他撩拨得读者唏嘘感慨，自己却不多说一句话。他只是展现了一个画面而已，一幅简单的画面。他不说故事，不抒情，诗中没有一个字在说情，却字字含情，句句动人。前驱者常常要点透心思，如"断肠人"，如各种愁，90后小伙不说，他让读者自己看，他只是给出了一个场景而已。这种手法，前驱者也是有的，如李白《黄鹤楼送孟浩然之广陵》："故人西辞黄鹤楼，烟花三月下扬州。孤帆远影碧空尽，唯见长江天际流。"也是只给出一个场景，言辞里没有一个情字，却字字有情。这便是诗的高妙处了。

柒叁的这首诗是有意境的，虚实之间，情景之间，融合无间。要说诗中情怀，全然是旧时相识，但《流浪》的好处，是敢于对着前驱者敞开，敢于在同一片月下表述一个人的流浪，却可以表述得与前驱者全然不同。

人间的情感，千变万化，大抵也脱不了七情六欲，是可数的。孤独感大概是数得多了，但如何数，数得效果如何，是要在人心里检验的。虽说像旧时相识，却是一个新人了。

站在旧友中，丝毫也不怯场的。

2020 年 4 月 20 日

我们的阔大与雄浑

2015 年一个有些抑郁的夜晚，我蜷在书房红色的电脑椅里用手机打出了《黑蚂蚁》，那时候，我不知道罗德远早在 2000 年就已经发表了他的《黑蚂蚁》，而且颇有影响，多个刊物发表（转载）了这首诗。

据说，黑蚂蚁是罗德远的自况。《黑蚂蚁》显然有自我书写的一面。自我书写是诗歌最重要的特质之一，我从来就没法体谅那些没有自我参与的诗，口号的虚伪的大词，从来没有路过心灵。罗德远的《黑蚂蚁》令人动容，正是因为出自内心。但显然这又不仅仅是他的自况，更是无数"蚁族""蚁生"的写照。"蚁生"有艰难与辛苦，有向往与从容，也有宽阔与宏大。

底层是一个自带疼痛的词。春雨长着霉菌，夏阳暴烈，秋收可能是三五斗，冬云酷冷。我熟悉那些皮肤粗糙龟裂的手，那是我的祖辈、父辈甚至是我的手。我们卑微、渺小，喜欢每一个温和友好的天气，也喜欢那些漂亮的高级的。我们在努力活着。

习惯了寂寞地看太阳

从远古的天空照下来

匍匐走在这个世界上

也许就是一切

我把微弱的触须

伸向感知的岁月

希冀收获一个流动的声音

也许是上帝的安排

我无法脱去背上

沉重的黑色

　　罗德远的《黑蚂蚁》开篇的第一个词是"习惯"。习惯是什么？是积久养成的生活方式，是认可和机械，是头脑和心灵都沉寂的部分，是内心不会起波澜的心理和行为。《黑蚂蚁》是用第一人称书写，他告诉人们："我习惯"。"我"习惯寂寞，习惯匍匐，习惯以微弱的触须感知，习惯希冀收获，习惯背上的黑色。"我"习惯我作为一只小小的小小的黑蚂蚁的生活，尽管孤独，尽管寂寞，尽管弱小，尽管所得甚少，但"我"都习惯了。

　　但习惯不是麻木，只是一种对此在的认知。"认识你自己"，这话已经烂大街了，但对大部分人来说，它也不过是街边的一句话，跟"吃了吗"一样从来就不走心。有几个人能正眼"认识你自己"呢？不然就不会"你爸平安、你妈平安、你哥平安、你姐平安、你全家都平安"地叨叨了。黑蚂蚁的可贵，是他真的清醒地认识自己。他的"习惯"与其说是"习惯"，不如说是"自省"，他给自己定位了，不过，他定位的背景，是从远古天空照下来的太阳，是广阔的世界，邈远的时间和辽阔的空间衬托下，黑蚂蚁小小的，却是画面里的前景，谁也没法忽视它的存在。同时，在时间和空间的比衬下，黑蚂蚁的"习惯"里弥漫出深邃来，我们知道，这不会是一只在习惯里麻木的黑蚂蚁。

> 漫长的是路 短暂的是生命
> 我总是心境平平
> 我深信 只要不回头
> 一切都不会丑陋
> 远方有滂沱大雨
> 我就去迁徙流浪

"我总是"，黑蚂蚁在说了"我习惯"之后，他又说"我总是"。"总是"看起来跟"习惯"的意思是一样的，都是爱重复做某事。这一回他"总是"什么？他说是"心境平平"。有了前文的诸多"习惯"，这里的"心境平平"就不平凡了。尽管"我"出身卑微，努力也未必有多少收获，但"我"心境平平！不委屈、不抱怨，坦然接受。这就是从容了，这就是阔大了，这就非常值得敬佩了，跟那些怼天怼地怼爹娘、怨山怨水怨路不平的人相比，黑蚂蚁的形象高大起来，需要人们踮着脚尖才能看了，也是人们愿意踮着脚尖好好看看的了。他说他要往前看，前面总是美好的。即使前方有滂沱大雨，"我就去迁徙流浪"，斩钉截铁，干脆利落，一点犹疑都不会有。黑蚂蚁，有着阔大的胸怀，积极的人生态度，这种胸怀和态度，从感知的触角里积累而来，从匍匐的人生里淬炼而来。

但他还不止于此。这样的黑蚂蚁从来没有让我们失望过：

> 我慢吞吞走路是在寻找
> 舒展双腿

我要踢开粘滞的土地

站立起来

会发出旷世惊奇的呼喊

这是诗的高潮，黑蚂蚁彻底建构起其高大的形象了。他已经不是我们踮着脚尖可以看见的了，他跟日常拉开了距离，勇敢、坚韧、坚定地发出了内心深处的声音："我要踢开粘滞的土地"，"会发出旷世惊奇的呼喊"。"粘滞"是这个世界给我们最为难受的感觉，这是一种禁制，阻力极大，有时候我们甚至找不到阻力来自何方，只是能够感受到它的粘——肮肮脏脏的粘、它的滞——坚韧、停止、无法突围的滞，它会扼杀许多天才和天才的设想。但"我"不屈服，"我"相信"我"可以发出"旷世惊奇的呼喊"，不管能否开辟出一片新天地，但"我"的声音，一定能让旷世惊奇。

黑蚂蚁的"习惯"是清醒，"总是"是阔达，而他的呼喊，是雄浑和伟大。黑蚂蚁的底层书写，没有我们习惯的同情、怜悯和慈悲，诗人建构的，是雄浑和伟大。

犬子新纶也写诗，去年出版了诗集《万物有灵》。他读了罗德远的《黑蚂蚁》，又读了我的《黑蚂蚁》，他说他更喜欢罗德远的："这就是男人的诗！痛快！"新纶的诗有着年轻人的冲劲，总有点儿睥睨众生的意味，用我同事陈保菊女士的话来说："新纶的诗里有光。"犬子在罗德远的诗里找到了共鸣，他说："妈妈，你的诗温柔。"这大概不是一句表扬的话。罗德远的《黑蚂蚁》是英雄叙事，说的是一个英雄的故事。而我，大概是没有英雄气的。

套用保菊的话：罗德远的《黑蚂蚁》，有大光。

2020 年 8 月 22 日

锦瑟五十弦，弦弦思华年

我喜欢陈木红《站在虎丘塔下》对话的姿态，从容、自信、优雅。

在我看来，对话是人类的存在方式。存在对话，才存在人类，存在历史。

对话又是一种艰难的存在方式。面对他者，不管是人类还是自然，沟通和交流都需要大智慧和真情感。

《站在虎丘塔下》，为对话提供了一个不错的样板。

虎丘塔无疑是占了优势的。

首先，悠久的历史会给人带来深邃感和神秘感。位于江苏苏州市虎丘山上的虎丘塔建成于 961 年，距今已经有 1000 多年的历史了。时间给予虎丘塔深厚和悠长。人文景观虽然出自人类，但它一旦落成便有了自己的存在逻辑和命运际遇，会有自己的故事和历史，会有自己的性格和生命。虎丘塔已经长成了它自身，长成了一个独立的个体，"先见虎丘塔，后见苏州城"，它甚至比肩苏州城了。其次，高高矗立的塔本来也会给人带来压迫感。我们对陌生的事物，尤其是对巨大的事物有着本能的敬畏感，我们因此也很难安放自身于大海、大河、高山、大漠等巨大的自然之中。塔固然在体积上不能与上述壮美的事物相比，但塔的威势仍然不能令人忽视。另外，在中国文化中，塔是一个具有独特魅力的文化符码。

在诗人遇见虎丘塔之前，它已经在虎丘山上俯视众生了。

但陈木红把自己放在了与塔平等的位置上，诗人自信的声音清晰可辨，形象也与塔一般高大伟岸起来。虽然诗人的位置并不是太好，她"站在虎丘塔下"仰望塔，塔先天地俯视诗人。过于悬殊的身高和历史意蕴，塔下的人容易产生压抑感、渺小感。但诗人不，她说她与塔"一样"：

其实我和你一样
都是倾斜的
约略清高的心总是指向远方
某个思慕的端点
然后以倾斜的方式
缩短彼此的距离

诗人与塔找到了对话的前提：都是倾斜的、都约略清高、都有思慕的对象。共同点缩短了彼此的距离，对话得以顺畅进行。所谓对话，前提必定是平等，不平等的谈话，要么是训诫要么是孺慕，语义的单向流动罢了，算不上真正意义上的交流。同时，共通点的发现和认可，也建构出诗人自身的形象：她是自信且强大的。"约略清高"与日常稍微拉开了距离，"约略"言距离之短，说明诗人是洞察人间烟火的；"清高"言诗人有其情操上的坚守，有时候不太肯屈服，还保持了自我，保持了初心。"指向远方"，是理想、是浪漫、是逃离，也是孤独。"倾斜的方式"，是一种独立的，但愿意和解的方式，诗人聪明地选择了一个温和的态度坚持自我。在诗的第一节，我们看见了一个自信、独立、善解人意、友好但又有点孤独的有自己的追求的抒情主人公形象。

虎丘塔也许只是一次邂逅，就像我们曾经路过的许多风景一样，路过也就路过了，也许过不了多久，风景便会消失在记忆之外。但这次邂逅显然对诗人的内心是有震动的。她站在虎丘塔下看塔，却意外发现看见的是另一个自己，她在虎丘塔上看见了自己：

> 这隔世的遭逢如此雷同
> 默然之中也有石破天惊
> 纷繁的世界里
> 我们固守着自己的角度
> 并且努力 站稳脚跟

这一节的信息很多，诗人没有明说，我们可以猜测的是"我"是一个有故事的人，生活并不那么容易，甚至有些沧桑。她说"隔世的遭逢"，什么样的遭逢？虎丘塔的提示并不明显。但这"遭逢"二字已经勾起了我们的好奇，这份好奇至少包含四重情感：关于虎丘塔、关于诗人、关于正在读诗的我们，甚至关于人世间。这些复杂的情感混杂在一起，我们一起对已经发生的事"默然"，是啊，默然，是接受，是承受，是不想置哪怕一词，但绝不屈服，也不失望，因为我们相信会有"石破天惊"的时候。这就是我们的信仰，是我们坚持的理由。无论这个世界如何纷繁复杂，只要努力，我们终究能够站稳脚跟。

> 只是这一低头
> 并不仅仅代表一种温柔
> 长风的威力就此削弱

也给自由自在的云

让出来一条路

尽管低头，但从不弯腰

　　我们都有一些倔强的东西，都有些今生非得坚持的东西，但我们没有必要为自己的坚持弄得头破血流，有时候"低头"也是必须的，这就是我们的优雅和从容。退一步海阔天空，"长风的威力就此削弱／也给自由自在的云／让出来一条路"，这就是人世间的大智慧啊。勇往直前是值得尊敬的，战斗到底是有血性的，但生活的哲学不是直线，让步——低头——也是前进的方式。但低头不等于屈服，"尽管低头，但从不弯腰"，和解的意思是侧身让步，但腰杆是直的，我还是我。文似看山，该诗的第一节是总起，建构起"我"的形象；第二节是承，承续和延展了第一节的诗意和文脉；第三节便是转了，讲述人生中"低头"的意义和态度。这是"我"在虎丘塔上看见的东西，也是"我"的人生中感悟出来的东西。能有这种感悟，估计额头也是青过肿过的，人一辈子，得在南墙碰撞过多少回，才能够懂得这样腰杆挺直地侧身相让啊。倾斜的虎丘塔，几乎是历尽沧桑后归来的诗人自己的形象。

　　起承转合，到了第四节，自然是该合了。但这首诗的"合"却不是一个封闭的圆，它呼应"起"，也开启未来：

站在虎丘塔下

猛然想给它唱首歌

凸凹的古青砖

多像排布井然的琴键

可我怎么也找不到

一双弹奏的手

诗人说"猛然"，但我们却看见了情绪的自然——顺流而下、水到渠成。乍见虎丘塔，共鸣就发生了，诗人在虎丘塔身上找到许多与自己相似的地方，她站在塔下观察塔，凝望塔，在观察凝望中却意外地走进了塔——塔的历史、塔的姿态、塔的骄傲、塔的从容，她明白邂逅之初动心的缘由：诗人与塔合一了，她在虎丘塔上发现了自己！这怎么能不让人想做点儿什么！歌唱也许是最方便的情绪表达方式了，唱给塔听，也唱给自己听。最后一句有点出乎意料："可我怎么也找不到／一双弹奏的手"。这是一个开放的结尾，想唱不能唱，只能是两个原因：其一是情绪过于激动，无语凝噎，锦瑟五十弦，弦弦思华年，华年皆不易，欲唱调难成！其二是未来方向也许已定，但前路漫漫，此刻心中大动，但远方还远，未来不定，多种情绪交织，曲调还是难成。

人活一世不易，有智慧能坚守初心地活一世更不易。活得自我只是人世的理想罢了，自我总是芸芸众生中的自我，总要与身外世界发生关联，这就有了羁绊，有了阻力，有了人生的艰难。与世界和解便显得特别重要。但如何拿捏和解的尺度？对话、宽容、让步、坚守初心，木红《站在虎丘塔下》展现的大智慧，非在人世间长久历练过而不可得。

他的诗不需要任何宽容

一时代有一时代的文学，一时代有一时代的文学理论——这是一个耳熟能详的论调，几乎没有人去质疑它，当然也没什么好质疑的，事实就是这样。今天我想说，诗人也是如此，他只能是他的时代的产物。如果不是，对于诗人来说，可能会遭遇生活不幸——想想毕加索和梵·高，当然他们不是诗人，那就想想福克纳，他总算离诗人近些——如果他属于未来，同时代的读者无法理解他；如果他属于过去，同时代的读者会遗弃他。时代的营养液，不会放过诗人的每一个毛孔，诗人的每一个细胞每一条血管都浸透了时代的汁液。

所以，我们必须学会宽容。

宽容那些有才气的诗人说些不合时宜的话、尖刻的话，宽容那些没有才气的诗人说些日常的话、深刻的话，宽容那些很合时宜的诗人说些场面的话、平庸的话，宽容那些美丽的诗人说些肉麻的话、性感的话，宽容这个时代所有的诗人说出的所有的话。如果有违人伦有违常识，我们仍然要宽容。这些被说出的诗句有些是诗人自己说出来的，有些是时代的俏皮话，有些是神的启示，说话的瞬间是不由自主的，所以，很多时候，我们并不知道一首诗是怎样诞生的。

只有一种诗人，用不着我们假装宽宏大量，他们是用来欣赏的，用来观摩的，偶尔的时候，也可以用来膜拜。

好诗的标准绝不能是生活，但必须有生活。

很必然地，我读到了张二棍的诗。

张二棍，这名字简直不像个名字。名字里带棍，在我老家，多少有点骂人的意思。但张二棍就"棍"了，而且以诗的名义把这个名字发扬光大了。他的诗写得好，我很喜欢，很合我的脾性，我以为他是个老人家，结果昨天一看，1982 年的。1982 年，那就是青年诗人了。12 月 20 日晚，张二棍获得了第十二届"闻一多诗歌奖"，授奖词是这么说的：

> 张二棍的诗歌关切众生，且都有其特有的体悟、特有的修辞。在他的心目中，有情众生，皆都平等，皆有令人悲悯的命运与生存，且都有尊严。在他的《轮回》《坊间谈》《一个人太少了》《黄昏太美了》和《黄土高坡的小庙》中，无论是那些动物，还是"我们"、僧人或诗人自己，皆堪悲悯。他的悲悯是有我的悲悯，他从来没有置身事外，时常反转向自己。并不是在民间、启蒙或现代主义自我分裂的意义上，而是在深广的悲悯中，张二棍的主体具有了深度，具有了他的独特性与复杂性，这是张二棍的诗学最为重要，也最值得我们重视的地方。

我太同意这个授奖词了，当初很打动我的，可不就是他对生活的感受力和洞察力？

更打动我的，是他对诗这种文体的掌控力。张二棍的诗，是精致的，他的悲悯和精致混融一体，我不得不感慨，他的诗是有深度的，同时也是有足够的形式感的。他的诗给人以双重的满足：他的悲悯以情动我，他的精致以艺动我。

　　放一首张二棍的《入林记》，他的诗集就叫《入林记》，这首，应该是他的代表作吧。

入林记

张二棍

轻轻走动，脚下
依然传来枯枝裂开的声音
北风迎面，心无旁骛地吹着
倾覆的鸟巢，倒扣在雪地上
我把它翻过来，细细的茅草交织着
依稀还是唐朝的布局，里面
有让人伤感的洁净

我折身返回的时候
那丛荆棘，拽了一下我的衣服
像是无助的挽留。我记得刚刚
入林时，也有一株荆棘，企图拦住我
它们都有一张相似的
谜一样的脸
它们都长在这里
过完渴望被认识的一生

太干净了，就像一件洗得发白的旧衣裳，一丝多余的线头都没有。

森林里有多少物事？他只选择了一个鸟巢和一株荆棘，渺小、卑微，看起来似乎没什么用，但他看见它们了，而且一看，就看到了生命深处的卑微与强大，看见了无数的鸟巢和荆棘。这些弱小得几乎要被人忽视的生命，一样有着令人动容的渴望。

太温柔细腻了，他对这些卑小的物事简直怀着一个老父亲般的慈悲与温柔。他细细打量倾覆的鸟巢，也许心里会有诸如深林、狂风，以及小鸟的一生等各种思绪，可是现在，这个小小的鸟巢，却只有"让人伤感的洁净"。荆棘也是山林的野物，算不上好看，也当不了大材，还容易划破人的衣裳，总之是不太讨喜的。但诗人依然温柔待之，他理解了它们：它们都有一张谜一样相似的脸，一辈子，就在这里"过完渴望被认识的一生"。像不像无数的你和我？被遗弃的鸟巢和一生被埋没的荆棘，就把这世界的芸芸众生给端了出来。真相令人难以忍受，由于懂得，所以慈悲。张爱玲说这话的时候，或许有些冷吧。

倘若囿于入林，只看了这一片山林、这一个鸟巢和这一株荆棘，这首诗的格局就小了。哪怕是有芸芸众生绝望的渴望支撑，也不过是对现状的描摹。中国诗歌传统有个精妙处，就是能从此时看到千古，能从此地看见宇宙，话里是一层境界，话外又是一层境界。寥寥数语，这茫茫人间荒荒宇宙便在心头转了几遍，教人心生惆怅。张二棍举重若轻的一个"唐朝"，迅速让时间延伸到历史深处，这亘古不变的鸟巢和鸟巢的遭遇在心头急转，因为过于洁净而伤感就不仅仅是对这一个鸟巢的伤感了，他伤感的，又哪里是这一个鸟巢、这一处生命呢？分明是邈远时间链条上无数过于"洁净"的人生啊。荆棘自然也不是此林的荆棘，分明是这块大地上无数寂寂无闻者的写照！

中国人巧思，造一亭子，便要收四时之风景，纳万顷之汪洋。无他，造境也。在这境里偷偷藏了对时空的认识，对宇宙的认识，偷偷藏了一肚子的惆怅，一口气，却是怎么也叹不完。

读张二棍的《入林记》，便如入亭观景，惹人一肚子忧伤，人生和世界，就都一起涌上了心头，一口气，也是叹不完的。

时代总是要造就人的。张二棍属于我们的时代。他的诗不需要任何人宽容。

2020 年 12 月 23 日

在时间的流逝里造一座城[*]

读过的新诗里，有太多的悲伤和对悲伤深刻的领悟。

有些悲伤是真的，有些领悟是发自内心的。生命中总是有不能承受之重，生不容易，死也不容易，哪怕被煎被熬，我们仍然怜惜生命。但我有时候还是会忍不住想要怀疑：这个人间真的如此不堪吗？我们见过的春花秋月，真的有负苍生？一个人爱，就一定要刻骨铭心到恨，一个人恨，就一定要恨到时间深处？不要说从字缝里瞧出字，字行的表面已经飘满虚假——一个对自己都能作假的人，应该是有几分狠劲的吧？

很长时间我不想读新诗，我怕看到这些无病呻吟的文字，我怕看到惺惺作态，我怕看到为了批评而批评，为了博人眼球而故作惊人语，为了某种功利做讨巧语。可能是我个人的偏执，我只愿意看真实的文字——我那么敏感，那么方，我只想要诗中一颗赤诚的心。

我其实是带着几分漫不经心读谢小灵这首《佛冈的绿色大于绿色》

---

　*　原载于 2021 年 5 月 16 日《清远日报》。

的。佛冈，是我认识的佛冈，绿色是触目的绿色，佛冈和绿色搭在一起，似乎也不会令人惊奇。可是一路读下去，心便微微感动，人随着字句逐渐温暖起来，收了那份随意，进入了一个女人具体细腻的对生活的感知里去了。

我喜欢这首诗的从容，喜欢从容里透出的对生活的观察和体悟，喜欢诗人给心灵留有余地的主动选择，当然，我也喜欢诗中的幸福和满足，喜欢对生活审美的态度。在我的印象中，广州的时间是疾速奔跑的，上班下班做家务照顾孩子，每一分钟都得计算精确，每一分钟都讲究效率。这样高速运转的生活把我们的空间填得满满的，时间空间化了，分割出来的每一个空间匆匆忙忙。在许许多多悲伤或者深刻的诗中，谢小灵的这首诗给我一种时间之外的感动。是的佛冈，我认识的那个佛冈的时间原来是可以如此从容而优雅的。

可能是不假思索，谢小灵把佛冈的空间转化成了时间，或者说是把空间还给了时间。时间空间化会有速度，会有变化，会有紧张；但空间时间化，时间慢了下来，我们终于有一个属于自己的闲暇，去与身边的日常事物谈心。当诗人来到佛冈，她发现佛冈是一个理想的空间："尤其像佛冈，如此接近人间的圣洁和欢颜"。圣洁和欢颜，这样的词用得也许有些重了，佛冈何以圣洁，如何欢颜？见面的刹那便爱上，这叫一见钟情，大概没有什么道理好讲的，圣洁和欢颜，是诗人刹那的感觉，她喜欢这种感觉。她要在时间里细细体味这种感觉。

诗人选择了三个时间点来展现佛冈。第一个时间点是诗人主动选择的时间，她用"第一天""第二天"来展示她在佛冈遇到的事物；第二个时间点是"傍晚"，描绘佛冈的日常；第三个时间点是"鹤鸣洲那一夜"，一个令人难忘的夜晚。三个时间共同构筑了佛冈的空间特色，这是一个梦幻般的佛冈，与人的本能和愿望相契合的佛冈，幸福的佛冈。

第一天，我找到甜蜜的花朵谈论色彩和平静

第二天，我坐在风的身边，与河水谈论奔腾和往昔

时间安详，阳光宁静，适合促膝谈心，佛冈的万物，都有自己的脾性和过往。"第一天"，"我"与"花朵"谈心；"第二天"，"我"与"河水"聊天。清晰的时间表述和行程安排展现了诗人喜爱的佛冈的事物，也表现了诗人对这些事物的理解和洞察，表现了诗人遇见佛冈的心情。"我"是主动去找花朵聊天的，诗人看见了缤纷花朵的喜悦和平静。喜悦源自花朵对色彩奥秘的掌握，平静源自诗人和花朵都在享受花朵带来的美。"第二天"，对话渐入佳境，"我坐在风的身边"，这句话让人心里服气：风的身边！我们都有在微风里安坐的经验，风过脸颊的时候，衣袂拂动，不管心境如何，身体是舒适的，诗人一句"我坐在风的身边"，把读者自己在风里静坐的经验调动起来了，参与到诗中去；风也人格化了，成了与"我"并排而坐的一个挚友，风在一旁听"我"与"河水"讨论"奔腾和往昔"。与"第一天"安静的谈话不同，"第二天"的谈论因为风的加入多了几分热闹和喧嚣。所有的对话都是深入的，"我"是一个好的谈话者，懂得欣赏对方，"我"理解花朵的心意，也懂得河的心境，所以谈话看似随意，却能深入。

傍晚，在黄昏阔大的山林边，上岳古村的房屋各安其位

唱歌的人们次第而来，果实重返枝头，车水马龙再次流行

这简直是一幅桃花源图！"第一天""第二天"是"我"选定的时间，在这样特定的时间里，"我"重点认识了佛冈的一些事物。在这里，"傍晚"是每一个傍晚，是佛冈的日常。佛冈的日常丰收而喜悦：阔大的山林，古老的村庄，累累的果实，快乐的人群，一派车水马龙的热闹。这

是佛冈的现实吗？高速运转的城市里人们匆匆忙忙，身心俱疲，而这里的人们却踏歌而行，享受枝头累累的果实、阔大山林的枝叶婆娑。时间慢得回到了从前，回到了我们小时候黄昏里撒野的时光……

> 鹤鸣洲那一夜，温泉发出滚烫的千言万语
> 让一个习惯了忧伤的异乡人，向半空消失的蓝天
> 举起了欢畅复苏的手

"异乡人"这个词很抓人。"鹤鸣洲那一夜"如果只有温泉，诗歌的力度会显得后劲不足，"异乡人"补足了力道。无数的歌诗诉说过异乡人的无助和忧伤，无数的人在经历异乡人的故事，异乡人渴望故乡渴望温暖。"鹤鸣洲那一夜"给了异乡人心灵的慰藉和体贴，给了异乡人温暖。"异乡人"也让整首诗的叙述发生了转折：对幸福如此细腻的体会，来自某种缺失；异乡人，我们去哪里寻找我们的家园和幸福？

我们在具体的空间里感受时间，在时间的流逝里体验人生。谢小灵的《佛冈的绿色大于绿色》用时间造了一座城，描绘出这座城的空间特色，以及对这座城的主体感受。

我在想，我是被这首诗里的佛冈诱惑了，还是被写这首诗的女诗人诱惑了？

2021 年 4 月 29 日

下篇　综论

思想、践行与体验：世宾诗歌的精神阃义 *

新诗已逾百年，但迄今为止，我们尚未能够建构出一种权威的新诗理论，人们对新诗的理解更多地限于对诗歌，准确地说是对古典诗歌的理解。中国古典诗以其几乎不可逾越的辉煌和高度衬托出了新诗的捉襟见肘，新诗历史上每一次对新诗的讨论似乎都在见证新诗的弱小和茫然。但新诗终究是在顽强地生长之中，在逐渐显现作为新型诗歌类型的生命力和生长势头。岭南诗坛山头林立，不同的诗歌态度都在坚持各自的声音。世宾论诗的声音从众声喧哗中标出，他以诗为武器说出了他的诗观，同时他也以诗论为武器说出了他的诗。世宾诗歌的意义，浑融于他的诗和诗论中。讨论世宾的诗歌，实际上是在讨论一种诗歌理论的可能性，讨论新诗发展可能抵达的高度和深度，讨论诗歌可能的未来和方向。

＊ 原刊于《粤港澳大湾区文学评论》2023 年第 5 期。

一、新诗何如？新诗何为？

我们这个时代对诗歌的态度宽容又苛刻。说宽容是因为我们几乎接受了新诗的所有形态。口语的雅语的、写实的写意的、现代的后现代的、审美的审丑的……诗歌以从未有过的轻松和沉重在寻找自己的路——有时候诗歌似乎只剩下了分行排列，但几乎所有的分行文字都会受到严格的审视，人们对作为语言精灵的诗歌会有一种来自文化传统的情怀。说苛刻是因为我们总是不满，新诗总是很难让人满意，人们企望新诗可以与熠熠发光的中国古典诗歌相媲美。宽容使得诗歌可以轻松生长，可以以不同的姿态和模样出现在世人面前，时代允许诗歌无数次试错。苛刻则时刻在匡正不属于诗的部分，希望引导新诗进入高蹈的诗歌王国，与梦想中的诗一样。当下的新诗创作、对新诗的各种尝试，以及对新诗的各种思考众说纷纭，究竟哪一种理路才是适合新诗的？

关于新诗人们似乎有太多的话要说，但终究能够说出的部分并不多，尤其是对新诗的去路声音微弱，说出来的话大多咕咕哝哝，语义难辨。一百年了，人们更愿意回顾往事，谈论往事时人们的声音清晰且明亮，我们很清楚新诗的来路。但对于新诗的形式、功能和作用，共见和歧义一样多，它们都化作新诗成长的营养，培植新诗之树生出许多往不同方向伸展的枝丫。表面看来，这一棵诗歌之树枝繁叶茂，时时花开锦绣，却难见硕果。诗歌的生产与诗歌的质量出现了巨大的反差。

如何从这种尴尬的境地中突围出来？许多人从国外经典诗歌、中国古典诗歌、中国新诗传统及当下诗歌语境中去寻找新诗的生路。应该说这些寻找都是有意义的。无论是古典还是当下、国内还是国外，只要是在诗的王国讨论诗，总有些经验可以启发诗的未来。

世宾思考诗歌的角度是人，他试图建构一个关于人的完整性的诗及诗学王国。"面对着我们当下的文化资源、原生社会所塑造的人格心理，建构具有人类意义的诗性世界和诗意世界，无疑成为当代诗歌写作的最高追求。而个人觉醒作为当代诗歌写作的重要成就和写作方向，我们如何守护、如何充实其文化内涵，也就成为诗人在写作和自我建设方面无法忽视的内容。"① 以人为中心观察文学艺术的角度其来有自，中国艺术从来都是为人生的艺术，每一种艺术形式和艺术主张都高举了为人生的大旗，"为人生的艺术，才是中国艺术的正统"。② 世宾高举诗歌作为人生拯救的武器，他认为："现代文明之后，人的完整性就不再自我呈现。"③ 人灵肉分离、个人与人类整体分离、人类与自然分离，不复具有完整性，他认为并且相信诗歌应该可以一定程度上修补现代文明下破碎的人。在他这里，梦想的世界是人具有完整性的世界，而诗歌，"作为现实和梦想的桥梁，它的责任在于在现实之中，通过演说关于存在直至把人引渡到存在的世界……梦想即关于存在的思想资源，也是存在之地的雏形。对于当代诗人来说，他们的全部职责就是从事'渡'的工作"④。世宾把他的诗学主张称为完整性写作。

2016 年 7 月，《作品》以《完整性写作》为题介绍了该诗歌群体诗学主张："完整性写作的惟一目的就是使人重回人性的大地，使人类坚定而美好地活着。"该文从命名、写作主体、客体、美学追求、价值观、本体论、方法论等不同角度围绕目的阐述了该诗群的诗歌主张，有八条原则：一、"'完整性写作'是对'清洁精神'深怀渴望的心灵并以此心灵面对破碎世界、在具有抒情极大难度的世界上写作的称谓"；二、主体内心圆盈、洞彻生命；三、反口语化；四、其诗歌美学以批判作为武器在现实世界建立自己的根据地，借以修复被现实撕碎了的心灵；五、在自

---

① 世宾：《诗歌写作的精神积弱》，《文学自由谈》2019 年第 1 期，第 85 页。
② 徐复观：《中国艺术精神》，上海：华东师范大学出版社，2001 年，第 79 页。
③ 世宾：《梦想及其通知的世界》，北京：中国戏剧出版社，2009 年，第 83 页。
④ 世宾：《梦想及其通知的世界》，北京：中国戏剧出版社，2009 年，第 5 页。

然和传统文化中采撷灵思；六、诗歌高于个体人生，相信诗歌会把人类带往澄明之地；七、完整性写作指向一个可能的世界；八、它既是本体论，也是方法论。[①] 处于完整性写作诗学中心的是人，人的此在可以通过诗歌抵达的可能性世界，即世宾所说的"渡"，以诗为舟，化诗为光，把人送到一个光明之地："为人的完整性写作便成了整个现代的写作理想。在这里，完整性包含两个层面的意思：①回到人自身，使灵魂和肉体达到和谐统一，警惕物化、异化对人的侵蚀。②它怀着一个隐秘的渴望，就是人不再孤零零地散落在这被喧哗和各种欲望淹没了的人间，而是回到世界的整体中。"[②]

世宾所说的梦想世界是一个什么样的世界？诗歌是否能够成为照亮梦想世界的光？诗歌如何才能成为照亮梦想世界的光？世宾的诗学建构激情，是否能够落实到具体的诗歌创作中？什么样的诗歌，才是能够表现完整性写作的诗歌？或者用世宾的话来说，什么样的诗歌，具有"渡"的功能？世宾的诗学主张关心每一个具体的人，个体的人的尊严、人的价值、人性的完满成为其建构诗学体系的出发点。就此而言，或者说落实到当下诗歌而言，梦想世界值得期待，完整性写作值得深入探讨，因为人，终究是诗歌与其他文学艺术品类的出发点和归宿。

二、践行者：光明之地与诗意世界

世宾的诗学充满了乌托邦激情。在《梦想及其通知的世界》一书中，世宾用抒情诗一样的语言和激情建构他的乌托邦诗学，他的诗论充满激情和想象，甚至可以把这部 11 万字的诗论当作长篇抒情诗来读。在这首长诗里，他构造了一个人类诗意栖居的世界，指出诗人对这个世界应有

---

① 世宾：《完整性写作》，《作品》2016 年第 7 期，第 122—123 页。
② 世宾：《梦想及其通知的世界》，北京：中国戏剧出版社，2009 年，第 94 页。

的责任和担当。他给这个世界命名为光明之地。光明之地"既存在于高处，也处于幽暗的体内"，"置于最高处的顶端，却无法踏入／可以被看见，却只是一个召唤"，"它不与你所在的世界重叠／却也从未远离"①这是一个兼具神性和人性的完美王国，它在最高处的顶端，但从未远离我们所在的世界；它也居于幽暗的体内，肉身醒悟的时刻，可以通过内视与之对话。在那里，人类灵肉合一、人与人亲密无间、人与世界浑融一体。世宾认为现代工业文明的发展膨胀了人的欲望和私利，破坏了人类诗意的生活。诗人的职责，便是要尽可能复原诗意世界，让人的完整性尽可能得以呈现。

杨汤琛说世宾的诗歌是趋光的书写是非常有道理的②，世宾的诗歌布满光辉。他信任诗歌的力量，"老杜的诗魂／从不因为贫病，而缺席浩荡的江山"（《谒杜甫草堂》）；愿意在日常的细节里充满喜悦地发现来自光明之地的光芒，"光从上面下来，一尘不染／那么远，又那么近／一点点，却笼罩着世界／光从上面下来，一尘不染／光把大地化成了光源"（《光从上面下来》）；他赋予光以神性，祈愿光把整个大地化成光源，化成一个没有黑暗、没有阴霾的桃花源。他鼓励人们去寻找俗世的每一点微光，"去吧！那光告诉你的／是真实的存在，虽然只是一闪／去吧！超越这一道道迷障／坎坷正是上升的阶梯／去吧！那善良照耀的宽阔／——才是栖居之地／去吧！那圣洁之地／在沉默中为你安放／所有的世界都那么广大／通向每个世界，都有一个锁眼"（《去吧！那光告诉你的……》）；他以自身的体验告诉人们光蕴含的能量到底有多大，"如此蛮横，闯入我／在夜里，我睡思沉沉的时候／你并不强大／有关你的信息还很稀少／却有足够的能量／凝聚成一束光／击毁我，俗世的坚壳"（《如此蛮横》）。

或许是因为执着于一个光明世界，世宾对微小却有力量的事物非常

---

① 世宾：《交叉路口》，武汉：长江文艺出版社，2022年，第49页。
② 杨汤琛：《趋光的书写：世宾诗歌论》，《南方文坛》2016年第4期，第117页。

敏感。他几乎能在世俗生活中的许多细节里洞见光明的事物，它可能是路过的一个旧武馆，以静默的方式呼唤新生的力量重启往日辉煌："作为一个深邃的空间，它依赖 / 沉默，把旧时的什物 / 和易于消逝的碎片，暗中收集 / 以连缀起时光的整体性 / 它在某一瞬间会轻轻一动，借助 / 某个青年人的选择 / 又重新回到人们的生活中"（《旧武馆》）。它可能是齿轮间的一道缝隙，透进了希望的微光："正是它，让咬死的局面 / 有了新的可能 / 正是它，让微微的光透了进来"（《缝隙》）。它也可能只是一个钉钉子的动作，砸着砸着感觉不对味："是什么在猛砸着钉子的背帽？ / 是什么使木板在绝地硬顶？ / 如果是爱，那它的背后 / 一定有一团巨大的无知 / 那么深，那么深地夹杂在 / 每一次欢愉的拥抱中"（《钉钉子》）。或者是司空见惯的一堵墙，它分裂了空地，也取消了空地对于自身空的自在："墙的体内自带着利刃 / 它的出现，就把整体割裂成碎片 / 在一种宿命般的力量的指引下 / 一片碎片绝地反对另一片碎片 / 已忘记：它们曾经是一个整体"（《墙》）。它也可能是我们桌上的每一只杯子，无辜乖巧，被锻造出来服从于某一种功能，不会反思，也不会有批判意识："每一只杯子只服从它的功能 / 装水，或者被使用它的人 / 挪用，这种情况，它空虚的怀抱 / 同样来者不拒"……在诗人笔下，这些饱含隐喻的微小事物不再是其自身，而是一个个批判的武器，或反思或揭示或指引，告诉人们欲望和利益并不能遮蔽人性的善和大爱，人对于自身完整性的追求，无时无处不在，生生不息。

世宾对光极为敏感，哪怕只是微弱的萤火之光，他也能从中看见一个完美世界的侧影，光明之地，梦想抵达，人类诗意栖居。光明之地与诗意世界是世宾语义库里的双生词，"光"与"诗"具有同样的内涵，杨汤琛认为世宾诗歌里诗与光一体，"在世宾诸多诗歌中，与光有着同样本质的'诗'的吟咏赞颂也如萦绕不绝的光线从他的诗篇内部流溢而出；'诗'化身为'光'的肉身，成为世俗世界高悬天穹的发光体，彰显了光的神性维度"①，建构神圣的光明之地，终究是为了人的诗意栖居。这就是世宾的睿智处，也是世宾诗学最有价值的地方，人本应该是我们思考问题的出发点和目标，离开"人"的任何事物，包括诗歌和关于诗歌的思想，都有舍本逐末的嫌疑。

三、救赎者：黑暗深渊里的自渡和他渡

"黑暗是什么呢？它可能是一次小小的失恋。……黑暗源于我们自身的迷失也可能是由于别人强加给我们的不公平，它造成了我们的贫困、绝望。当然还有许多不可抗拒的力量，譬如生老病死等自然规律，它也能造成我们心灵的伤痛，成为我们人生无法逃避的黑暗……它包括我们内心的怯懦、恐惧、仇恨和过度的自尊，以及文化中的谬误、偏见和我们人性中的弱点；在我们的生活中，黑暗还包括那些强加在我们身上的战争、疾病、灾难。这黑暗，如同阴影一样笼罩着我们的人生。"②世宾对黑暗的界定非常宽广，几乎把人生中所有的不美好不完美都涵纳进去了。

黑暗是一个巨大的深渊，几乎出现在人性的每一个侧面。趋光的旅程同时也是克服黑暗的旅程。世宾用一种近乎挑剔的眼光警惕黑暗对人性的侵蚀，这使得他的诗歌呈现出一种孤傲和坚硬的底色，我们可以在他的诗中看见黑暗与光明的对峙，看见黑暗对人性的压制，看见黑暗的野蛮生长；同时，我们也可以看见他绝不妥协，看见他的勇猛反抗，看见他的尖锐批判，凝视黑暗和歌唱光明是世宾完整性写作的路径，我更愿意认为这是同一条路上的不同风景，他要追求的和要克服的相互缠绕，却泾渭分明。

我们几乎在他的每一首诗里同时看见黑暗和光明，他对黑暗从来就

① 杨汤琛：《趋光的书写：世宾诗歌论》，《南方文坛》2016 年第 4 期，第 119 页。
② 世宾：《梦想及其通知的世界》，北京：中国戏剧出版社，2009 年，第 78—79 页。

没有好脸色，但对光明却极尽呵护，情感态度对立性反差。世宾似乎很愿意呈现一种鲜明的对比度，黑暗更黑，光明更亮，并据此赋予诗歌尖锐的批判力度。在《废品收购站》中，他嘲笑"旧花瓶的金边"暴露了"安逸者的软肋"，满怀希望地凝视进进出出的手推车，"仿佛在引渡／让废品重生"。"重生"的主题在《冬湖》里也出现了，山坡、草木及雪窝里的锦鸡在寒冬里都生存艰难，但湖中的冰，却"孕育了鱼群、水草／下一个春天"。这两首重生主题的诗是世宾诗集《交叉路口》的第一首和第二首，这不能不让人遐思。废墟疮痍、严冬萧瑟，都不能阻挡新生命的诞生，值得注意的是，这两首诗里都有一种慈悲的力量在引渡新生命，前者是手推车，后者是湖中的冰。《构成》的对比度同样鲜亮，每一节都是一幅独立的画，每一幅画在显示阴影的同时也凸显出生命自在自为的蓬勃和朝气；合起来，便是一曲生命力量的颂歌：一朵无人处兀自盛开的花，推开窗后的热闹和寂静，忧郁的内心和爱恋者的笑声，个体的轻和作为群山一个部分的重，黑暗可能无边无际，但生命会冲破阴霾，在每一个可能的地方倔强成长。与前两首的他渡不同，《构成》里的引渡者是生命自身，每一个个体的生命，都暗含自渡的力量。

　　哀其不幸怒其不争的时候，世宾便自身化为引渡者，试图唤醒沉湎于黑暗却不自知者。他悲悯因为战争而客死他乡的蚂蚁，把虚无当成终身事业（《蚂蚁》）；他提醒在风雨中赶路者要保持觉醒的自我，"因为此时的黑，已黑掉了／他们的双眼"，身处此中的人，无法发现黑暗中的危险（《风雨中》）；曾经沉醉在酒池肉林里指点江山，曾经有了高高在上的感觉，也不过是赢得一时"领导一切的幻觉"，"撒满灰尘的角落／早就为它，安排了／最后的归宿"（《被遗弃的筷子》）；他告诉行走在黑暗深渊的人，努力的方向不对，离真理越远，"一个人掉进了黑洞，他所遇见的／所有的数，都是负数""至于真相，往往就在身后／却越走越远。他们无论／走多远的路，流多少汗／只是为了回到消失的原点"（《消失》）；他甚至直接面向人类发出警告，"那个死去的人，他的痛 / 会在一个活着的人身上重现""死去的太过无力，而 / 活着的，不能过于喧嚣"（《警告》）。诗歌本是一个充满隐喻的世界，世宾的隐喻世界里，黑白分明的对比切割出鲜明的是非对错，他就那么热切地想告诉人们黑暗的深渊是如何腐蚀甚至最后消亡人类的肉体和精神。他告诉人们必须克服黑暗超越黑暗，他发现人生的漫漫长途中处处都有引渡的力量，引导人们走向光明之地："我们的目标就是要在诗歌中去除我们人性和文化中的弱点造成的黑暗，使人生和社会呈现出一种指向光明的趋势。"①

世宾赋予诗去蔽的功能，他相信诗歌的力量，无论是外在的还是内在的，都可以经由批判去拒绝平庸的日常生活，超越笼罩生命中黑暗的部分。他说："诗歌不仅仅是抵达之歌，也是途中之诗。消除和承担黑暗是一个新世界的建设的开始以及它漫长的责任。"② 一旦自觉肩负起这一份责任，作为诗人的思想者和作为思想者的诗人便在他的诗中会合，世宾是一个非常理性的诗人，他凝视黑暗信任光明，他用诗的方式思想，用批判的方式写诗，无论是建构诗学大厦还是具体到一首诗的创作，世宾都自觉地捕捉这三千世界中的微光，因为每一点光芒，都来源于光明之地，都在引渡人们驱除人性的黑暗。

四、体验者：我们的肉身与我们的诗歌

人世间所有的思想，都要落实到思想者自身身上。那句有两千年历史的"认识你自己"每说每新，每说每叹，盖因"你自己"便是这人世间最大的迷障。思想者的思想如月照山河，践行者跋山涉水一路求索，但他无论如何也无法忽略光亮下自己小小的影子，这小小的影子里有灵

---

① 世宾：《梦想及其通知的世界》，北京：中国戏剧出版社，2009 年，第 80 页。
② 世宾：《梦想及其通知的世界》，北京：中国戏剧出版社，2009 年，第 81 页

与肉的争执与和解，有自我与他者的相互凝视，有个体与世界的彼此争锋与护佑。当思想者开始思想，他的思想从他的自我中生长出来，当践行者开始行路，他的自我是动力也是负担。思想和实践的质量，都需要这个小小的自我担负起责任。人世间自有千般事物万般故事去经历去体验，然则这千般万般身外事物，却不若反躬自身来得艰难和有价值。提倡为人的完整性写作的世宾，是如何看待"自我"的形象，体察"自我"的诸种感受？或者说，他是如何通过内视，与光明之地展开隐秘的对话？

在世宾这里，自我包含肉体和灵魂两个部分。二者有时合一有时分离。世宾赞美灵肉一体，批判灵肉分离，认为灵肉分离是人缺乏完整性的症状之一。他对肉身不太信任，指责肉身往往耽溺于欲望和利益，把自我引诱至人性黑暗的深渊，人的完整性缺乏，肉身要负相当大的责任。他对肉身的批判不遗余力，对灵魂的赞美溢于言表。可以说，他对灵魂的拯救力量有多强烈的希望，对肉身的批判力度就有多猛烈。《肉体》一诗详细叙述了肉体是如何挣脱灵魂的约束，认为它是"自我"的王，它在黑暗中随心所欲、发号施令，独自与世界签署和执行所有的契约，力不从心的时候它表现得像个无赖，或者恼羞成怒，或者故意遗忘，肆无忌惮毁约。"但这样的时光总是有限／灵魂会回来，收回它的替身／努力修正它在世上犯下的错误／道歉，与肉体重新修订契约／修复肉体放纵的漏洞／毕竟它们无法割舍"，灵魂王者归来，拯救了肉身也拯救了自我。如果这首诗到这里结束，它也就只是重复了世宾以前的思想，一种乌托邦一样的美好愿景。"但如果死神光临，那才是／——唯一的话事人／它可以随时剥夺它赠与的期许"，话题一转，死神降临，自我的生命在最激昂的时刻急转直下，表现出极端的脆弱和无助，诗歌的情感也由冷眼批判到激情赞美，转到彻悟后的悲凉，说明诗人对"自我"生命的理解已经进入了一个新的境界。充满浪漫主义激情的诗人开始理性体察生命，"自我"曾经生机勃勃，肉体曾经的放肆，灵魂的高洁正道，都无法阻止自我有朝一日陨落。再回头看自我曾经的荒唐与修正，每一个阶段都变得无比珍贵。诗中的批判锋芒依然犀利，诗人依然旗帜鲜明地要求灵肉合一，但他对生命，尤其是对肉身的态度已经变得更为宽容了。

世宾对肉身有了更多的怜惜。他发现肉体原来如此脆弱，如此不堪一击，如此易坏易朽。它既不能承受来自外力的打击，也不能承受来自时间的压力。这个世界对肉身并不总是太友好。"疾病会随时宣布你的管辖失效 / 像一个隐藏了许久的自我 / 突然现身，告诉你它的存在 / 并用猛烈的疼痛、晕眩代替你"（《疾病》），"只有拉远距离，眼睛 / 才能重新对焦"（《远视》），"如果你想返回，重回 / 混沌的状态，却已没门 / 你必须站在门外 / 目睹自己怎样被拖入 / 一个身不由己的天地"（《失眠》），"如果它的警告，不足以 / 加深你对沉默的了解 / 它就随时用暴力的方式 / 大声地说出它的诉求 / 更严重的，此时你就失去 / 与它讨价还价的机会"（《咳嗽》）……这一组关于肉身的写作非常精彩，当然它不仅仅是在表达肉身的遭遇，但至少是从对肉身的观察开始。诗人拉开了一段距离观察肉身的痛苦，就像我们在观察一棵生病了的树——世宾有一首《树身上的结》，借了树的隐喻表达生命中某个时刻的哀伤——感受、观察、分析、思考，诗人发现了一个新的自我，在这个自我里，肉身伤痕累累，疲惫不堪。

灵魂守正庄严，但在这样的自我里，灵魂是否就是一个标准答案，对肉身做出的每一个决定画钩打叉？这世界是需要体验的，肉身的体验首当其冲，来自肉身的经验告知我们这个世界的外形和内蕴。灵魂和肉体相爱相杀，当我们理解了肉身的遭遇，对肉身有了更多的体谅和怜悯，灵魂也会随之升华，我们对自我、对生命、对自我与世界关系的认知将会更为幽微深刻。

而诗歌，帮助我们表达、传递对自我、生命和世界的认知。世宾说：

"诗是世界的投影。"① 这个投影，从自我开始。

五、结语

当我们谈论新诗，我们究竟在谈论什么？我们应该从哪里开始谈起？我们是否要给每一次谈话以结论？可以预测的是，关于新诗的谈论一定还会滔滔不绝，一定还是众声喧哗。虽然人们对新诗的语言、形式和功能的认知逐渐趋同，但关于新诗的诗歌美学、关于新诗的诗学建构还有太多的空间，这恰恰是诗歌发展的生路，说明诗歌拥有广阔的未来。世宾的完整性写作理念从人的人格完成的角度出发，以自我的浑融和圆满为圭臬，他对诗歌寄予厚望，希望诗歌为人的生存开拓出一个新的境界，诗歌因此得以突围："如果可能，还必须具有重建我们人类文明，提供新的思想、文化的努力，它能直接把人类的生存提高到或者开辟出一个新的境界。这就要求诗歌不能止步于个人的欲望、趣味、诉求和情感里面，而必须在一个更宽阔的地方扎下我们的根。'大其心'而怀天下，这是从日常写作突围的唯一道路。"② 无论是作为思想者、实践者还是体验者，"人"始终是世宾诗歌和诗学问题的中心，这契合了立言本身的性质，无论是来自我们传统文化的兴观群怨说、熏浸刺提说，还是来自异域的诗意地栖居，人始终处于写作的源点和原点。世宾说："诗歌的自我就会去观照现实生存，只有依靠诗歌的人格，才能打开一个具有诗意、诗性的空间。"③ 在诸种关于诗歌美学的讨论中，提倡完整性写作的世宾的意见，可能是最接近诗歌本质的路径之一。

---

① 世宾：《交叉路口》，武汉：长江文艺出版社，2022年，第153页。
② 世宾：《日常 诗性 存在者：三种诗歌的发生学》，载《粤海风》2015年第5期，第27页。
③ 世宾：《生命意识及其写作 // 交叉路口》，武汉：长江文艺出版社，2022年，第1页。

安静·隐忍·自然：木耳诗歌的三个维度

我一直在思考中国古典诗歌与当代新诗的关系。

尽管新诗几乎起于对中国传统诗歌的反叛，起于对西方诗歌的模仿和学习，但是我从来不相信中国诗歌可以忘记自己的血脉传承；那么久远的深入骨髓的传统啊，举起手掌几乎都能看到潜伏在我们肌肤之下的诗词格律，有平仄和韵律应和着我们的呼吸。

也许，今天有很多人不想模仿古典诗词了，想要自己的突破，但传统就在那里，在我们的根基深处；只要想到诗，中国传统诗歌的韵致和精神必然就出现在笔端；就算立志做中国诗歌的逆子，要开掘一个崭新的世界，可你还是忘不了汉字给予你的深情和形象——至少到目前为止，在我读到的有限的新诗中，能够化古典诗词韵味入新诗的，依然是境界在上者。

木耳的诗，便是其中之一。

木耳生活在北方，从来没有跟我说起过他和他的职业与家庭。木耳也只是他的笔名。他曾经向我咨询过孩子高考的事，我当时也没帮上他什么，让他自己上网查了。那么，他应该是个中年人。这就是我们所有的交集了。

所有的联系只是诗。木耳的诗我读得也不多，但是有辨识度。一是大西北独有的地域风光（这也是我读诗少的缘故，也许大西北有很多如他一样的诗者）；二是他的诗大多精短，但有滋味，意在言外，韵在句外，味在诗外，这就有点中国古典诗的味道了，心里就记上了这么一号人，就请木耳做了我们学生诗歌写作的课外导师，也只是希望他多贴一点诗给学生看，做个诗的榜样。

一

大漠苍凉，贺兰山高冈，岩羊蹒跚，对于我是个新鲜的世界。木耳就生活在我对大西北的想象中。通过诗，通过他典雅俭省的句子，我再一次想象了西北的人文和自然，同时获得了一个关于古典和现代、新诗与旧诗关系的推演方式，或许在某个机缘之上，新诗会有一种更坚定的方向，兼具新诗之自由和古典诗之韵致。

木耳的诗安静、隐忍、自然，极为贴近生活。他下笔不在生活的热闹处，只拣某个僻静的瞬间，人和物又多安静，简单几个字，似乎只描摹了一个场景，在静默中许多意味就出来了，颇有此时无声胜有声之境。

大寺沟

在大寺沟，我枯然而坐
一只岩羊，居然尾随至此
隔着小溪
与我相望

尘世太静。我们谁都没有说话

它在饮水

我在走神

后来，它接近一块巨石

我起身，似乎要开口

它却一闪，消失在了岩画里

我在原地坐下来，认真地打磨自己

就像打磨，一块石头的表面

　　我与一只岩羊隔溪相望，这本来就是一幅图画，画面是寂静的，我的起身惊动了那只岩羊，"它却一闪，消失在了岩画里"，刚刚有点微动的画面，重新又寂静了下去，但我似乎被刚刚的画面启迪，开始从走神到自省。我想这是一个很享受的时刻，安静得连一只岩羊都走入画面的时刻，一个人向溪而坐，发发呆，想想心事，多美的一件事啊。

　　发呆这件事，很多人干过。比如，李白。

独坐敬亭山
李　白

众鸟高飞尽，孤云独去闲。

相看两不厌，只有敬亭山。

　　李白的静，以孤云衬之。如果我们多想一点，可以说李白是在以山的品格自况。在中国传统文化里，"山"的美誉度非常高，所谓"智者乐水，仁者乐山"是也，几乎是君子人格的完美写照了。但如果我们只是面对语言，面对诗句，李白也只是舒舒服服发了一会儿呆罢了。发呆这件事，古往今来都是万分惬意的，有个好环境当然最好，如在万籁俱寂的敬亭山，在岩羊饮水的小溪旁，一个人面对自己的内心，自由、放松、安宁。能把发呆写得这么如画出神，天下不止一个李白，也不止一个木耳吧。

迷途

在大寺沟
三个大人，一个小孩
与两只岩羊对峙

岩羊母子，并不急于离开
呆呆地，呆呆地望着我们
仿佛对面发呆的
是另一群
迷路的羔羊

还是写发呆。发呆的主体换了，多了两只岩羊。画面依旧安静至极，人与岩羊对峙着，人在这里并没有成为万物之灵，谁也不是谁的威胁，谁也不是谁的主宰，岩羊与我们各有各的生活，各有各的情感，各有各的旨趣，各有各的怜悯。只是一个意外，仿佛是风遇到云，阳光遇到树，一切都那么自然，岩羊邂逅了我们，目光里对我们似乎颇有同情。在这里，如果我们愿意，我们还可以想得更多些，如人与动物、人与自然的关系，木耳的这首诗里本来包含着这样阐释的可能性。读者各以其情动之可也。不说这些，岩羊与我们就这样互相看着发呆的场景本身，是不是已经非常迷人呢？

木耳有一组命名为《沟》的组诗，都写得极为安静，这里拈出发呆两首，以一斑窥全豹吧。贺兰山下，山岩中，略显粗犷的自然风物，因诗人对其寂静自在之美的体会，显出几分细腻和清婉。

二

自然风物本身就有安静的属性，若是没有人的打扰，自然的万古演化，哪怕天崩地裂也可以悄然发生。人才是这个世界最闹腾的生物。闹腾是因为情感，爱恨情仇最让人难得心安。父母亲情之爱，又往往夹带许多不能原谅自己的折磨和无尽的懊悔，子欲养而亲不待，每一个稍有良知的子女都会痛彻心扉。读过许多悼念亲恩的诗，许多都令人动容。我也写过。父亲去世之后我才知道什么叫撕心裂肺，什么叫无助和绝望。我想要坐在他身旁，想要跟他话话家常，想要弄点好吃的给他吃，想看他宠爱我的样子。思念不能自已的时候，诗自己就出来了，写父亲的所有诗，都不需思想不需酝酿，语言是自己来的，句子也是自己来的，我只是记下而已，而且每每自己不能读，读之心碎。

我可以从木耳的悼唁诗里看见如我一样的心碎。不同的是他极为隐忍，画面一如既往的安静，但这安静之中，却蕴含着巨大的情感，读之，心肺大恸。

对面梁

父亲在世时，他的对面
是生长荞麦的阳洼
父亲走后，我的对面
是坟地隆起的阴洼

面对父亲，我仿佛一个
接受灵启的孩子
焚香，烧纸，磕头

在浮动的尘土中
双手合十。体会一道梁
面对另一道梁时
深藏的敬意

前面两节是简单的叙事，说一些诗人本不想却无法回避的话，后面三行是全诗的重心，想说却无法说。于是只有"双手合十。体会一道梁 / 面对另一道梁时 / 深藏的敬意"，这种体会过于沉重，里面有"父亲"的一生，"我"的一生；"父亲"的老去和"我"的成长。这种生死对话过于宏大又过于隐秘，"我"所能做的只能是"双手合十"，沉默以对。

大 湾

父亲追着契河
我追着父亲

我追不上了，就扯心地喊了一声"大"
于是，河水停了下来

我看见父亲，缓缓地回过头来
眼神浑浊，湾道纵横

这或许只是一个梦吧。这首《大湾》充满梦的神秘和梦醒后的难过和不舍。父亲是永远也追不上了，思念的一种形式便是梦，就怕百梦千梦，也难得一见。这唯一的呼喊声"大"，惊心动魄，居然，"河水停了下来"，这个世界因这一声呼唤变得安静，父亲的样子，如他往日一样——苍老。思念如浪，波动不息。但诗歌的表达，却只有一句"大"。木耳善于用最简单的场景，寥寥数语，构造一个安静的场景，千言万语，都凝结在这个场景中了，"竟无语凝噎"。

能把浓烈的情感浓缩在简单的画面里，看似平静的语词蓄积了强大的情感力量，木耳对语词的把握精熟准确，而且新鲜。熟悉的家乡，至亲的亲人，本来就是容易动人心神的物事，极易写得热烈动荡，但木耳控制得很好，情感收得很好，收到几乎是隐忍了。也许与性别有关，也许与性格有关。一个中年的成熟的男性，懂得把控好自己的感情。

三

面对故乡故人，木耳是隐忍的，愿意在寂静的言说里享受自己的内心，把深刻的隐痛浓缩到一个声音一个场景中去。但诗人的目光逡巡在这块土地上，他的世界不仅仅有他爱着的故乡和亲人。视野所及之处，有许多东西会触痛诗人的心灵。

反刍

路灯下，一位民工
坐在路边，一动不动
像水泉村的耕牛

卧在村口，缓慢地反刍

可是，他的胃

消化不了水泥

消化不了多余的库存

夜色加深

反刍的声音，加重

农民工是我们这个时代最伟大的劳动者之一。无法想象如果没有农民工城市会是什么样。对于在农村长大的我来说，农民工就是我的邻居我的亲戚。我本能地亲近他们，但我没法写出一首关于农民工的诗。木耳的这首《反刍》引起了我深深的共鸣。我从小就放牛，知道反刍是怎么回事。我的很多亲人正在城市做农民工，农民工建设了城市，但他们很难被城市接纳。这个反刍的民工形象，可以说是早期进入城市的民工代表。《反刍》如木耳的其他诗一样安静，路灯下一个独自坐着的农民工在默默地想着他的心事，但这个场景已经够令人心疼。他没有悲伤的故事，诗人也没有对环境进行渲染，只是一盏路灯，一个时间：夜已深，一个民工，已经把城乡差距、个人与社会的差距、民工在城市的无奈与孤独渲染得透彻。

寒　蝉

蝉的一种。又称寒螀、寒蜩

较一般蝉为小

青赤色，有黄绿斑点、翅透明

度娘这样说。我看到的寒蝉

也是这样：单薄，渺小，赤裸上身

没有胳膊。脚边的塑料袋

在风中晃动

像刚卸下的翅膀，孱弱，空洞

不远处，它的老娘

另一只蝉

低微地跪着

在深秋的早市门口

不停地磕头，不停地悲鸣

行行好，行行好

天凉了，围观的同类

越来越少。它们不懂诗意

只懂寒意

　　生活不会总是很美好，也不会总有诗意。木耳的这首诗很好懂，不需我多做解释。我想说的是，木耳找到了一个很好的意象，从寒蝉切入，不动声色，似乎在科普，几乎把情感逼到了零度。但笔锋一转，蘸满饱满情感的笔端揭开事实的真相，同类只是围观，诗人感觉到了寒意。批判的锋芒也在前后截然相反的一冷一热中得到表现。木耳是个善于控制情感的诗人，无论是因为自省、因为爱，还是批判。

　　木耳诗已经形成了自己的特色，这不容易。新诗的发展方向显然有多种路径，木耳诗也许是其中一种。这种愿意精工意象，愿意创设画面，愿意在语词之外发现语词，在意义之外重置意义，愿意在语言和韵致之间用心的诗，与中国传统有千丝万缕的关系，与诗歌的未来也有千丝万缕的关系。

　　最后说一句，木耳的诗，无论写什么，都能看见阳光，感受到温暖。这是作为诗人的木耳的境界。还是那句话，作诗，先做人呐。

2018 年 3 月 22 日

论诗的格局与情怀

——谭畅诗歌论 *

一般而言，诗总是为自己写的，小情小绪最易打动人，生活本身就是一种规律的甚至死板的常态化模板，不太容易出格，毕竟日子是要在眼前中过的，远方需要心血来潮需要勇气，诗人灵秀的地方，就在于能够在眼前的常态化中发现别样的情致发现别人眼中的远方，诗人帮助人们发现被模板刻板化了的生活中人们体验过的一闪而过的内心的悸动，个人情绪容易打动人，这也是为什么人们愿意读一读诗歌的地方。人们对于诗歌的要求，从阅读的角度而言，大致首先要求这是一首诗的，要有诗的享受。其次要求这是能打动我的，能拨动我的心弦。最后是希望看到别致，倘若看到一首不一样的能打动人的诗，内心是要不由自主生出几分感叹的；当然，也有人希望从诗中获得一些写作技巧；至于道理，大概不太有人希望从一首诗里受到说教（爱子深切的父母除外）。总是试图对人说教的诗，无论诗或者写诗的那个人，都多少有点面目可憎。倘

---

* 原载于《金土地》2020 年第 2 期。

若读谭畅《大女人》诗集中的一首诗，读者或许不会震惊；但倘若带着这一首诗的感觉一路读下去，震撼就出来了。

一、已建构的

谭畅《大女人》诗当然也包含个人情绪的，这种个人情绪甚至很饱满，我们可以从《大女人》中看到心悸，看到别致，看到人们要求的一首诗的样子，但《大女人》显然已经超越了诗人个人的阈限，视野在更为广阔更为纵深的维度展开了，带着几分野蛮的、赤裸的、勇敢的悲怆，谭畅在《大女人》中下了一盘大棋，以时间为纵，以空间为横，以具体的女性为点，建构了一部女性史，一部女性心灵史，一部静态的凝固的甚至顽固的女性史，谭畅的建构很令人惊悚，时间一去不复返，而女性，还在一个后置的点静止，几千年来未曾改变。女性生出天生出地，养育天养育地，却无法生出和养育她们自己。

《大女人》分为四个部分，分别是女人传、女人类、女人心、女人家。"女人传"为 21 位女性（在民间观念里，观音菩萨是女性的，人们称之为观音娘娘）立传，选取自女娲始的传说中或实有的女性，在人类的观念世界里，这些女性都是杰出的甚至是不朽的。"女人类"中的女性则是寻常的，甚至是底层的，与"女人传"中的女性相比，"女人类"是卑微甚至低俗的。这个部分在《大女人》中的占比较大，正好是"女人传"的两倍。如果说"女人传"有着对大女人身份背后的怜悯，女人类在悲悯的背后，却悄悄藏匿着一份欣赏，谭畅从这些女性身上看见了许多细微的动人的东西。"女人心"43 首，隐秘性感，笔触在女性最幽深也最浅表处沉吟，这是细节的、甜腻的、忧伤的、俏皮的、自大自轻自贱自傲的，有时候甚至是狰狞的，总之是真诚的，女人在这里彻底打开了自己，以谭畅的方式。在对女性的形象和心灵进行了痛快淋漓的展示之后，谭畅带着我们来到"女人家"，带我们重温女性最后的名字——家。家不仅仅是一个地理名词，也不仅仅具有时间法则，它是抒情的、追忆的、疼痛的、温暖的，是形而上的也是形而下的，是隐喻的也是现实的。

《大女人》四个部分互相呼应互相阐释，在诗歌内部形成了一种回旋结构，在这个庞大的结构里女娲率领着一众女人从远古走来，女人们表象各异，自有其历史，自有其声口，自有其形容，自有其故事，一个不想说但终于还是说出口的词却把女人定在一个形象之上，在这个形象里，女人是安稳的、静止的，千百年来并没有太大改变。《大女人》也因为这个格局，因为这种展示而触目惊心。我们似乎可以想象到女性的未来，这是谭畅《大女人》中没有言说的部分，但从已经言说的部分来看，未来可以推演，言说似乎没有必要了。几千年未曾改变的，在未来几千年，奇迹也许只是可以期许的一部分。

二、可阐释的

《大女人》建构出的女性史提出了很多问题，这些问题就像春天无处不在的风一样晃荡在我们肌肤的毛孔上。对于诗歌，本着对诗歌这种文体过去美好的印象，人们愿意甚至故意把诗（文学）和神灵联系在一起。柏拉图（扯出柏拉图是因为此时我正好想起了他任性的一生）说诗人说出的话都是神灵要说的话，诗人说话的时候是迷狂的，丢失自我的。康德也说好的作品来自天才，天才的作品来自天启（又是一个只能用神灵来解释的）。我们今天用科学的语言说是灵感——灵其实也与神灵有关。总之一首诗的由来总是有那么几分神秘感的，说不清楚的。如果硬要作诗，那就未免有些匠气，这是人们所不喜的。把诗与神灵联系在一起也许是件好事，至少说出了诗歌秘密的一个部分，没有神来之笔的诗会显得平庸。但神灵没有说出诗歌秘密的全部。我比较喜欢那个洞察世事、对服装等日常事物都能做出大文章的罗兰·巴特的说法，他说文本有可读的和可写的。可读的文本以作者为中心，文本的一切由作者说了算；可写的文本引入了读者的纬度，读者可以对文本发表自己的意见，接着说反着说都可以。显然，可写的文本更具有包容度，也更具有未来性。拒绝读者参与的文本有什么未来可言呢？一部作品的阅读效果史，几乎可以决定一部作品在未来世界的待遇。

那么，作为可写的文本有什么特征呢？古人在谈诗歌的时候就已经说到了，只是古人想着中国人聪明，不需要点那么透。那就是韵，是诗歌给我们创造的审美想象空间。当然了，古人有很多不同的相当有个性的说法，如滋味，如气韵、韵味，如重旨，如境生于象外，如景外之景、象外之象等，这些话一出，中国人都懂得，待体会出一首诗的韵，心中便生出一个"妙"字，就是对诗最高的奖赏了。然而现代人读诗，却不能一个"妙"字了事，新诗时日尚浅，能谈得上"妙"的，大抵也不多，我们华南农业大学杨曾宇有些诗，算是一个。今天我们谈可写的文本，与"妙"异曲同工。换句话说，可写的文本也好，审美想象空间也好，都是要在文本与读者之间做文章的。谭畅的《大女人》，妙就妙在给予了读者足够的尊重。

谭畅《大女人》诗集中提出的问题，也必将是个隽永的问题："对女性崇拜、女性问题、女性主义和女权主义的追问。"如果读者懒惰，试图从《大女人》中找到现成的答案，大概是要失望的。《大女人》是个召唤文本，需要读者在阅读的时候代入自己的家人的朋友的历史的传说的故事及他所有的认知，自我设问自我解答，读者的体温和长吁短叹都是文本所等候的，并且会成为文本的一个部分。"大女人"这个词本身也是充满疑虑的，至少包含两组对峙关系：大女人 VS 大男人，大女人 VS 小女人。后者在文本中几乎是不出场的，但他们始终都在场，作为大女人的对照，检查监督大女人的所有言说。比较有意思的是，在后记里，谭畅似乎想对大女人做出诠释，后记的标题叫"大女人是什么"，倘若读者试图从这里得到有关大女人的内涵，大约也不会失望，"大女人"，"大女——人"，"大——女人"，"大——女——人"，谭畅从这个词的四种读法里颇为酣畅地解说了她对大女人的理解。但是，且慢，你肯定是个聪明的读者（肯放下心来读一本诗集，而且读到了最后，一定有颗通透的心），听得出谭畅的话外音。谭畅是个学者，受过严格的学术训练，她知道怎么精准表达自己的意图；同时她还是一个善感的诗人，知道怎么挑逗人们的好奇心。《大女人》后记里风雨飘摇，几乎隐伏了一场战争，一场关于女人和女人、女人和社会、女人和男人之间的厮杀，在这场厮杀里女人并不是获胜的一方，她们只是未来世界里也许可以期待的部分。回过头来再读《大女人》诗，诗歌中活色生香的女人们气色不一定就很好。诗人振振有词为大女人命名，却也只是一个未来的可能的名字。

说到这里，我们当然明白，一个可写的文本，如《大女人》，它的意涵是敞开的，作者当然从来不会失去她的立场，但她也不霸道，她把更多的诠释权交给了读者，交给了我和读诗的你。当然她是有期待的，"若在'交易'的眼光下看两性关系，只能使差异化的二者之间所剩无几的惺惺相惜更无处立脚，今天关于大女人的话题正是想唤醒和肯定两性间互相的尊重和珍惜"（引自后记《大女人是什么》）。她希望我们对她提出的问题有足够的重视，她还希望问题在有朝一日得到彻底的解决，尽管她自己对能否最后解决都存了很大的怀疑。

三、可选择的

我自己的主张，是诗出本心，人间时时处处可山林。这话看着闲散，想着也闲散，是我自己人生经历的一种感悟，顺便就作了人生的信条。我自己的诗，也因此少了人间剑拔弩张，少了油香辣爆的劲头。这对积极的人生，以及诗歌创作都没有什么好处。因为这在某种程度上意味着一种自我主体性的放逐。诗人不能被动等待着一首诗来敲门，也不能掩耳盗铃隔绝这时代和社会的风声雨声。好的诗人，从来都不会放弃主体性的自觉。我认识的诗人不多，读的新诗大概也不算多，就我目前的见识而言，有着清醒主体意识的诗人，总能在诗的路途中另辟蹊径。主体意识给了诗人自身视角之外的另外一双眼睛，这双眼睛秋水洗练般，回赠诗人独特的洞察力和独具个性的诗歌风格。

谭畅《大女人》称得上是诗人主体性的典型个案。

如前所述，谭畅的《大女人》是有境界的。身为女人，博学多才、敏捷精灵，谭畅的女性立场可能会有点自身处境的感慨。她的可贵之处，在于不阈限于个人身世命运，视点落在所有女性身上，视域涵纳古今中外、虚构和非虚构，这就有了一种大格局，诗也表现出一种大气魄，但谭畅的《大女人》也并没有因为落点在大我而失去小我，属于谭畅的细腻的审思的甚至性感的妖娆的小我无处不在，对女性问题的考察并没有因此淹没小我个性的张扬，换句话说，谭畅的《大女人》不是站在女性外部，而是在女性内部感受和体悟女性精神、女性品格、女性困境及女性可能的出路。《大女人》是一组由内而外的诗，诗人活在笔下的每一个女性身上，她化身织帛姑娘、护士、萨满、夏娃、观音……以及包法利夫人，说人物想说的话，又能跳出人物，与人物保持距离，发出观察者的评判，入乎其内出乎其外，谭畅表现出作为一个思想者的气度。

心胸和气度是诗人主体性表现的前提，人的格局会画出作品的格局。心画心声，从作品言，作品表现了作者品格；从作者言，作者个人风貌，自然也会投射到作品中去。跳出个人窠臼，胸怀天下苍生，天下苍生也会给作者最大的善意。诚如郑小琼对底层女工的关爱，谭畅对天下女性的关爱等，与心里只满满装着自己的写作是有大区别的。不是说小写意做不出大文章，作者内心的波动遇见同道中人，写作又别致，也会是一种好风景。只是人如何能脱离这个时代，脱离一个各种文化涵养的社会呢？这里要说的是题材的选择，一定程度上，看作者写作的题材，是可以看出其作品的格局的。谭畅《大女人》观照天下女性，以一个"大"字概括对女性未来的描绘，提醒天下人给予女性更多的关爱和尊重，题材本身就已经破个人小局，进入一个大境界中去了。

一个好的题材，需要真的情怀真的情感，以一个真字对待自己对待文字对待读者，才是对作为诗人的主体性的最大尊重。

可是要去了这名字和利字，也是不容易的呢。

可要不去了这名字和利字，是作不出好的作品的。

若是有些为难，就看看谭畅的《大女人》。

2018 年 4 月 27 日

诗与现实：刘绍文故土诗的温度

没有人会怀疑诗与现实的关系。没有一首诗可以脱离现实：哪怕只是内心小小的吟哦，也是诗人心理现实的一种。我们的问题是，诗可以抵达的现实，其深度和广度如何？诗又是以何种抵达方式，才是诗的方式，才具诗的风姿？

回眸往事，中国古典诗歌以其精致深邃博大典雅深入人心，然俱往矣，中国古典诗歌的光辉在其不可攀越的峰顶回照当代，历史——曾经的现实在中国诗歌的谱系中展开和显露，我们不能回到历史现场，但诗歌给我们展示部分，其深度和广度令我们叹为观止，我们仍然思念古典诗歌的光辉，并在今天依然追念其韵，书写当下的古韵诗词，但古诗词，却再不复当年辉煌。新诗的出场生愣汹涌，在中西文化的烛照下，它在用自己的方式成长起来。相对成熟两千年的古典诗歌，百年新诗还是一个新生的幼儿，齿龄幼小，但生机勃勃；歧路不断，但胜在探索和创新。新诗对古典诗歌，却并非仅仅革故——它是诗歌故土里生长起来的，古典诗歌给予其充分的孳乳，包括一如既往地对现实的关注。

现实是一个广阔的没有边界的词，似乎什么都可以往现实的箩筐里装。

诗可以浅吟低唱，可以是有余裕的人的文雅游戏；可以横眉冷对，胸腔中自有万般愤懑喷涌而出——情必先动于中，然后才能形与言，舞之蹈之为之醉，发声若能尽情，为文若能逮意，也是人生一大快事！——这又何尝不是现实一种呢？！且慢，假如诗人发现他的所爱——如故乡已经架在火上，然后他自己也走入这一场熊熊的火焰中，他发出的，会是一种什么样的声音？他所能抵达的，是一种什么样的现实？刘绍文的这一组写故乡的诗，是把自己也架在燃烧的火上了。对故乡的关注，他发现了一个水深火热的故土，他为自己的发现不安、痛苦，他质疑，他批判——他的诗已经在向更纵深的现实掘进，在对故土的凝望中，诗人用诗传达对现实的责任和担当。

现实丰富得令人眼花缭乱，我们的内心又如此细腻敏感，可是诗人不能仅仅关注自己无穷无尽的小感觉，一个人的世界再精彩也未免逼仄。诗人不能假装看不见脚下的土地，他不能只是在云端唱一些无关紧要的歌。关注当下，参与当下，发现并努力解决当下存在的问题，这才是诗歌应有的态度。这种态度，我们在刘绍文的诗中看到了。

空巢的村庄是一种怎样的孤独寂寞和忧伤？谁来填补空空的村庄和父亲一生劳作的意义？《总也转不出山的掌心》和《箬岭》是诗人的故乡，那里有他辛劳一生的父亲母亲。父母亲和故乡本质上是同一类意象，父母亲就代表故乡，故乡里最坚实的内容是父亲。土地上艰辛劳作的父亲重复着周而复始的劳动，唯有不能重复的，是父亲日益深重的皱纹。当年轻的人们都赴了远方流浪，故乡便如燕巢空空如也，当年庄稼地里热气腾腾的劳动场景，如今只有父亲沉默的皱纹，一圈一圈，不起涟漪，父亲的日子，没有诗，也没有远方，村庄也然。

如何拯救那些愚昧的心灵？《灵山》山清水秀，本可以涵养最灵秀的儿女，可是愚昧蒙蔽了人们的心灵，诗人为此痛彻心扉：

> 无泪山鹰盘旋向晚的梯田
>
> 秋光渐远，梯田清贫
>
> 清贫的愚昧更可怕，是栖息野茅的阳光失去敬畏的虚伪
>
> 家在灵山，四季失常无序，观音庙里歪嘴菩萨念错经
>
> 卖田卖地卖山林，断了子孙的风水
>
> 或洗脚上田，或迁徙他乡
>
> 祖先的墓碑干涸无助的泪滴，美人憔悴
>
> 喧嚣的杯盏直抵心灵之殇
>
> 稻麦豆黍选择了失忆
>
> 清醒之后
>
> 等待救赎的灵山已不知所云

梯田是路过的人的风景，但它远没有路人看起来那么美好，如果收获只是"三五斗，番薯，土豆，苞谷，麦穗"，留给山民的，就只有"干瘪的念想落寞的炊烟"。可是连这也很难守住，因为：

> 德乾公，老钟叔，钱三姑们已找不到惯用的
>
> 斧子，镰刀，犁耙，柴刀，扁担，蓑笠
>
> 以及身后无序扩张的城根

故乡还能不能成为我们灵魂的家园？我们是否能够守住这个家园？多少年以后，我们是否有故乡可望？诗人的内心是焦灼的，故园不守，我们的灵魂将何处安放？

文学家都爱自己邮票一样大小的故乡，故乡是文人墨客永远也不枯

竭的写作灵感和活力的源泉。那本是一个温暖的所在，是灵魂回归和休憩的地方。如果故乡失去灵魂家园的意义，如果故乡千疮百孔，如果再没有故乡可返回……诗人是沉重的，在乌托邦美好故乡之外，他发现故乡的另一种面貌，这是隐藏的愚昧、无奈和忧伤的故乡，是正一点点消失的故乡……故乡在火上，同在火上的，还有诗人自己的灵魂，他和故乡一样有灼痛感。

对于现实，诗人不能只是捡起一片树叶，树叶有树叶的生命理路，有其生命过程的欢喜和忧伤，但它也只是一片树叶而已。诗人的责任和担当会令其更关注现实，看到现实背后隐藏的东西，就像刘绍文对故乡的凝视一样，故乡让他疼痛，但他没有办法在诗歌中提出克服疼痛的办法。我们能要求一首诗什么呢？如果可以引起疗救的注意——这就是诗歌对于现实可以抵达的深度吧？

刘绍文把自己与故乡一同架在被烤炙的火上，他与故土感同身受。对于故土，他是平视而非俯视现实，所以情感来得真，来得诚，来得深刻。以情作为本质的诗，也以真情抵达现实，用心说话，为心所役，以情发问，以情入思，以情批判。何时读懂这一个情字，诗成。

2016 年 11 月 24 日

成长隐痛：陈会玲诗歌中的故乡与远方 [*]

我们会因为一首诗，喜欢一个人。

陈会玲就是这样"一个人"。

我只见过陈会玲一次，在一次诗歌聚会上，我俩挨着坐。大概因为都有点儿陌生，彼此话也不多。

然而，她那首诗我是一直都记得，我对她的打量，是带着那首诗的眼光的。短发、腼腆、安静、谦逊，跟她的诗歌带给我的印象一样。

一、隐痛之源："我有点喜欢她，又有点讨厌她"

这是那首令我念念不忘的诗：

＊ 原载于《中西诗歌》2018 年第 3 期。

拥抱

五岁时我独自到河边汲水

坐在一块圆石上，看着水底的影子

蜡黄的脸蛋，腼腆的笑容

我有点喜欢她，又有点讨厌她

如果我是村里那些早夭的孩子，随水漂走

谁会想念我？

远处的竹林在风中摇曳

草地上的老牛在望着我，它有一双

泪汪汪的眼睛。我流泪望着它

如果它有一双手，它一定会拥抱我

　　这是一个早熟的小女孩，她希望有人会好好爱她。可她不知道用什么来取悦他人，也不知道怎么让别人爱自己。她的资本，也许只有勤快，帮家里干活，是获取宠爱的一种方式：她才 5 岁，却要一个人到河边汲水，我愿意认为这是一个很主动的行为（而不是被命令），她愿意用分担家务的方式，告诉家里大人她的懂事和能干，她希望用自己的劳动，来引起家人的注意。她的早熟，让她有一点点自卑，她看向水里的影子，看向自己，"蜡黄的脸蛋，腼腆的笑容"，这让她多少有点失望。在这个 5 岁的小女孩心里，她也许希望自己有另外一副面容，明眸皓齿，明媚漂亮，水里的面容让她有一点点失望，"我有点喜欢她，又有点讨厌她"（这句话尖锐地刺中了我），喜欢是对自己的爱怜，讨厌是对自己不够完美、不够讨人喜欢的不满足。这种自怨自艾的心理，已经不属于 5 岁了，它属于一个成年人。这让我想起林黛玉进贾府，那一种幼童的小心翼翼，除了不想出错的心思，还希望被爱。同样的小小年纪，同样地渴望爱——我们很多人的童年，父母自然是爱着我们的，可是他们忙于生计，往往不善于，或者压根就没有想到要对孩子用话语表达爱，甚至在有些时候会很粗暴，这让孩子会有一种错觉，觉得父母或许是偏心的，或许干脆就不爱，至少是不够喜欢自己——5岁的"我"，多想有人会重视自己啊。

渴望被爱的心思，因为得不到满足，开始有了怨念。一个危险的想法出现了：

> 如果我是村里那些早夭的孩子，随水漂走
> 谁会想念我？

或许可以把它看成一个撒娇的方式，一种威胁：如果我此刻跳入河水死去，你们（父母）会不会伤心难过，会不会后悔？

小女孩有自己的答案：谁会想念我？

"谁会想念我？"表面上这是一个问句，实际上是个否定句。小女孩委屈到了极点，在她小小的心思里，爱就是最大的事了，甚至可以用死亡来换取一点点怜悯。可是这一点点怜悯似乎也不可得，这种认识让她万分委屈、难过、失望、灰心，以致泪流满面。

世间也不是没有人懂她的。

> 远处的竹林在风中摇曳
> 草地上的老牛在望着我，它有一双
> 泪汪汪的眼睛。我流泪望着它
> 如果它有一双手，它一定会拥抱我

爱她的，也许也就是这头老牛了。

一种尖锐的东西刺中了心脏。世间包括人和非人，小姑娘在人世不能获得温暖，却能在一头牛那里找到慰藉，一个小小女孩的委屈和悲伤，令人心痛。

当然，这首《拥抱》，不仅仅是写过去。脸色蜡黄的小女孩是诗人的一个心结，这么多年依然没有过去，即使已经成年，这个脸色蜡黄无所依恃的小女孩依然惶惶然住在诗人心里。

乡村的夜晚，空旷辽远，森林和河流都有一种神秘的阴森森的气息。这是小女孩最为恐惧的时刻，她需要一个温暖有力的怀抱，呵护那些充满狐疑和惊惧的岁月。《鬼故事》是一个回忆的视角，有多年以后来自倾听者善意的安慰。但重点不是鬼故事。"我"耿耿于怀的是被惊吓后母亲的缺位带来的悲伤。鬼故事是乡村故事里最惊悚的部分，小女孩的惊慌让已经成年的"我"依然耿耿于怀。"他们""让我在雨夜／独身回家。经过最暗的小路／我恍然进入了那个黄昏／水井出现，两张湿漉漉的小脸"，在这个魂飞魄散的时刻，"我回头，妈妈不在我身后"，"妈妈不在我身后"这个事实才是最不能原谅的，比鬼故事本身的惊悚更为惊悚。在《舞台》里，诗人观看了自己的一生。舞台上小女孩失去了她一生的最爱：她唯一的慰藉、朝夕相处的老牛和刚出生的小牛被卖掉了。没有人会注意到一个小女孩的情感诉求，她只能"把头埋在了双膝间"，"把头埋在了双膝间"几乎是"我"这一生表达的一贯方式，即使在有几分希望和仁慈的远方。对于诗人来说，远方是逃离也是拯救，"远方收留了她的青年和中年"，"收留"二字把"我"放低，已经低到尘埃里去了，但"我"没能在尘埃里开出花来，"两座荒废的花园，闪着铁锈的光芒"，谢幕的时刻很快就到了，"我"的离去一如"我"的既往一样寂静：即使"我是我唯一的观众"，起身离去的时候，我也"没有弄响椅子"——"没有弄响椅子"！这与"把头埋在了双膝间"是多么一致啊。"我"已经习惯静悄悄地独自存在，哪怕舞台上演的是"我"的一生，观众也只有"我"一个人。

成长其实是一件很脆弱的事，随时可能遭受暴击。外力雷霆狂击般的摧残更容易引起人们的注意，那些看似不经意的忽视却可能对成长造成更深远的伤害，甚至会影响人的一生。陈会玲在诗歌中对成长诸多问题的描述，选取的点很小，或者是 5 岁的小女孩对镜（河水）自照，或者是她看顾的老牛和它的幼崽被卖掉了，或者是一次行夜路受到的惊吓，或者只是一次冥思，但贯穿其间有一个很突出的核心，那就是爱，被忽视的爱，以及这种被忽视造成的后果。这些诗都有一个回顾的视角，讲述成长故事的叙述者是成年后的诗人，她显然并没有释怀，爱的缺位贯穿了她的整个童年，影响了她的青年和中年，甚至晚年。诗中的"我"已经习惯消除自我的存在感，童年时"把头埋在了双膝间"，似乎是无声的对抗，实际上是消极忍受：发生的一切可以与"我"无关，我不用说话（说也没用），人生谢幕，"我"也不愿意"弄响椅子"，就这么静悄悄地和自己说再见吧。

二、无效的逃离："所有的远方，都复制了我的故乡"

成长是有代价的。童年经历往往让一个人一辈子刻骨铭心。狄更斯永远忘不了做童工的五个月，他的《大卫·科波菲尔》几乎是童年经历的复写。卡夫卡的《美国》与狄更斯的《大卫·科波菲尔》如此相似，都同样难以摆脱童年的影响。他们的童年都同样面临父母爱的缺位，这种缺位是致命的，导致了狄更斯的怨恨和卡夫卡的懦弱。很幸运，童年父母爱的缺失，没有把陈会玲带到一条偏狭的路上，诗人没有对这个世界、对这个世界上的人不满，更没有歇斯底里，只是腼腆了些，更安静了些。但影响还是很深远的，几乎贯穿了她的日常。

首先是补偿心理。也许是因为小时候无法得到足够的爱和温柔，诗人要把爱和温柔加倍地施与女儿，她愿意女儿有个幸福的有着饱满爱的人生。

边　缘

人潮涌向前方，我选择了朝后
"谁说相反的路径就不是一种领先？"
但我只想退到桉树林的那边
阳光照亮前面的枝叶，我与树荫在一起

灯光没有完全落下，每一个舞台
都有一个虚构的中心。我看见合影时
七岁的女儿侧身让过同学，往后站了站
这是不是人生的隐喻？但她有着明媚的笑容

我只想从一棵树后踱出，站在她的身旁

母亲也许从来没有这样注意过"我"，或者"我"没有感受到母亲对"我"的关怀。在"我"的成长过程中，母亲爱的缺位曾经令"我"痛不欲生。"我"没有做错什么，却有深深的内疚感、负罪感，导致性格里有怯懦的成分——这都不是"我"愿意要的。这种心理反观到女儿身上，便是加倍又加倍的爱。这首《边缘》写母亲对女儿的一次温柔的注视，题目却用了"边缘"——这是诗人一贯的态度，她总是把最核心的位置让给别人，让光打在别人身上，自己却往往选取一个不被人注意的角落——她退到了桉树林的旁边，待看到女儿合影时的谦让："七岁的女儿侧身让过同学，往后站了站"，她在女儿的小小动作里看到了自己，看到了自己的童年，但不同的是，"我"是忧郁的，童年的自卑和不快乐几乎毁了"我"，但女儿是快乐的，"她有着明媚的笑容"，但"我"并不满意，"我"希望女儿更大胆些，女儿应该与"我"的童年完全不一样，"我"想鼓励女儿，给予女儿更多的支持，这种爱甚至违背了"我"一贯的行事风格，"我"甚至要想从边缘走向中心："我只想从一棵树后踱出，站在她的身旁"。

其次是挫败感。这种感觉毫无道理，它不是来自"我"的错误，而是来自对一个完美的"我"的隐在诉求。这种感觉让"我"很紧张，也让"我"对周边事物的观察放到了低处。诗人对失落的人群很敏感，她同情他们，就像怜悯自己。陈会玲有一首诗题目就叫"挫败"。一个人仅仅因为"青春耗尽"被解雇了，周围的人冷漠到"钢钎也无法撬动／他们的眼皮"。求神保佑吧，也许可以求得温暖的对待和好的生活，可神祇并不比人更温暖，他们"面目奇异，在静穆中看你"。人世的薄凉已经令人无法愤怒了。同样是被离职，《消失》里的中年男人同样得不到安慰，他同样平静地接受了不公平的对待："他的后背微驼，脸上的表情／雨水洗刷后的石阶。愤怒／已被中年剔除。"人世的许多事情，似乎在应和大自然的规则，老叶落了一地，随风把它们卷向哪里，新叶次第更生，又逐渐老去到被遗弃，谁会在意一片老叶此刻的心情呢？谁能忤逆大自然的法则？换句话说，如果剔除了人世间的温暖和善意，行走人世如履薄冰，人走茶凉，人世还有什么可以留恋的呢？活着本来不是一个需要认证的命题，突然我们发现它需要认证了，这很令人丧气，会被一种凝滞厚重的挫败感笼罩。这时候需要强大的心理建设，需要从我们对世界和人世的观察中去重新发现我们生命的价值。透彻的人，也许能够从重新建构的心理能力中汲取力量，从挫败感中走出来，开始下一段旅程；否则，可能就要一直沮丧下去、颓唐下去了。陈会玲的诗大多阴郁（看向女儿的目光例外），面对这个世界的凉薄，诗人只能是一个无足轻重的观察者和体验者，她无法解决这个世界的问题。

她也不能解决自己的问题。离开是陈会玲诗歌的母题。童年并不愉快的成长经历令她对远方充满向往。每一个渴望关爱但被父母忽视的少年，都会寄希望于远方。当诗人终于可以离开，兴致勃勃地走上旅途，她发现"我每一次出发，都折返回了自身／没有一朵云彩飘向你／通向你的道路都是歧途"（《歧途》），我们可以把"你"理解为诗人的一种理想境地，至少是一种舒适的心理体验，但诗人失望了，"你"根本就不可企及，每一条路都是歧途，简直要把人逼向绝境。原因呢，却是简单，因为远方也是故乡。"我再也没有想要到达的地方／所有的远方，都复制了我的故乡"（《再见》），少年时那么兴致勃勃地对故乡说再见，和"那个悲伤的小姑娘"告别，事实却让诗人无数次返回自身，返回故乡里小姑娘的悲伤。

需要注意的是，陈会玲颠覆了"故乡"的心理概念，故乡在她这里不是乡愁，不是我们曾经着急要离开又着急要回去的地方。陈会玲的"故乡"是阴郁的、悲伤的，是要逃离不愿意再一次体验的。"远方"与"故乡"相对应，但远方并没有诗意，要逃离故乡的诗人发现远方本质上与故乡是同一个词，这令人沮丧，逃离变得毫无意义，对于心理体验来说，逃离故乡的行为实际上是一次次失败的行为，诗人并没有从远方获得新的体验，更不用说获得解救或新生。

三、旁观者："我是唯一的观众"

不知道陈会玲自己有无认识到，她的诗提出了一个严峻的问题：儿童成长。一个人的童幼时期是很脆弱的，无论体力智力蛮力，人都处于最弱小最需要保护的阶段。人们对幼童的态度，要么溺爱，要么过于严厉，要么忽视，当然也有人处理得适度，孩子的身体和心理都成长得非常健康（我们应该羡慕这样的家长）。陈会玲提出的问题是第三种，也许是生计艰难，也许是性格使然，也许是养育知识不够，总之孩子的成长没有受到重视，尤其是心理建构方面，家长完全无能（或不愿作为），导致了孩子小时候父母爱的缺失。陈会玲呈现了幼童时期父母爱缺位的危害：小时候孩子会自暴自弃厌恶自己（认为自己不够美好，父母不喜欢），成年后会对自己要求过于严格，羞于表达自己，对失败特别敏感，害怕失败（也是担心自我要求不够完美的表现），挫败感伴随一生。

重点不在于问题的提出，而在于提出的方式。

首先，陈会玲的诗有故事，但故事不是她要讲述的目的，隐在故事背后的，是对事件的体验。叙事是新诗发展水平最烂的方向之一，有些人看见什么写什么，这也不是什么坏事，坏就坏在只是说了一个事件的片段，自己还没有体会这个片段有什么意义呢，就急急忙忙写出来了，既没有语言的锤炼——有一个很奇怪的倾向，似乎锤炼诗歌语言是一件多余的事，大白话大行其道。大白话也不是不行，麻烦能否让语言更干净些？陈言务去，赘语务去！——也没有情感的体验，只是说出了一个事件而已。陈会玲的聪明处在于故事是要讲的，而且要布满细节，但故事和细节都是为心理体验服务的，故事和细节都是表象，内心体验才是诗人真正要表达的东西。内心体验做了诗歌的主角，也给予了事件和细节灵魂。《拥抱》讲述一个孩子放牛汲水，中心却是孩子的自怨自艾;《鬼故事》表面是一个雨夜遇鬼的事件，内里却是怨责母爱的缺失;《无用》在谴责隔壁寡妇音响开得太大，一边却是哀伤"它们就像我的一生 / 被忽略，被删除"。《挫败》和《消失》与其说讲述了失业者的故事，不如说是在哀婉人世凉薄。诗说到底是以情感表现为中心的，叙事和思想都脱不了情感的内核。陈会玲很好地把握了这一点。

其次，陈会玲的诗设置了一个有故事有性格的旁观者，无论是童年往事、旅途故事，还是别人的故事，她都非常有分寸地放置了一个故事外的叙述者角色。《拥抱》是成年叙述者，她观察童年的自己，一方面再度体验5岁时忧郁得几乎想死去的自己的情感，另一方面又悄悄拉开了与童年的距离，诗中的批判和反思是属于成年叙述者的，脸色蜡黄的女孩、竹林和老牛是叙述者看到的画面，她对幼年的自己充满怜惜。叙述者也没有走进《挫败》和《消失》里去，她只是默默注视着失业者的离去和众人的冷漠，将心比心体会失业者彼时的心情——与其说是别人的心情，不如说是诗人自己的心境，童年的经历一次又一次被提起，用旁观他者的方式。即使讲述自己的故事，她也愿意做一个观众，看人生大幕如何拉开又是如何谢幕（《舞台》）。旁观者是一个安全的距离，她不用卷到故事中心的旋涡里去，不用过于周到地交代故事的来龙去脉，只要说自己看到的就好了，细节可以像植物一样生长出不同的枝叶，每一个叶片都落满观察者的目光。她讲述、沉思、体验，一次又一次返回童年，返回故乡。这让她忧伤，生命似乎四面楚歌，她必须慎重以待。

旁观者的设置的另一个结果是陈会玲的诗画中有画。诗是有声画，画是无声诗。诗，尤其是中国传统诗歌的空间特性，必然令诗人写诗如作画，构造诗中景，景中诗。一切景语皆情语，情景能否交融是评价诗歌优劣的标准之一。陈会玲诗歌的妙处，却能画中有画。画面之外另有画面，二者叠加在一起，共同完成心理体验的表达。童年往事、我的一生、别人的故事……陈会玲的讲述充满细节，这让诗细腻，也让笔触落到实处，细节是可画的部分，但画出来的只是画面的一个部分，框架之外，另有一个沉郁的形象，带着童年生长出来的隐痛，默默观察这一切。也正是这个画框外的讲述者的存在，诗的中心悄悄发生了置换，没错，她是讲述了一个故事，但诗人讲述的故事成了表语，讲述者才是真正的主语。故事可以动人，讲述者自身的故事更为感人。我们发现，无论故事是什么，最后都是"我"，表现出来的是"我"的经验——这恰恰是诗人想要传达给我们的核心内容，在叙述者的故事里，"我是唯一的观众"，也是自己的主角。

陈会玲的诗是体验的，她诗中的故乡和远方已经失去了传统意义的心理含义。故乡不堪回首，却偏偏一次次以远方的方式返回。远方不是逃离，也不是救赎，不过是故乡的一个复制品罢了。也正是在这个意义上，陈会玲诗歌的个人体验有了普遍的价值。我们感动她的体验，又何尝不是在悼念我们自己的童年，悼念那个不懂得表达爱的年代呢。愿这个世界的所有人都以善待人，也都被善待。

祝好，这个世界上的所有人。

2018 年 6 月 5 日

淬炼生命，笑傲人间：海上诗歌的深度与力度

诗是分层次的。

就语言言，新诗有雅语、口语之争。

就时间言，有第一代、第二代、第三代及第 N 代诗。

就年龄言，有童诗、少年诗、青年诗、中年及老年诗之别。

就风格言，有阳刚阴柔之分。

就题材言，有田园、城市、工业、农业、西部等之类。

就内容言，有爱情、亲情、战争、打工等母题之名。

当然，任何区分有时候只是方便此刻的言说而已。

只是我们总是有些话要说的，对于生活、男人和女人、视野和事业、诗，或者只是一个陌生人，只要有些东西触动了内心，就一定会有些谈兴。写作的好处是你可以假装对面有个安全的陌生人，安静耐心地倾听，当然，有时候他也分辩几句，这样谈话才有趣味。当然，你也可以什么也不说，很沉得住气的样子——我是个沉不住气的人，有了好东西总想

分享，好在写作是件安静的事，我并没有因此打扰到别人。

但海上的诗打扰到我了。我为此多少有点焦虑。胡文迪女士在广州购书中心办了一个正元庄读书会，每个月推介一位她认为不错的诗人，2018年10月她推介了我，于是我便不能拒绝她——她邀我做海上诗歌雅集的学术主持，要求我做出解读，这让我有点紧张，主持是不怕的，怕的是解读海上的诗。海上的诗不是让人朗诵的，而是让人沉思和体验的，这些沉淀了近70年人生岁月的诗，如何在一个朗诵分享现场解说好？

人总是要为自己转圜的。何况还有些朗诵老师小心翼翼地找到我，要与我讨论海上某诗的诗意。我瞄了几眼他们给我看的诗，知道不能瞎说，便安慰他们说，读就好了，海上的诗是可写的诗。他写出来的是第一首，我们读者的阅读，是第二首。第二首与第一首完全可以截然不同，或许第二首诗还可以更好些。罗兰·巴特把作品分为两类：可读的和可写的。简单说，可读的意义相对简单的作品，阐释空间小；可写的文本是读者可以继续创造的文本，具有无限的阐释可能性。饶宗颐先生也说要"接着说"，就是不能以作者之意为最后的意义，读者可以是作者，沿着第一作者的话题继续说，或者另辟蹊径说。所以朗读者也可以是作者，朗读者读出来的诗，已掺和了他们自己的感情阅历修养和文化背景，借以朗读的字句，只是浇他们自己心中块垒的中介罢了。于我而言，可写的诗才是真正有滋味有厚度的作品，他的开放性和包容性也正是他的作品的迷人处。

当然，我们不能因为罗兰·巴特说过那样的话就可以罔顾作者自己的风格。我们得原谅所谓真理其实是片面的深刻，时代会需要智者点拨文学艺术的探索。但这种点拨是有局限的，在一定范围（时间、国度、民族、艺术流派）内有效。超出这个范围，可能有悖常理。姚斯和伊瑟尔他们提出读者接受理论的时候，过于尊崇读者了，事实上作者一直在场，他从未离去。他眼睁睁地看着读者在他的文本上众声喧哗，由于某种原因他可能会不发一语，有时候忍不住要说话了，他的声音可能不大，也可能很快淹没在喧哗声中。但他就是他，他的就是他的，他的作品，自然会打上属于他的印记。

这就要回到本文开始的分类了。海上，从文字的气势与想象力而言，他的诗是年轻的，朝气蓬勃，锐意锋利。但无论如何，他拥有近70载岁月的财富，他的诗蓄养着他对生命精纯的淬炼，他言说生命，探求生命的来路和去路。我想他自发创作岩画是有根由的，古老的岩画呈现出人类早期生命的意志和活力。海上对生命的关注，在诗、画及书法上都有突出的体现。

就风格而言，海上的诗雄健浑厚，意象密集诡谲，自有其广度和深度。他的诗多宏大叙事，视野开阔，以人类、国家、民族精神为宇，以生命的纵深为宙，创造了一个属于海上的诗画世界。在《两个时代的铁》中，海上讲述了中华数千年的历史，他认为中华历史是铁的历史，自人类文明的无字书起，到汉字的诞生，铁的精神自莽荒而来，浸染华夏民族的每一个日常细节，大唐霓裳和摸着稻穗、搂着婆娘的百姓，都具有铁的意志。铁是这首诗里最突出鲜明的意象，海上发现了华夏民族铁的精神特质，铁坚定、刚硬、血性，贯穿了中华文明数千年历史。他希望我们延续华夏这铁的传统，在诗的最后，他的呐喊充满激情和希望：

铁，一旦震撼起谷神 恍惚间

和其光！同其尘！

一部通史铁骑犹存

赋予道德缘起的古风中

铁的呼吸迄今未变 迄今未息

在海上这里，生命应该是有金属的质地的，有其血性和力道。他上下求索，试图在生命的本源发现生命的真相（《进入生命之源》），他看见了岩画："峡谷的铁锈在岩石上流血 / 血中含有铜和硒"，岩画传递出远古人类的信息，"我听着隔世而语的声音 风 / 以慢步经过庙堂……树叶捂着嘴 / 有裸体的黑影一晃而逝 / 窃走我走神时的木讷"，也许正是那瞬间的木讷，诗人看见了生命之初的成分，从生命之源起，人类的血液里就"含有铜和硒"，不容易被轻佻的无处不在的水溶解的元素。岩画里人类生命的根（《通过岩石去寻找》）。

在洞悉了生命的本源力量，我们有理由享受现世给予我们所有的美好的事物。《葵花裙》也是一曲生命的赞歌。如果说《启示录》是了悟生命本质的欣喜，那么《葵花裙》则是生命长河中的浪花一朵，它是无数个今天充满阳光的部分，它让人喜悦，精神振奋。

海上是个思想者。到目前的论述为止，我们看见一个坚定的目光如炬的诗人，在从容面对历史、民族和国家，思考生命的本质。但是思想者有思想者的寂寞，孤独是每一个思想者的宿命，有时候，人与人的对话会变得尴尬艰涩，就像毛姆的《月亮与六便士》里的斯特里克兰，他在他的朋友圈里找不到同类。强大的孤独使其显得另类，但我们不得不承认，有时候他的确掌握真理。海上有诗和岩画，有书法和思想，也有孤独，人在某个时空，宛若一叶空舟漂向无人岛（《空舟漂向无人岛》），但无人岛不是目的，空舟才是。漂泊的目的不是无人岛（看起来多么寂静而有吸引力的无人岛！），空舟才是漂泊的目的！生命的旅程本身就是一场历练，在规规矩矩的时间轨道中偶尔开开小差，生命的形态才更为清晰。思想者也许要回到思想本身，才能捕捉思想的意义。开小差的时候也可以会会精灵（《进入精灵的咒语》），精灵掌握了一些生命密码，如果有机会听见精灵的咒语，或许许多关于人生的问题可以找到开解的方式。可是，谁能听见精灵的咒语，谁又能听懂精灵的咒语呢？"一本书的目的 / 正是猜度进入场景的咒语"，谁书写了这本书？谁阅读了这本书？诗人又一次"瞌睡"了，就像他一次次地"恍惚"，"瞌睡"和"恍惚"这样神志不清的时刻，正是咒语清明的时候呢。似乎任何一个开小差的机会，都可能看到真相。在这里我们似乎看到一种溢出，一种溢出日常、溢出时代甚至溢出文明的非常态行为，其缘由颇为复杂，可以看见的是不信任，至少是对此时此地的不信任，这种不信任令人焦虑。诗人用开小差的"瞌睡"和"恍惚"才能洞见真相来转述这种焦虑。

孤独的另一个词是"漂"。《空舟漂向无人岛》极拟漂的状态，《精灵居住的屋子》状写了漂的价值。诗人其实在享受"漂"的状态。他说"屋子在我的漂流现场"，"我在漂 屋子在漂"，漂流是人生的演绎场（《漂浮的事》），但伴随诗人漂流的有住着精灵的屋子，这样的漂流与众生不同："屋子里装满了梦幻。"能够如此坦然地面对"漂"（我又想起了《月亮与六便士》里的斯特里克兰，他也是一个极愿意享受生命享受漂浮状态的人，巧的是，他也是一个画家，一开始并不被主流画家认可），源于海上面对苦难的态度——虔诚（《虔诚地对待苦难》），他说："感谢神佛 在我昏冥入世的年月日"——昏冥！海上有多喜爱这样神志不清的状态！——"在那个坐满哑语的走廊上 / 他无声的讲解注入我的空虚 / 的相思，我在步伐上 / 探寻每种失误，沿着神的足迹 / 钟声回忆许诺我"，这些句子的从容来源于心境的安宁，苦难只是探寻步伐中的失误，神一直伴随着"我"。

少年的诗朝气蓬勃，往往带着破坏一切的满不在乎的神情，他们多少带着些莽撞、好奇与创世的勇气，他们年轻的想象力往往令人惊叹不已。老年人爱回忆往事，有很多对生命的感悟，有时候未免带了很多暮气。但海上的诗却集少年的蓬勃之气与岁月的沉淀于一身，既有令人惊讶的想象力和艺术上的自觉探索，颇有少年勇往直前的先锋气质，又有对生命精粹的体验和感悟，带着经历岁月的世事洞明。读海上的诗，分明是读一部关于生命的大诗，这部大诗有时候会显得晦涩，因为诗人常

常陷入沉思，语义往往晦暗不明。但如果我们足够仔细，仍然可以感受
到诗人面对今生的从容。

2019 年 1 月 25 日

图像、叙事与义理：梁小曼诗歌的锋芒[*]

女诗人梁小曼的诗着墨很重，她叙事、画图，在事件和图像背后，是浓烈胶着的情感，是对人、自然、现实深沉的思索和批判，是对真理的昭示和追求。

一

可以确定的是，每一首诗背后都是有本事的，故事在被清洗过的语言后面自悲自喜自痛彻——总有些事让人刻骨铭心，让人寝食难安，让人不得不诉诸笔墨。诗，便是那欲语还休、不语不休的情绪下讲述的故事，只是中国诗歌的传统，让我们的诗的选择小心翼翼，它也许会避开事件表面横冲直撞的部分，谨慎地与本事保持了疏离，直接沉潜到事件的意义中去了。中国当代诗当然免不了受传统的影响，虽然诗歌背后总有事件的基底，往往事隐情现，我们先读到的，总是某一种情绪，以及

---

* 原载于《作品》2021 年第 2 期。

情绪背后的意旨。

读梁小曼的诗，便觉情与事兼备，意与理共具，听她一路娓娓道来，关于友谊，关于生命，关于爱情，关于人世间，我们的思绪一点点被她引领着沉潜下去，深入幽深的意义之壑。在那里，有一片属于她的园子，园子里植物芬芳，每一朵花和叶片都在讲述它们自己的故事，表达它们自己的情意，闪耀着真理之光。

《鸽子》是她写给日本女诗人平田俊子的诗。平田俊子的诗在日本女诗人中别具一格，她的诗冷峻、简洁、干枯，充满黑色幽默，有时候也丰腴性感。梁小曼的这首《鸽子》语调平静缓慢，声音温和，是一个女诗人对另一个女诗人的衷肠，梁小曼在短短的一首小诗里，想象构造了平田俊子的形象，这种想象和构造，是基于叙事，当然，事件也是想象。第一件事是回忆，"我"在回忆关于与平田俊子相（神）交的往事；第二件事是离别。对于诗歌来说，这是很聪明的叙事，"诗是平静中回忆起来的情感"，隔着时空的回忆往往会令人心生惆怅，而惆怅，正是诗歌造境的绝佳情势；离别呢，那更是"此情此景，更待与何人诉说"！有了这样两件事作为背景，《鸽子》对平田俊子的塑造就不需要太费心思了：一个合适的环境，个性化的语言，点到为止的外貌描写和有代表性的行为，就足以把平田俊子的形象塑造出来了。于是我们看见了白桦林，听见了"她"的声音，看见"她"的齐刘海和清澈的眼神，看见"她"写诗、喝酒和瞌睡。"我"是喜爱平田俊子的，并且在"她"清澈的眼神里看见了"我"自己，平田俊子与"我"互为镜像。

《梁先生》的笔触更为温柔，每个字都浸透着无比的怜惜和爱。这是父亲的故事，如何把亲爱的父亲的故事讲得准确透彻呢？情感距离过近，很容易就陷进细节的藤蔓中去。但梁小曼的《梁先生》情感拿捏得很好，收放自如。她选择了一个旁观者的角度。旁观是一个非常合适的视角，它让人可以带着距离整体观看叙事客体，视野广阔，似乎还带上了一点不偏不倚的客观和公正。既然是人物小传,自然会有小传的惯例。出生、平生的重大事件、性格特点,抓住这几点,基本也就可以传达出一个人的整体形象了。诗人说梁先生畏寒、身体不是很好、言谈不是太有趣、作风古派、性格内敛、人生多坎坷,他是个有故事的人,他几乎不说自己的故事,哪怕女儿有千万分好奇,也从来不说。结尾一节简直天外飞来:"记忆如此累赘 / 梁先生常独坐在茶楼里 / 沉默不语,从衣袋掏出 / 钢笔,在菜单上默写 / 唐人的诗。"意料之外,又是意料之中。"默写唐人的诗"既回答了诗中的问题,又丰盈了人物的内心。这举重若轻的一笔,点亮了梁先生的精神世界,也点亮了整首诗,我们看见了梁先生丰富的内心,也看见了一首诗的婉转和智慧。

梁小曼是个善于在诗中讲故事的诗人,她耐心、温和,善于设置情境,也善于设置突转和高潮,她说爱打瞌睡的平田俊子生于1955年,她说父亲一个人在菜单上默写唐诗,故事就这么戛然而止,让人似乎恍然大悟,又余韵悠长。情在无声处溢出,人在故事中走来,而理,就在情与事的交织中隐现。

二

诗人大概是触觉最为敏锐的人群之一。他们总能在无声中听见声音,在平常中发现非常,在寂静中感受到毫末异动,他们的精妙在于,他们一方面用诗歌向人世间、向他人、向自己发问,诗中锋芒毫光锐利;另一方面又韬光暗隐,词语从容舒展。二者融合得如此自然,让数千年来的诗歌读者,习惯了寻找诗中"美刺",试图在字里行间寻找微言大义,也习惯要求诗歌语言的敞亮与自由。现代诗在诗的形式上似乎比中国古典诗少了许多束缚,但只要在诗的畛域里谈论诗歌,诗的传承就是内在的、一贯的,并不隐秘。我们仍然在要求诗在崭露锋芒的时候韬光。

梁小曼的发问也颇为严厉，她观察和体验的世界会有并不那么美好的旁逸斜出者，充满对立和冲突，自我与理想，自我与现实，自我与他者，人与自然，理想与现实，二元对立的世界看起来黑白分明事实上黑白颠倒。我们如何在这样的冲突中安居自身？来自虚拟世界具体可感的黑鸟和镜中雾气氤氲的迷糊的自我并没有达成一致的和谐，诗人只能无可奈何地说一句："你是善于欺骗的大师……"理想的尖刺刺痛了现实，现实却无力反击（《虚拟世界》）。文明让我们学会了彬彬有礼、学会了优雅有趣、学会了正义和坚持真理，也带来了捆绑自我的许多绳索，爱是什么？终极是什么？死亡是什么？人生的意义似乎可以寄托在诗里，可是诗人说，诗是这个世界系统的故障（《系统故障》）。人与人之间是否像我们愿意描绘得那么美好？萨特说他者是自我的地狱。"我"发现了操场上的某个人，这个发现令我紧张，连汗水都像"即将插入心脏的尖刀"，操场上那个人是谁？"我"几乎咬牙切齿地说："操场上的人是一个零 /操场上的人是一块橡皮。""我"与"他者"尖锐对立，"我"几乎不能容忍他者的存在，不管是出于爱、恐惧还是仇恨，不管操场上的这个人是身内的"我"还是身外的他人（《操场》）。

但她并没有怒发冲冠，诗人如此优雅，如此熟稔语言，她提出的问题有多尖锐，她的表达就有多从容，她太清楚她是在创作诗歌而不是别的什么，她有太清晰的创作感和形式感。洞察、敏思、醍醐灌顶，手握真理的人有许多种表达方式，如哲学，如宗教，如科学，如摄影、绘画、舞蹈等，即使是文学，也有诗、散文、小说、戏剧之分。梁小曼很清楚地明白诗是怎么回事，这其实不容易，胡适提出诗的散文化倡议为新诗的创作带来许多歧义，新诗的路走得并不太顺畅，有太多的分行文字被包装成诗的样子了。梁小曼的诗有着庄严的诗的形式感：她的诗中有中国古典诗的韵味，也有西方叙事诗的情节感；高浓度的语言和情感，以及寓言意味极为浓郁的图像结构令其诗意的表达含蓄隽永；她能够很轻松地找到词与物的内在关联。在这里，我想说说梁小曼诗歌中的词物关系。

梁小曼善用物象，她的每一首诗几乎都有物象，物象的大量使用是古老中国诗歌的传统之一，是构图的基本要素。物象简练、醒目、新鲜，意旨涵受力非常高，它能用最俭省的语词包容尽可能广阔的意义和最深厚的情感。

或许是喜欢摄影的缘故，梁小曼的诗画面感极强。或者一句诗独立成画，或者数句诗组合成一幅图，或者每一节成一个画面，或者整首诗成一幅画，每一幅画都是一个意义单元。很多时候，图画成了语词和意义的最直接的中介。《旅行》用"鸟儿落下，飞走"的画面，隐喻人与自然的疏离；《十一月》移步换形，步步为景，警告生态失衡的严重后果；《彩虹火车》用三个画面，刻画出"她"的悲伤和渴望；《静物》更是如同写生……在这里，图画的空间毫不费力地转化成了时间。图像是诗人的武器之一，她用它推动叙事的完成，激发情感的表达，隐示意义的生成；也用它涵养了她诗歌的个性和锋芒。

合适美学：老刀诗歌属性论

老刀也是见过几回的，很聪明的一个人，爱听好话，喜欢争论，日常有几分文雅，说起诗歌一套一套的，深陷其中，还试图建构出一套诗学理论来，还算是个真人。

老刀是个口语诗人。老刀是参加过青春诗会的，老刀拿过徐志摩诗歌奖和别的什么诗歌奖的。老刀有很多值得骄傲的过去。

比较而言，我不是太喜欢口语诗。俯拾即得的东西，太容易太熟悉了，没有新鲜感，看起来也不够深奥，人们大概率会生出几分轻慢来：哦，口语啊……尤其是对习惯了中国古典诗歌审美习惯的读者而言，口语诗大概是不符合某些对于诗的理想的。

可是老刀的诗总能在哪个地方打动你，让你不得不生出几分注意，不知不觉中这首诗你已经读了几遍，偶尔提起的时候，某一首你居然记住了，而且你还不惊讶。当然，我们也不能要求一个诗人总是写出让人心动的诗。

诗人的创作，自然是要"近取诸身，远取诸物。多识于草木鸟兽之名"，亲人最是刻骨铭心。老刀有很多亲情书写，他的很多亲情书写都有可读性，让我记住的，却是这首《大雪之后》：

> 父亲让我
> 扶他去厕所
> 扶着他的胳膊
> 我的心一路往下沉
> 他太轻太轻了
> 他的胳膊
> 瘦得像鸟的翅膀
> 感觉稍不留神
> 他就会从
> 我的手上飞走

　　这首诗一点也不特别，对吧？只是一个细节罢了，语言也寻常，几乎没有什么技巧，只是写实。平平常常句子，语言的凝练性、语义的跳跃性根本就没有，就是分行的话语嘛，不分行，就是一段话。就像兄弟姐妹在一个雪天聚在一起，他们是来探望生病的父亲的，大家都知道父亲时日无多，看一眼少一眼了。兄弟姐妹们轻声说着话，气氛有些沉重，其中一个突然想起这么一个细节，然后就说出来了。说出来以后呢？说出来以后的场景会怎么样呢？沉默，现场一片沉默，雪很冷，大家的心更冷，冷得除了悲伤和绝望什么也装不下。

　　读这首诗令人心疼，是心脏真的在疼，在一路下沉。这是父亲啊，那个健壮的、无所不能的儿女心中英雄一样的父亲啊！可是现在"他太轻太轻了／他的胳膊／瘦得像鸟的翅膀"，我不能读这样的文字，这样真实得不忍心停留的文字。这样的文字包含的内容太多了，过去、现在、未来一起涌来，往事不敢忆，现在不忍看，未来不敢想，巨大的情感能量凝聚在这个瞬间，拖曳着儿女的一颗心坠向深渊，面对虚弱到极点的父亲，我们恐慌，但无能为力，这种绝望在经历过的人心里就是一种酷刑，"感觉稍不留神／他就会从／我的手上飞走"，这是令人崩溃的诗句。一个人在绝望到崩溃的时候，直观就是最合适的表达。

合适，这就是我想要表达的。合适的语言，合适的形式，合适的情感，合适的思想，既不过之，也不虚之，内容和形式两相得宜。能找到合适的表达，大抵是需要大功力的。合适了，诗意空间就生长起来了，想象力就生长起来了，情感就调动起来了，诗歌的力量也就在一次次阅读中呈几何倍地增加。终于，它成了你心里忘不掉的一首诗，这绝对不是阅读的初衷，却是阅读的结果。

《大雪之后》一句废话也没有，一个普通得不能再普通的细节，几句朴实得不能更朴实的话语，每个字都各自所安，却蕴含了巨大的能量。初遇很是寻常，细品却伤人神魂。关于父亲，关于人生，关于亲情，关于生死，就这样慢慢填满了整个心房，钝刀子割肉一般，疼得令人几乎不能呼吸，这就是合适的力量。以合适为标准去读老刀的诗，我们会发现口语在诗歌中的表现非但不俗，还很有力量。

以合适为视角观照老刀的诗，我们发现老刀诗中的口语有老刀的精致，他的口语是清洗过的。人们对口语诗的态度可能比较复杂，因为口语诗很容易沦为口水诗，对于享有数千年诗歌经验的国人，对诗歌语言的要求是所有文体中最为苛刻的。读诗最有神圣感和仪式感，诗歌语言必须配得上这份神圣感和仪式感。很庆幸的是，我没有在老刀的诗中看到"口水"，他的语言其实不是日常口语，不拖沓，很洗练，有深在骨子里的精练，是有着炼字炼句炼意的功夫在的。

比如，短诗《枝》：

一位民工将一棵树的枝往垃圾堆里拖

他没有在意他的背后跟着一只蜻蜓

一只蜻蜓想在他拖动的树枝上停下来

几次都失败了

我像遇见自己一样难以平静

　　民工、树枝、蜻蜓、"我"，似乎不会产生关系的人事物之间很偶然地产生了关联，这种关联极为脆弱，如果不细心，或许就不存在了。枝是被树遗弃的，民工要把它拖到垃圾堆里去；做了一个错误的判断的蜻蜓，试图在树枝上停下来，但它总是失败。偶然瞧见这一幕的"我"，心理立刻失衡。这个场景里充斥了太多灰暗的失败者，枝是，蜻蜓是，"我"也是。

　　人生大概总是不易吧？我们把某一种行为称为攀高枝，我们对高枝的理解也各有各的不同，人们大概都期望有枝可依。"枝"是流离人的住所，是奋斗者的阶梯，是爱情的模样，也可以是孩儿的笑容，是有父母的餐桌，是彼岸的家国……人生的不同阶段不同境遇，总会生出许多关于"枝"的期待。对于树枝来说，依着树最可靠；对于蜻蜓来说，偶尔的停歇便是身心的放松。当"我"瞥见这一幕，无论是被遗弃去垃圾堆的树枝，还是屡试屡败的蜻蜓，都能让"我"感同身受："我像遇见自己一样难以平静。"最后一句最是凄惶，既是点题，也是煽情，很轻易就能引起读者的共鸣。人生路上行走的人，总是有种种不如意，过往的种种失败和沮丧被这句话点燃，毫无预备地把我们自己扔进了曾经有过的某些经历中，我们也如诗中的"我"一样"难以平静"。

　　这也是一首合适的诗。或者说是一首"无事生非"的诗，城市里的寻常风景，几样普通的物象，以一个"枝"字串联起来，引发了内心的许多波动。前面四句运行平稳，诗人似乎只是描述一个简单的场景，一次邂逅，平平淡淡，是能量的蓄积过程，最后一句量变引起质变，引发了一个小小的爆破，一句话把"我"的境遇、心绪、状态给点了出来，收尾干净利落，但余韵却绵延开来，连接了每一个读者和他们的人生。

干净的语言，素简的叙述，有余韵的收尾，这就是合适美学。《大雪之后》如是，《枝》如是。从语言到情感，从义理到意境，不及是力有不逮，过犹不及，合适便是诗歌的诸种层面都相得益彰。从合适出发看《大雪之后》和《枝》，可以看到中国传统诗学的美学要求：情、境、味均出焉。

质朴、干净、有烟火气，有反思力，有涵受力，读诗写诗，皆须有"我"。老刀的诗，"我"是体验的我，经历的我，共相的我，他在"我"的生成中寻找到了合适自己也合适诗歌的表达方式。

若天下诗人都能寻得属于自己的合适，诗歌原野又当是另一番风景了吧。

2021 年 11 月 12 日

附　访谈：诗歌是一种本能

爱花城记者吴乐思 王瑛

吴乐思（以下简称吴）：您最近有创作诗歌吗？有没有写一两首关于夏天的诗？可以分享一下吗？

王瑛（以下简称王）：有，但关于今年的夏天还没有。

旷野

石头生长
每一个缝隙都恰到好处
一点点野心沿着金丝楠树攀缘
棱角分明
它要借路过的风捎句话
就说桃金娘抽叶 开花
结出清甜的果子

每一寸土地都可以生长高楼
百花在街道也活得自在

石头的话在街角回旋

有心人倾听了一些叶子

呐喊来自旷野

如果更用心一些

他就能看见一颗石头巴巴地望他

石头窝在高高的树下

仰望

每一个路过的人

以及可以看见的白云和星空

删除（组诗）（节选）

1. 美丽异木棉

以天空做背景

这棵树绿得格外干净

我别在窗前

想

自己或许

就是那个被写错的字

2. 争鸣

女生宿舍刚刚结束了一场学术争鸣

张一一对着镜子出神

肤白貌美 唇红齿白

就像论文里

被老师红笔删去的段落

吴：您的创作灵感通常来源于什么？会受到季节的影响吗？有没有过灵感接近枯竭的时刻呢？如果有，您是怎样面对这样的时刻的呢？

王：我写的是本心诗话，一般是诗来找我，我就写下了。而季节流转变化，我已经不够敏感了，写诗不会受到季节的影响。诗的意象，是思想的产物，先意后象，即使是伤怀也要先伤，然后才会触景生情。我不为写诗而写诗，所以不着急灵感的问题，因此暂时不存在灵感枯竭的问题。生活不断，诗不断，关键是会在哪里邂逅这首诗。

吴：您在写《本心诗话》的前期筹备有多久？有遇到什么难题吗？

王瑛：《本心诗话》它不需要太多的前期筹备，也没有什么难题。我是大学老师，看书看作品是我的本职工作，我这一辈子就是用来读书，这恰恰是我特别愿意去做的事情，所以我对我现在的工作特别满意、特别满足。能够用一辈子来读书，多幸福。为什么写《本心诗话》，是因为我认识到一个问题：大学里面天天看书、博学的老师们，不太愿意写这方面的文字。大学里的讲师、教授们，他们写的东西都是某一个领域里高精尖的东西，普通百姓看不懂，所以，我想写老百姓能看得懂、容易理解的作品。在写《本心诗话》过程中也不累，看到自己喜欢的诗、发现一个新的诗歌现象，用一个半小时写两千多字也是可以的。写《本心诗话》是为了让老百姓看得懂，更接地气，不要太"高冷"。不用过多的理论术语去修饰、去强化，虽然批评文章的理论性看起来没有那么高大上，但是能把问题说清楚，这就是一件很好的事情。

吴：诗歌与诗歌评论在您心中是一种怎样的关系呢？能给我们分享一下同时开展这两种事业的感受吗？

王：诗歌是一种本能，可能这个世界上总有一种人要写诗。诗歌是本能，诗歌评论是经过严格的学术训练后才能写的。愿意去写诗，能够感受诗歌的妙处，又有一定的理论基础，有批评的能力，这些对我来说都是很舒服的事，可以并行不悖。

诗歌评论其实比较辛苦，首先要读大量的诗歌，要有一定的理论水平。阅读大量的诗歌并从中挑出最满意的诗歌，还是很需要时间的。诗歌评论还需要敏锐的观察力，要非常主动去了解当代诗歌的发展情况和存在的问题，然后去分析、解决这些问题，它需要严肃地理性思考。但我非常愿意用一种快乐、直接、放松的态度去写诗评。中国传统有一种诗话的形式就是用轻松的方式写自己的诗歌观点。用一个小文章去表述发现的问题，会是一种轻松的方式。

吴：您的诗歌理念受谁的影响较大？在写《本心诗话》的过程中，有什么特别的感触吗？会不会有一种诗歌理念在"成长"的感觉？其中有没有什么新发现？

王：我比较喜欢中国古典诗歌，所以还是受中国传统诗歌影响比较大。我是做叙事学研究的，主要是研究小说理论。只是诗歌对于我来说是一个本能，读得多了，那些中国传统的诗歌观念更会影响我。除此之外，我还会读一些西方诗歌、百年新诗，会比较关注"生命意识"。对于我来说，更喜欢中国古典诗歌，它更能影响我。

《本心诗话》的写作过程中，给我的感受还是不错的。每写一篇出来，都会有读者以留言或者发微信朋友圈的方式回应。比如，去年二月份我写的关于谈诗歌的基本素质的文章，就有读者来问"我写的是诗歌吗"？当我写了关于口语诗歌的文章时，也会有读者来问"我写的诗歌是不是太随意了"？这个写作，能引起读者的反思，我觉得就特别有意思。

因为我现在还没有想去架构一种新的理论，但我给了自己两年的时间去观察中国当代新诗。我打算这两年放下叙事理论和小说研究，来观察中国新诗的问题。在观察中，发现什么问题我就会针对这些问题来说话。一种理论能不能成长、成熟？现在不可预知，我也没有打算去营造一种新的诗歌理论。因为现在诗歌观念特别繁杂，有些人觉得口水诗特别美，有些人觉得下半身诗歌特别美，也有人觉得意象繁复很过瘾。我比较喜欢典雅一点的、对生命多一点哲学思考的诗歌，但我也能包容其他的诗歌风格。我在阅读时依然能够坚持自己的独立见解，不被它们影响，同时也可以吸收其中的优点。至于理论最后的成型，还是边写边看。

"新发现"可能会是批评多一点，所以，《本心诗话》就有它存在的空间。

吴：您认为当下是一个诗歌发展的黄金时期吗？

王：自媒体时代，每个人都在写诗歌，每个人都可以写并且自己发表。这是一件好事，说明人们的精神诉求提高了。人人想写，人人在写，这就营造了一个诗歌狂欢的盛景。但它肯定不是诗歌发展的黄金时期，新诗发展才一百多年。古典诗歌发展三四千年，才有了不同的诗歌形式。当然每个时代都有每个时代的诗歌形式，但是它是需要积累和发展的。这短短一百年，对于新诗来说是不够的，这也是诗歌乱象的一个原因。不同的诗歌观念交锋、争执，最后在大浪中去沙淘金，前提是要有很多沙。诗歌狂欢是一个非常好的事情，但新诗，还需要沉淀和积累。

吴：在一个城市化加速、科技冲击的时代，您怎样实现自己的"诗意栖居"？

王：我是个老师，时间相对自由、空间相对封闭，这个职业可以通过自己的努力去实现自己的理想。我基本上把生活过成了诗，我愿意用最温暖最美好的方式过我自己的日子。这个社会当然也有很多不尽如人意的地方，如果我能解决一些问题我会去积极解决；如果不能，我就会把眼睛看到更温暖的地方。做人呢，不要太计较。眼睛里总看见美好的东西，每天都会很快乐的。

把生活过成诗，就会更钟情于山水，更享受这个世界带给我们的所有美好。并且内心会更安宁，会特别单纯。我的房间里的窗户外面有一棵非常高大的美丽异木棉，看见它很美的叶子时，便会很开心；那花开得更浪漫时，就会特别享受。生活中很多事情也不会计较，功名利禄和小小的纷争都不会太介意，更在意的就是窗外的风景。生活中小小的事情也会让我特别开心，如今天买了一束花，如上课时学生回答问题答得特别好，如看到下课后学生往食堂走去，特青春的样子，这些看起来很小的事，我都会觉得，生活很美好，到处都显示活泼泼的生命的力量。这个世界是对着每一个人敞开的，你能去拥抱它，这多好啊！

吴：如果只使用一个词来形容您心目中的大诗人，您觉得那个词应该是什么？在您想到那个词的瞬间，是否有一个诗人的名字出现在您的心里，出现在您心里的那个人是谁呢？您能用一个词形容自己吗？

王：伟大，出现在我心里的诗人居然是苏轼。形容自己，就是"普通"，我认为我是个很寻常的普通人，普通人过寻常的日子，做喜欢的事，仅此而已。

吴：最后，请您谈谈《本心诗话》的创作。

王：《本心诗话》拟就中国百年新诗，以个人的审美旨趣就一些诗歌现象、诗歌作品以诗话的形式进行评论。之所以是诗话，有两个方便：一、方便写作对象的选择，诗歌现象，诗歌作品，诗歌逸闻趣事，都可纳入写作范围；二、方便以轻松自由的心态去创作。只要有所得，举手便写，没有负担。当然，还有一个便利是，篇幅短小，每篇1500字左右，一些零碎时间可以用上。简言之，利人利己，读起来轻松，写起来不累。这是一本老百姓都可以读明白的诗歌评论著作。

《本心诗话》的创作，是有要求的。简单说，就是一个人的新诗百年史。本心之意，一则面对诗歌，真诚面对自我内心。这是我认为值得一读，值得推荐的作品，是可以打动我的作品。二则面对读者，必以诚待之。以开放的心态，以诗话的形式，与读者展开对话。希望读者开卷有所益，有所思，有所辩。所以，对于所评论诗歌作品的选择，必须是真善美合一的，能打动人的，首先能打动我的。《本心诗话》的评论方式是自由的，其一，尽量摒除学院派在某种程度上的刻板；其二，对于作品的评论，以细读为主，以作品为本，深入文本内部，呈现诗歌自身的美；其三，嬉笑怒骂，皆成文章，但要做到言之有理，言之有物。

　　《本心诗话》属诗歌义工性质，无关名利，只是写一些自己想写、必须写的文字。书中收录不唯名家、大家，唯好诗而已。好诗标准，唯我而已。以一己之诗歌观察，择其情感真挚、思想深邃、诗艺性高的作品细读之，对诗界诸混沌现象厘清之，对某些混乱诗歌观点分析之，力求以自由明白的话语，以一家之言，以人民群众熟悉的方式，介入新诗百年的成长。

2018 年 5 月 16 日

后　记

2016 年，我出版了我的第一部诗集，算是实现了一个年少时的梦想。

也是这一年，我完成了我的第二部学术专著《叙事学本土化研究（1979—2015）》的书稿，在等待书稿出版的日子里，我对中国诗歌现场产生了浓厚的兴趣，于是加入了数十个诗群，读了大量的当代新诗。这些新诗的作者来自各行各业，学历层次高低不同，诗歌质量良莠不齐，对新诗的认知五花八门。中国新诗诗歌现场看着热闹，成绩令人喜悦，问题也很突出，存在作品和理论的双重困境。

新诗作为一种新的诗歌形式，百年来的成绩有目共睹：第一，新诗作为一种新的诗歌形式横空出世，完成了从古典形态到现代形态的转型。第二，诗歌创作在量上惊人。第三，中国新诗的海外传播取得一定成绩，如杨克、郑小琼等的诗都有不少海外译本，这是中国文化软实力的一个积极表现。第四，新诗具有强劲的自我探索精神。新诗的包容性很强，类型多种多样，表现出强劲的自我生长能力。第五，创作群体民间化及表现出对民间的尊重。人民性是时代主体，诗歌创作的众生狂欢充分体现了诗歌为人民的特点。人民的日常生活、价值观、愿望都在新诗中体现出来。第六，涌现了一批优秀的诗人，精品精作很多。一些作品已经成为新诗经典，如海子、张枣的诗。

问题也很突出，出现了几个剪刀差：作品量与质的剪刀差，创作者与读者的剪刀差，诗人与评论家的剪刀差，古典与现代的剪刀差。

具体来说，就是数量多，精品少；诗人多，读者少，有影响力的评论家少。与古典诗的盛况比，新诗质量不那么好看，当然新诗时间尚短，假以时日，也必然会有新诗盛景的一天。

这让我萌生了为新诗写诗评的想法。我想以一个文学教师的视角去评价一首诗的优劣，我希望所有的读者都能很轻松地读我的诗歌评论作品。我不想我的诗歌评论文章如之前做理论研究那般一脸严肃地过于学术化，把话说明白就好。

目前，诗歌批评类型有以下几种：学院式批评、诗人的批评、民间评论、大众传媒。学院式批评重学理研究，诗人的批评多谈创作经验，民间评论偏直觉印象，大众传媒自由洒脱。但面对正在探索中的新诗，新诗批评和新诗理论是滞后的，主要体现在以下几个方面：标准缺失、话语缺失、效用缺失。具体来说，首先，我们还没有形成判断一首新诗质量好坏的标准，表面上看起来流派纷呈，实际上各说各话，谁也不服气谁；其次，我们还没有形成完善的新诗批评理论话语，要么是以古典诗的精神观照新诗，要么是以西方话语分析中国新诗，要么是充满感性的印象批评；最后，所谓效应缺失，是指诗歌批评对诗人的创作并没有起到批评和理论应有的作用。

那么，选择什么样的诗作为评论对象呢？

我的第一选择，是诗歌现场的诗。只要我认为值得评点，便从群里取来，也不在意诗人身份，顺手点评，不拘形式，顺心而为。我又想看看新诗的发展路径，便重拾了故纸，从新诗第一人胡适说起，争取有个清晰的时间线索，可以见出百年新诗规律的大致形态。诗作必然未必取名家大家。这样的选择，必然挂一漏万，会遇到许多不服气，评漏了谁谁。漏了其实也不是太要紧的事，毕竟第一，百年新诗为时甚短，其历史价值尚不算太突出。第二，我也不是在为新诗立传，只是想在诗歌现场里看出一点新诗的门道来，开卷有益足矣。第三，观察新诗规律，最要不得把诗歌作为名利场，这就失了诗歌的旨趣了。第四，倒是作为具体文本的评价，对诗歌现场有些警醒意义。就这样看看写写，写得兴致盎然，虽然用的多是时间的边角料，但日积月累，存了这么些文字，也对当代诗歌现场有了更深入的了解。

本心诗话，是我评诗的态度。所评之诗，是心里喜欢的；每出一言，皆出自肺腑。诗话取了自由谈心的方式，不拘一格，或赞或弹，都是个人举手投足，用饶芃子教授当年课堂上的话说，作文章也是要有血有肉有温度的。这本小册子名曰"本心诗话"，便是我的个人血肉。百年新诗，是我对新诗百年整体性的观察，"原诗"篇讨论新诗的本质和规律；"味诗"篇体悟新诗具体之味；"综论"是诗人诗作的综合考察。我自己在尘埃里，便连泥土里的花也见着了。

2024 年 3 月 21 日